Ole Hansen

Hendriksen und der mörderische Zufall

Ole Hansen veröffentlichte bei dotbooks bereits die folgenden Romane:

Die Jeremias-Voss-Reihe:
»Jeremias Voss und die Tote vom Fischmarkt. Der erste Fall«
»Jeremias Voss und der tote Hengst. Der zweite Fall«
»Jeremias Voss und die Spur ins Nichts. Der dritte Fall«
»Jeremias Voss und die unschuldige Hure. Der vierte Fall«
»Jeremias Voss und der Wettlauf mit dem Tod. Der fünfte Fall«
»Jeremias Voss und der Tote in der Wand. Der sechste Fall«
»Jeremias Voss und der Mörder im Schatten. Der siebte Fall«
»Jeremias Voss und die schwarze Spur. Der achte Fall«
»Jeremias Voss und die Leichen im Eiskeller. Der neunte Fall«
»Jeremias Voss und der Tote im Fleet. Der zehnte Fall«

Die Marten-Hendriksen-Reihe:
»Hendriksen und der mörderische Zufall. Der erste Fall«
»Hendriksen und der Tote aus der Elbe. Der zweite Fall«

Über den Autor:
Ole Hansen, geboren in Wedel, ist das Pseudonym des Autors Dr. Dr. (COU) Herbert W. Rhein. Er trat nach einer Ausbildung zum Feinmechaniker in die Bundeswehr ein. Dort diente er 30 Jahre als Luftwaffenoffizier und arbeitete unter anderem als Lehrer und Vertreter des Verteidigungsministers in den USA. Neben seiner Tätigkeit als Soldat studierte er Chinesisch, Arabisch und das Schreiben. Nachdem er aus dem aktiven Dienst als Oberstleutnant ausschied, widmete er sich ganz seiner Tätigkeit als Autor. Dabei faszinierte ihn vor allem die Forensik – ein Themengebiet, in dem er durch intensive Studien zum ausgewiesenen Experten wurde. Heute wohnt der Autor in Oldenburg an der Ostsee.

Ole Hansen

Hendriksen
und der mörderische Zufall

Der erste Fall

dotbooks.

Druckausgabe 2019

Redaktion: Ralf Reiter
Umschlaggestaltung: Nele Schütz Design unter Verwendung
von shutterstock/Ruslan Guzov und shutterstock/Anastasia Pelikh
Printed in the EU

ISBN 978-3-96148-533-8

Kapitel 1

Der Schreibtisch beherrschte das ganze Büro. Acht Vierkanthölzer aus Eiche trugen eine drei Zentimeter dicke Eichenplatte; die Schubladenschränke an der rechten und linken Seite, ebenfalls aus massiver Eiche, reichten bis zum Boden. Ecken und Kanten waren abgestoßen, und auch sonst sah das Möbel aus, als hätte es seine Glanzzeiten schon seit etlichen Jahren hinter sich. Das schien den kleinen Mann, der in dem wuchtigen, ledernen Chefsessel fast verloren wirkte, nicht zu stören. Er hatte ihn bei einer Sperrmüllsammlung an der Straße entdeckt und sich sofort in ihn verliebt. Für zwanzig Euro hatte er ihn dem Besitzer abgekauft und von vier Männern in sein Büro schaffen lassen. Wenn man ihn fragte, wie es gelungen war, das Ungetüm ins Büro zu kriegen, sagte er mit ernster Miene: »Durch Zauberei.« Lächelnd fügte er dann meist hinzu: »Zaubern ist nämlich mein Hobby.« Natürlich glaubte ihm das niemand, bis er plötzlich in der Geldbörse des Besuchers blätterte und dieser verblüfft an die leere Gesäßtasche seiner Hose griff.

Dr. Marten Hendriksen, der kleine Mann hinter dem riesigen Schreibtisch, war ausgebildeter Arzt und ein talentierter Rechtsmediziner. Der Grund, warum er jetzt in diesem Büro saß, war eine »Leichenallergie«, die er im Institut für Rechtsmedizin und Forensik von Professor Dr. Silke Moorbach entwickelt hatte.

»Lizzi, kommst du mal bitte«, rief er zum Nebenzimmer hinüber.

»Auf dem Weg.«

Gleich darauf trat eine junge, schlanke Frau ein, deren voluminöser roter Haarschopf alle anderen körperlichen Merkmale überstrahlte, sogar die mit Sommersprossen übersäte Nase und die Wangen. Ihr burschikoses Wesen stand im Einklang mit der Haarfarbe. In der Hand hielt sie einen Pott mit Kaffee. Erstaunt blickte sie auf die schwarze Augenklappe über Hendriksens linkem Auge, fragte aber nur: »Was gibt's?«

Hendriksen drehte den Bildschirm seines Computers in ihre Richtung.

»Was hältst du davon?«

Lizzi, eigentlich Elizabeth Lambert, setzte sich auf den Besucherstuhl und drehte den Bildschirm ganz zu sich herum.

Hamburger Agentur für vertrauliche Ermittlungen
Inhaber: Jeremias Voss
Geschäftsführer: Dr. Marten Hendriksen
Sprechstunden: Mo. bis Fr. 09:00 bis 17:00 Uhr
Telefon: +49 40 73959673
www.hamburger-agentur-für-vertrauliche-Ermittlungen.de
vertrauliche.ermittlungen@gmail.com

Verziert war das Ganze mit dem Konterfei von Sherlock Holmes.

»Na endlich, Marten. Ich hatte schon die Befürchtung, du könntest dich nie dazu durchringen, den Namen der Agentur zu ändern und zu zeigen, wer jetzt hier der Boss ist«, meinte Lizzi.

»Ich wollte diesen Schritt erst tun, nachdem ich sicher war, in Jeremias' Schuhe zu passen. Es ist nicht leicht, die Arbeit von jemandem zu übernehmen, der als der berühmteste Privatdetektiv Hamburgs bekannt war.«

»Du und deine Bescheidenheit.«

»Also einverstanden?«

»Was soll die Frage? Natürlich!«

»Gut.« Hendriksen betätigte einige Tasten. »Dörte, ich habe dir unser neues Firmenlogo geschickt. Lass davon Briefbögen drucken und ein Firmenschild für die Tür gravieren – Bronze«, rief er zum Vorzimmer hinüber.

»Wird erledigt, Marten.«

Hendriksen hatte nach der Übernahme der Agentur vor einem Jahr das distanzierende »Sie« durch das kameradschaftliche »Du« ersetzt. Er wollte damit zeigen, dass sie ein Team waren, in dem jeder gleichwertig war, nur unterschiedliche Arbeit leistete.

Dörte Hausers Arbeitsplatz war der Schreibtisch, an dem viele Jahre lang Vera Bornstedt gesessen hatte. Seit drei Wochen war es jetzt ihrer. Heimisch geworden war sie daran jedoch noch nicht, denn sie wusste aus Hendriksens und Lizzis Berichten, dass Vera Bornstedt die Perfektion in Person gewesen war. Vera war Jeremias Voss gefolgt, als dieser die Chefin des Malakow-Konzerns geheiratet hatte und dort als Mitglied des Vorstands für die Sicherheit des Unternehmens verantwortlich wurde.

»Nachdem du heute Morgen schon so aktiv bist, nehme ich an, dass du die Kerle erwischt hast, die die Baumaschinen geklaut haben.«

»Lief wie geplant. Die Ganoven sitzen in Polizeigewahrsam und dürften für die nächsten Jahre hinter Gittern bleiben.«

»Und? Was hat die Augenklappe zu bedeuten?«

»Ach, das ist nichts.«

»Dann nimm sie mal ab. Ich möchte sehen, wie nichts aussieht.«

Da Hendriksen wusste, wie beharrlich seine Mitarbeiterin sein konnte, klappte er die Augenklappe hoch. Ein dick angeschwollenes, in allen Farben leuchtendes Auge kam zum Vorschein. Unter dem Auge war die Haut aufgeplatzt und mit einem Pflaster notdürftig versorgt.

»Mein Gott, wie ist denn das passiert?« Lizzi starrte entsetzt auf die Verletzung.

»Nicht der Rede wert. Bin hingefallen.«

»Quatsch!«

»Na ja, die Polizei kam ein paar Minuten später als geplant, und das hat einer der Ganoven genutzt und mir eine Rechte verpasst. War meine Schuld, ich war zu langsam.«

Lizzi hob in einer Geste der Verzweiflung die Arme. »Kannst du nicht einmal versuchen, einen Fall zu lösen, ohne dich verprügeln zu lassen?«

»Kann mal passieren. Nicht weiter schlimm«, wollte er Lizzi beruhigen.

»Doch, Marten, es ist schlimm. Sehr schlimm sogar! Ich habe keine Lust, dich irgendwann zusammengeschlagen im Krankenhaus zu besuchen. Warst du schon beim Arzt?«

»Ich bin selbst Arzt.«

»Soweit ich weiß, bist du Rechtsmediziner, und deine Patienten waren alle tot, und das wirst du vielleicht auch sein, wenn du dich nicht behandeln lässt. Du ziehst dich jetzt an, und ich fahre dich in die Uni-Klinik. Und danach werden wir etwas dagegen unternehmen, dass du immer der Punchingball für andere bist.«

»Unsinn, das ist nicht …«

»Vergiss es, du kommst jetzt mit!«

Drei Stunden später trat er an Lizzi heran, die im Warteraum geblieben war. Über dem Auge lag ein sauberer Verband. Er wirkte weniger furchteinflößend als die schwarze Augenklappe.

»Nun? Was hat der Arzt gesagt?«, wollte Lizzi wissen.

»Alles soweit in Ordnung. Sehnerv nicht beschädigt. Sobald die Schwellung abgeklungen ist, bin ich wieder wie neu.«

Lizzi atmete erleichtert auf. »Gott sei Dank. Sonst hat der Arzt nichts gesagt?«

»Doch, er meinte, ich solle zukünftig vermeiden, gegen Laternenpfähle zu laufen.«

»Laternenpfähle?«

»Habe ich als Begründung angegeben.«

»Und das hat er geglaubt?«

»Natürlich nicht. Der wusste, dass die Verletzung von einem Faustschlag stammt.«

»Bist du jetzt krankgeschrieben?«

»Warum? Ich kann dich doch auch mit einem Auge sehen.«

»Okay, dann lass uns zur Agentur zurückfahren.«

Sie hatten die Agentur fast erreicht, als Hendriksens Telefon klingelte. Er meldete sich und hörte Dörtes aufgeregte Stimme.

»Marten, ich habe eine Frau am Telefon, die unbedingt Herrn Voss sprechen will. Was soll ich machen?«

»Wir stehen fast vorm Haus. Frag sie, ob wir sie in zehn Minuten zurückrufen dürfen. Wir hätten gerade Besuch eines Klienten.«

»Ich werde sie fragen.« Dörtes Stimme klang wieder sicherer.

Hendriksen wandte sich an Lizzi. »Lass mich am Eingang raus. Jemand will Jeremias Voss sprechen.«

»Jetzt, nach einem Jahr?«

»So ist es. Ich werde versuchen herauszufinden, was die Dame will.«

Lizzi hielt in zweiter Reihe an, Hendriksen sprang heraus und eilte die Stufen zur Agentur empor. Seine Augenverletzung schien seine Dynamik nicht zu beeinträchtigen.

Als er das Büro betrat, sah Dörte ihn erleichtert an. »Ich wusste nicht, was ich machen sollte. Nach Herrn Voss hat mich noch niemand gefragt.«

»Schon gut, Dörte, du hast alles richtig gemacht. Sollte so etwas noch einmal vorkommen, sagst du, dass Herr Voss an einem anderen Fall arbeitet und, wenn ich nicht im Büro bin, wir zurückrufen werden. Auf keinen Fall sagst du, dass er nicht mehr in der Agentur arbeitet. Das übernehmen ich oder Lizzi. Hast du die Telefonnummer der Anruferin aufgeschrieben?«

Dörte reichte ihm ein Notizblatt, auf dem *Frau Brüning-Bolkow* und eine Handynummer stand.

Hendriksen nickte ihr aufmunternd zu und ging in sein Büro. Nachdem er es sich in seinem Chefsessel bequem gemacht hatte, wählte er die Nummer. Er musste es einige Male klingeln lassen, bevor sich eine weibliche Stimme kurz mit »Ja« meldete.

Aufgrund der Art, wie sie es aussprach, schätzte er sie auf Mitte vierzig. Höchstwahrscheinlich eine Chefin, die es gewohnt war zu befehlen.

»Spreche ich mit Frau Brüning-Bolkow? Mein Name ist Dr. Hendriksen. Ich bin Geschäftsführer der Hamburger Agentur für vertrauliche Ermittlungen, vormals Jeremias Voss' Agentur. Sie hatten bei uns angerufen.«

»Ja, ich bin Frau Brüning-Bolkow und wollte mit Herrn Voss sprechen.«

»Tut mir leid, Frau Brüning-Bolkow, Herr Voss arbeitet an einem Großprojekt und ist leider nicht verfügbar.«

»Aber ich wurde ausdrücklich an ihn verwiesen.«

»Herr Voss arbeitet schon seit einem Jahr nicht mehr hier. Ich bin sein Nachfolger. Ich bin sicher, ich kann Ihnen genauso gut helfen.« Um ihr keine Zeit zum Überlegen zu geben, fügte er hinzu: »Worum handelt es sich denn?«

Einen Augenblick herrschte Stille, dann sagte die Frau: »Na gut, sprechen können wir ja mal. Das ist jedoch noch kein Auftrag. Ich möchte Sie zunächst kennenlernen.«

»Das ist selbstverständlich und gilt für uns beide. Wollen Sie in die Agentur kommen, oder wählen Sie einen anderen Treffpunkt?«

»Ich komme zu Ihnen.«

»Sehr gut. Wann passt es Ihnen?«

»Haben Sie heute Abend um sechs Uhr Zeit?«

Hendriksen tat, als blättere er in einem Terminkalender. »Achtzehn Uhr ist okay. Sie wissen, wo Sie uns finden?«

»Wenn Sie noch im Mittelweg sind, dann ja, sonst weiß es hoffentlich der Taxifahrer.«

»Mittelweg stimmt, und die Taxifahrer kennen uns.«

Ob Frau Brüning-Bolkow die letzten Worte noch mitbekommen hatte, konnte Hendriksen nicht sagen, denn sie hatte schon aufgelegt.

Die Klientin erschien mit fünfzehn Minuten Verspätung. Anders als angenommen, schätzte er sie auf etwa sechzig. Sie war groß gewachsen, fast einen Kopf größer als er. Ihr Auftreten war selbstbewusst, auch wegen der streng blickenden, blauen Augen und der schmalen Lippen. Insgesamt eine Frau, die genau zu wissen schien, was sie wollte.

Hendriksen erhob sich bei ihrem Eintreten und begrüßte sie mit freundlicher Zurückhaltung. Dann stellte er Lizzi vor, die am Türrahmen zu ihrem Büro lehnte.

»Bitte nehmen Sie Platz.« Er deutete auf den Besucherstuhl vor dem Schreibtisch, wartete, bis Frau Brüning-Bolkow sich gesetzt hatte, und nahm dann ebenfalls Platz.

»Wie können wir Ihnen helfen?«

Auf die Frage ging Frau Brüning-Bolkow nicht ein, sondern sah sich neugierig im Büro um, um schließlich Hendriksen und seine Verletzung ohne Scheu zu mustern. »Ich habe mir einen Privatdetektiv anders vorgestellt.«

Hendriksen konnte sich denken, worauf die Bemerkung hinauslief, und hatte schon große Lust, den Auftrag abzulehnen.

Lizzi, die an seinen zuckenden Wangenmuskeln sah, welche Reaktion zu erwarten war, griff schnell ein. Mit einem liebenswürdigen Lächeln sagte sie: »Wenn Sie mit Ihrer Bemerkung auf Dr. Hendriksens Körpergröße anspielen, dann haben Sie natürlich recht. Es gibt in Hamburg etliche Privatdetektive, die ihn an Länge überragen und auch größere

Muskelpakete haben. An seine geistigen Fähigkeiten dürfte jedoch niemand auch nur annähernd heranreichen. Und ich gehe mal davon aus, Sie suchen keinen Privatdetektiv, der andere verprügeln kann, sondern einen, der Ihren Fall löst, und das, Frau Brüning-Bolkow, wird niemand schneller und nachhaltiger tun als Dr. Hendriksen und sein Team. Warum sonst hätte Herr Voss Dr. Hendriksen die Geschäftsführung seiner Agentur übergeben? Außerdem …«

»Lass es gut sein, Lizzi, sonst denkt Frau Brüning-Bolkow noch, du wolltest mich meistbietend versteigern.«

Frau Brüning-Bolkow hatte, während Lizzi sprach, ihre Aufmerksamkeit von Hendriksen weg auf sie gerichtet. Jetzt wandte sie sich zurück und sah ihn direkt an.

»Das war wohl keine gute Bemerkung, und schon gar kein guter Einstieg. Bitte akzeptieren Sie meine Entschuldigung. Ich hatte heute keinen guten Tag.«

»Ich weiß, dass Ihre Unternehmungen nicht so erfolgreich waren, wie Sie erwartet hatten«, antwortete Hendriksen.

Frau Brüning-Bolkow sah ihn mit großen Augen an. »Wie kommen Sie darauf?«

»Ihre dezente Business-Kleidung sagt mir, dass Sie geschäftlich in Hamburg sind, und Ihr verkniffener Mund deutet an, dass Ihre Geschäfte nicht so gelaufen sind, wie Sie gehofft haben. Meine Schlussfolgerung ist: Sie waren bei einer Bank und haben den erhofften Kredit nicht bewilligt bekommen.«

»Verblüffend!«

»Ich gehe noch einen Schritt weiter und behaupte: Der Kredit war nicht für Sie. Im Grunde sind Sie noch nicht einmal böse, dass er nicht bewilligt wurde. Was Sie verärgert, ist, dass Sie nicht wie gewohnt Ihren Willen durchsetzen konnten. Ablehnung können Sie nur schwer ertragen.«

Frau Brüning-Bolkow sah ihn irritiert an. Offenbar hatte er mit seiner Bemerkung ins Schwarze getroffen.

»Haben Sie Erkundigungen über mich eingezogen?«, fragte sie nach einigen Sekunden argwöhnisch.

»Nein, warum sollte ich?«

»Wieso kommen Sie dann zu solchen Behauptungen, die übrigens im Wesentlichen richtig sind?«

»Sie standen, oder besser gesagt, sie stehen Ihnen ins Gesicht geschrieben. Doch genug der Spielchen. Sind Sie nun bereit, mit uns über Ihr Problem zu sprechen?«

Wieder ließ sich Frau Brüning-Bolkow mit der Antwort Zeit. »Ich entschuldige mich nochmals für mein Auftreten. Sie haben mich überzeugt, dass ich an der richtigen Adresse bin. Mein Anliegen ist sehr eigenartig. Wenn ich Ihnen davon erzähle, werden Sie denken, ich fantasiere. Deshalb bitte ich Sie, daran zu denken, dass ich eine nüchterne Geschäftsfrau bin und mich nicht leicht von Spökenkiekereien einfangen lasse.«

»Keine Sorge, Frau Brüning-Bolkow, ich denke nichts dergleichen. Erzählen Sie, was Ihnen auf dem Herzen liegt. Bitte ausführlich. Ich möchte das Gespräch aufzeichnen. Es erleichtert uns später die Arbeit und stellt sicher, dass wir nichts falsch verstehen. Habe ich dazu Ihre Genehmigung?«

»Ja.«

»Danke.«

Hendriksen holte ein Aufnahmegerät aus der Schublade des Schreibtischs, legte es auf den Tisch, drückte auf die Aufnahmetaste und sagte: »Donnerstag, achtzehn Uhr dreißig –

Gespräch mit Frau Brüning-Bolkow. Anwesend Elizabeth Lambert und Dr. Marten Hendriksen.« Er schaltete das Gerät aus und sagte zu Frau Brüning-Bolkow: »Jetzt sind Sie an der Reihe. Erzählen Sie, weshalb Sie uns aufgesucht haben.« Er schaltete das Gerät wieder ein.

»Damit Sie mein Problem verstehen, möchte ich Ihnen kurz etwas zu unserer Familiengeschichte sagen. Die Bolkows sind ein sehr altes brandenburgisches Geschlecht. Es gab sie schon zur Zeit der Raubritter. Der Stammsitz der Familie ist Bolkow, heute ein halb verlassener Ort mit nicht einmal hundert Einwohnern, einer noch existierenden Dorfkneipe, einer verfallenen Burgruine und einem heruntergekommenen Schloss. Die beiden letzteren sind der sogenannte Stammsitz. Der Ort liegt direkt an der polnischen Grenze. Etwa die Hälfte des einst zu Bolkow gehörenden Landes liegt auf polnischer Seite. Nach der Wende forderte die Familie ihr Eigentum zurück und kam wieder in Besitz der Liegenschaft. Es wurden einige halbherzige Versuche unternommen, sie zu bewirtschaften, doch da die Hälfte des Bodens auf polnischer Seite liegt, scheiterten die Versuche, ihn wirtschaftlich zu machen. Meinen Mann und mich interessierte es wenig. Eine Cousine war die Besitzerin. Sie verstarb vor einem halben Jahr zusammen mit ihrem Mann – ein Autounfall –, und da sie keine Nachkommen hatte, war ich der einzige Erbe. Was bedeutete, dass ich plötzlich diesen unwirtschaftlichen Klotz am Bein hatte.«

»Darf ich fragen, was Sie und Ihr Mann tun?«

»Wir bewirtschaften zwei Hotels in Mecklenburg-Vorpommern. Mein Mann und ich haben die Objekte nach der Wende gekauft und aufgebaut. Wir sind mit den Betrieben voll ausgelastet und haben keine Zeit, uns um den halb verfallenen Besitz in Bolkow zu kümmern. Deshalb wollte ich die Liegenschaft verkaufen.«

»Gibt es denn eine Chance zu verkaufen? So wie Sie das Anwesen beschreiben, scheint es für Investoren wenig attraktiv zu sein.«

»Sie haben völlig recht, die Chancen stehen schlecht. Inzwischen ist die Idee auch gestorben, denn meine Tochter, die sich sehr für die Familiengeschichte interessiert, hat sich vorgenommen, den Besitz zu übernehmen und ihm wieder zu altem Glanz zu verhelfen, wie sie sagt. Was sie sich im Detail vorstellt, ist mir nicht ganz klar. Offenbar will sie das Schloss zu einem Hotel ausbauen, einen Freizeitpark anlegen und die nahegelegene Burgruine als Spukschloss herrichten. Fragen Sie mich nicht, wie das im Einzelnen funktionieren soll.«

»Soweit habe ich alles verstanden«, sagte Hendriksen, der die Familiengeschichte hinter sich bringen wollte. »Was ich noch nicht erkannt habe, ist, worin Ihr Problem liegt.«

»Ich wäre gleich darauf zu sprechen gekommen. Meine Tochter hat mit den Arbeiten begonnen, und seitdem sind dort eigenartige Dinge geschehen. Der Baumeister, der sich den Dachstuhl ansehen wollte, fiel von der Leiter und brach sich das Genick. Ein Fahrer, der Fenster anliefern wollte, wurde abends von einer grellen, weißen Erscheinung geblendet, fuhr eine Böschung hinunter und überschlug sich. Er kam mit schweren Verletzungen davon. Der Wagen hatte einen Totalschaden und die Fenster waren kaputt. Die Putzfrau meiner Tochter stolperte in der Dunkelheit auf ihrem Heimweg vom Schloss zum Dorf, brach sich das Bein und fällt für längere Zeit aus. Die Bank, bei der ich heute war, will den zugesagten Kredit erst genehmigen, wenn die Fälle aufgeklärt sind.« Frau Bolkow schwieg einige Augenblicke, bevor sie mit bewegter Stimme fortfuhr: »Es geht mir jedoch nicht um das Geld, sondern ich habe Angst, dass auch meiner Tochter etwas zustoßen könnte. Ich habe versucht, ihr das Projekt auszureden, doch sie ist so starrköpfig wie ihr verstorbener Vater.«

Frau Brüning-Bolkow schwieg. Ihre Lippen zitterten. Es war offensichtlich, dass sie mit ihren Gefühlen kämpfte. Hendriksen ließ ihr Zeit, sich zu sammeln. Schließlich beendete er das Schweigen.

»Dann ist Ihr Mann nicht der Vater?«

»Nein, ich habe nach dem Tod meines ersten Mannes wieder geheiratet.«

»Sie möchten also, dass wir die Hintergründe der Vorfälle aufklären?«

Frau Brüning-Bolkow schwieg wieder. Hendriksen hatte das Gefühl, dass sie mit ihren Gedanken ganz woanders war. Er blickte zu Lizzi hinüber, doch die zuckte nur mit den Schultern.

Er wollte seine Frage gerade wiederholen, als sie zu sprechen begann. »Sie ist doch mein einziges Kind.« Sie sprach leise, mehr zu sich selbst. Dann schien sie zu merken, dass sie nicht bei der Sache war, richtete sich auf und sagte klar und deutlich: »Ich möchte, dass Sie meine Tochter beschützen und die Vorfälle aufklären.«

Wieder sah Hendriksen Lizzi an. Sie schüttelte nachdrücklich den Kopf.

»Was hat die Polizei unternommen?«, fragte Hendriksen.

»Nichts. Die hat die Vorfälle als Unfälle zu den Akten gelegt«, antwortete Frau Brüning-Bolkow aufgebracht.

»Wissen Sie, ob es früher schon ähnliche Vorfälle gegeben hat?«

»Ich glaube ja, aber die Einheimischen sprechen nicht darüber. Die Polizisten, die die Vorfälle untersuchten, haben so etwas erwähnt. Ich selbst weiß nichts davon.«

»Okay, das reicht uns erst einmal als Information. Wir werden eine Nacht darüber schlafen und Sie dann informieren, ob wir den Auftrag übernehmen. Eines kann ich Ihnen jedoch jetzt schon sagen. Wir übernehmen nur die Aufklärung der Vorfälle. Den Schutz Ihrer Tochter übernehmen wir nicht. Dies ist Aufgabe eines Personenschutzunternehmens. Beides können wir nicht leisten.«

»Sie sind doch eine Privatdetektei, wieso wollen Sie meine Tochter nicht beschützen?«

»Um genau zu sein, sind wir eine Agentur für vertrauliche Ermittlungen. Das ist nur dann zu leisten, wenn wir frei ermitteln können. Personenschutz hingegen bedeutet, dass sich die Bodyguards immer in der Nähe der zu schützenden Person aufhalten, was wiederum ein Ermitteln unmöglich macht. Warum engagiert sich Ihre Tochter keine Frau als Bodyguard?«

»Das habe ich ihr auch geraten, doch sie will davon nichts wissen. Sie hält meine Sorge sowieso für überspannt.«

»Das ist natürlich eine Einschränkung, die …« Er brach mitten im Satz ab, um nachzudenken. Ein paar Sekunden später fuhr er fort: »Der beste Schutz für Ihre Tochter ist, wenn die Fälle schnellstens aufgeklärt werden. Ich mache Ihnen deshalb einen Vorschlag. Sie rufen Ihre Tochter für ein oder zwei Wochen von Bolkow ab. Lassen Sie sich einen überzeugenden Grund dafür einfallen. Während dieser Zeit werden wir versuchen herauszufinden, ob es sich tatsächlich um eine ungewöhnliche Häufung von Zufällen handelt oder ob etwas anderes dahintersteckt.«

Frau Brüning-Bolkow dachte einige Augenblicke nach, dann hellte sich ihre Miene auf. »Ich denke, das könnte gehen.«

»Gut, das erleichtert uns die Arbeit. Was wir brauchen, ist ungehinderten Zugang zum Schloss und allen anderen Liegenschaften. Sollten Schlüssel existieren, so benötigen wir sie.«

»Die kann ich Ihnen morgen zuschicken.«

»In Ordnung. Wir fangen mit der Arbeit an, sobald der erforderliche Abschlag auf unserem Konto eingegangen ist.« Hendriksen erhob sich. »Frau Brüning-Bolkow, ich denke, für heute ist alles Erforderliche gesagt. Sie hören morgen von mir. Wenn Sie eine Geschäftskarte bei sich haben, geben Sie sie bitte Frau Lambert. Ansonsten wird sie die erforderlichen Daten notieren.«

Frau Brüning-Bolkow öffnete ihre Handtasche und entnahm ihr eine Visitenkarte, die sie Lizzi reichte.

Kapitel 2

»Gehen wir noch ein Bier trinken?«, fragte Lizzi, nachdem die Klientin gegangen war.

»Heute nicht. Es ist noch so schön warm, ich denke, ich werde es mir auf meiner Terrasse gemütlich machen. Wenn du Lust hast, kannst du vorbeikommen. Ich halte immer einen köstlichen Pfefferminztee für dich bereit.«

Sie standen im Eingang zur Agentur und sprachen, während Hendriksen sein Mountainbike auseinanderklappte und die Klemmriegel anzog.

»Brrr! Da mache ich doch lieber einen Zug um die Häuser.«

»Du hast keine Ahnung, welchen Genuss du verpasst.«

Hendriksen schwang sich auf sein Biki, wie er das Fahrrad liebevoll nannte, winkte Lizzi zu und fuhr los. Da er nur Nebenstraßen benutzte, kam er zügig nach Hamm-Süd. In der Süderstraße, gleich hinter der *Braunen Brücke*, lag sein Domizil. Ein Privatweg führte zu einem Anleger, an dem der zu einem Wohnboot umgebaute Alsterdampfer lag. Er hatte das Boot von seinem Vorgänger im Institut für Rechtsmedizin und Forensik übernommen. Den Namen *Dwarsloeper*, der in großen Buchstaben an Bug und Heck prangte, hatte er belassen.

Hendriksen schob Biki die Gangway hinauf, die das Boot mit dem Steg verband, schloss das Steuerhaus auf, lehnte das Rad gegen das Pult mit den Armaturen und stieg dann die fünf Stufen zum ehemaligen Fahrgastraum und jetzigen Salon hinunter. An der Steuerbordseite befand sich eine u-förmige Wohnlandschaft, gegenüber lag die Kombüse. Da sein Vorgänger Hobbykoch gewesen war, enthielt sie alles an Geräten, was zum Zubereiten anspruchsvoller Speisen notwendig war. Hendriksen hatte in den dreieinhalb Jahren, die er jetzt auf dem Boot wohnte, nur einen Bruchteil davon benutzt.

Im Anschluss an die Wohnlandschaft gab es einen Schreibtisch und gegenüber einen breiten Schrank zum Verstauen von Pütt und Pan. In der Mitte der Rückwand führte ein Gang in die Schlafkabine. An der Steuerbordseite stand ein französisches Bett. An der gegenüberliegenden Seite sorgten Einbauschränke für genügend Stauraum. Hinter dem Schlafzimmer befand sich das Bad mit Toilette und Dusche. Insgesamt stand ihm auf seiner sechsundzwanzig Meter langen und fünf Meter breiten Barkasse eine Wohnfläche von etwa sechzig Quadratmetern zur Verfügung.

Sein Vorgänger hatte fünfzehn Jahre auf dem Boot gewohnt und dafür gesorgt, dass es mit allem Luxus ausgestattet war. So gab es einen Anschluss für Frisch- und Abwasser und einen Stromanschluss. Die Zentralheizung wurde mit Heizöl betrieben. Angetrieben wurde das Boot von einem 130 PS starken Motor, den Hendriksen einmal jährlich warten ließ.

Er fühlte sich hier sehr wohl und konnte sich nicht vorstellen, woanders zu wohnen. Zumal er auf dem Oberdeck noch eine Dachterrasse hatte, die genauso groß war wie sein Wohnraum. Als Mietwohnung wäre so etwas kaum bezahlbar gewesen. Er hingegen zahlte eine Liegeplatzgebühr, die den Bruchteil einer Wohnungsmiete ausmachte.

Hendriksen zog seinen Windbreaker aus und warf ihn auf den Schreibtischstuhl. Dann ging er zur Kombüse, öffnete eine Dose Kidney-Bohnen, schnitt zwei Chilischoten in kleine Würfel, zerteilte eine mittlere Zwiebel, briet diese in Kokosfett an, bis sie eine hellbraune Farbe hatte, und gab alles zusammen in einen Topf. Während das Ganze bei mittlerer Hitze köchelte, gab er einige Zweige Pfefferminze in eine Teekanne und goss heißes Wasser darüber. Als der Tee genügend gezogen hatte, füllte er ihn durch ein Sieb in eine Thermoskanne und brachte ihn zusammen mit seinem Lieblingsbecher auf die Dachterrasse. Anschließend holte er den Topf mit den Bohnen. Auf einen Teller verzichtete er – ein Teil weniger zum Abwaschen. Er setzte sich in einen Rattansessel, zog einen zweiten so zurecht, dass er die Beine darauf legen konnte, und löffelte seine Abendmahlzeit aus dem Topf. Als er fertig war, goss er etwas Pfefferminztee in den Topf, damit die Speisereste nicht am Boden festsetzten und er den Topf später nicht sauber schrubben musste. Dann schenkte er Pfefferminztee in den Becher und genoss mit geschlossenen Augen das Aroma des ungesüßten Tees. In diesen Augenblicken war er mit sich und der Welt zufrieden.

Der Entschluss, seinen Beruf als Rechtsmediziner aufzugeben und als Ermittler in Jeremias Voss' Agentur einzutreten, war richtig gewesen. Arzt war er nur geworden, weil seine Eltern und Verwandten erwarteten, dass er mit einer Eins im Abitur Medizin studieren müsste. Er wäre auch ein guter Arzt geworden, wenn er es verstanden hätte, sein Mitgefühl für den Patienten auf Distanz zu halten. So aber belastete der tägliche Umgang mit dem Leid anderer seine Psyche.

Die Entscheidung, in die Rechtsmedizin zu wechseln, war noch schlechter gewesen. Zwar gab es hier kein Leiden mehr, dafür stieß ihn die Arbeit an den Leichen oder Leichenteilen ab. Obwohl er wusste, wie notwendig diese Tätigkeit war, empfand er sie als eine Verletzung der Würde der Toten. Es hatte nicht lange gedauert, dann hatte er eine regelrechte Leichenallergie entwickelt.

Diese psychische Belastung, das Zurückziehen in sich selbst, hatte dazu geführt, dass die Beziehung zu seiner Freundin in die Brüche gegangen war. Im Nachhinein war dies für ihn jedoch von Vorteil, denn sie war arg besitzergreifend und eifersüchtig gewesen. Von dieser Last befreit, hatte er die Kraft gefunden, eine sein ganzes Leben verändernde Entscheidung zu treffen. Der Schritt vom Arzt zum Privatdetektiv war gewaltig gewesen, er hatte ihn jedoch bis jetzt nicht bereut. Noch vor gut einem Jahr hatte er sich morgens zwingen müssen, zur Arbeit zu gehen; heute freute er sich darauf. Dass er sich für die Tätigkeit als Ermittler eignete, hatte er bewiesen, denn sonst hätte ihn Jeremias Voss nie zum Geschäftsführer seiner renommierten Agentur ernannt. Auf die Aufklärungsrate von hundert Prozent im letzten Jahr konnte er stolz sein.

Die wohlige Wärme, die Ruhe um ihn herum, der warme Pfefferminztee und der ruhige Fluss der Gedanken ließen ihn einschlummern.

»Halt! Identifizieren Sie sich! Alle Kanonen sind auf Sie gerichtet.«

Seine neueste Spielerei riss ihn aus dem Schlaf. Am Ende

des Stegs hatte er zwischen zwei Holzpfosten eine Lichtschranke eingebaut. Jeder, der den Lichtstrahl unterbrach, löste einen Kontakt aus, der die Aufforderung über Lautsprecher erklingen ließ.

»Was soll der Quatsch?«, rief Lizzi.

Hendriksen stand auf und ging zur Reling. »Meine neueste Erfindung, um Besucher abzuschrecken – gut, nicht?«

»Na, ob das jemanden abschreckt? Mir kommt es eher so vor, als hättest du zu viel überflüssige Zeit, um Streiche aus deiner Jugend nachzuholen.«

Hendriksen grinste, zog sein Smartphone aus der Tasche und gab einen Code ein.

»Du kannst jetzt heraufkommen. Die Sperre ist ausgeschaltet.«

Als Lizzi auf dem Terrassendeck erschien, deutete er auf einen Rattansessel.

»Nimm Platz. Was verschafft mir die Ehre deines Besuchs?«

»Du hast mich doch eingeladen. Schon vergessen?«

»Stimmt. Ich dachte jedoch, du ziehst lieber um die Häuser. Was darf ich dir als Erfrischung anbieten?«

»Nichts.« Lizzi öffnete ihre Handtasche und holte eine Flasche Bier heraus. »Bei dir bin ich lieber Selbstversorger.«

»Ich weiß nicht, was du gegen einen erfrischenden Pfefferminztee hast. Allein das Aroma regt zum Träumen an.«

»Brrr.« Lizzi nahm demonstrativ einen Schluck aus der Flasche.

»Hast du dir schon Gedanken über den Auftrag gemacht?«, fragte Hendriksen, um das Geplänkel zu beenden.

»Nicht wirklich. Willst du ihn annehmen?«

»Ich denke schon. Klingt irgendwie geheimnisvoll.«

»Geheimnisvoll? Ich weiß nicht so recht. Ich denke, das waren drei stinknormale Zufälle.«

»Im Grunde denke ich das auch«, gab er zu. »Wenn sie sich als solche herausstellen, dann haben wir auf die Schnelle ein paar Euros verdient, was auch nicht schlecht ist. Wenn nicht, dann haben wir einen interessanten Fall vor uns. Wenn ich ehrlich bin, dann wäre mir Letzteres lieber.«

»Könnte aber auch gefährlich werden«, gab Lizzi zu bedenken.

»Du meinst, jemand hat etwas zu verbergen, was ihm so wichtig ist, dass er dafür mordet?«

»Wäre durchaus möglich, oder?«

»Bereitet dir der Gedanke Sorgen?«

»Ja, das tut er.«

»Was ist denn mit dir los? So kenne ich dich ja gar nicht!«

»Ich mache mir auch nicht Sorgen um mich, sondern um dich. Du bist, was Selbstverteidigung angeht, das reinste Baby, was dazu führt, dass du immer Prügel einsteckst, wie dein blaues Auge deutlich zeigt.«

»Übertreib nicht so maßlos. Manchmal, das gebe ich zu, kommt es schon vor, doch …«

»Du brauchst dich gar nicht rauszureden. Schließlich weiß ich, wie oft es passiert. Das aber ist es nicht, was mir Sorge bereitet, sondern … Wenn wir es wirklich mit einem Mörder zu tun bekommen, dann stehst du ihm ohne Waffen hilflos gegenüber.«

»Keine Sorge, mir fällt dann schon etwas ein.«

»Das möchte ich sehen, oder besser, ich möchte es nicht sehen. Und damit ich es nicht sehen muss, habe ich mir überlegt, dass ich dir einen Schnellkurs in Selbstverteidigung geben und dich im Umgang mit einer Pistole ausbilden werde.«

»Absolut unnötig«, begehrte Hendriksen auf. »Ich mag keine Waffen.«

»Dann solltest du dir einen anderen Beruf suchen. Morgen früh werden wir zu meinem Schützenverein fahren, und dort zeige ich dir, wie man schießt. Ausreden lasse ich nicht gelten. Und jetzt, mein lieber Chef, bekommst du eine Lektion in Selbstverteidigung.«

Hendriksen sah auf die Uhr und schüttelte den Kopf. »Zu spät. Wir fangen morgen damit an. Außerdem bin ich Invalide – das Auge.«

»Keine Ausreden. Du gibst dich doch sonst auch als tough guy«, sagte Lizzi und schüttelte vehement den Kopf. »Keine Chance! Wenn du den Auftrag annehmen willst, dann dürfen wir keine Zeit verlieren, dich fit zu machen. Sollte dir etwas passieren, will ich nicht schuld daran sein. Also fangen wir an. Einen Vorteil haben wir: Du bist Arzt und weißt, wo die kritischen Punkte liegen, die einen Menschen ausschalten können. Ich brauche dir also nur beizubringen, sie mit der richtigen Technik blitzschnell zu treffen. Bei deiner Statur ist Schnelligkeit das A und O.«

Widerwillig folgte er Lizzi zu dem Platz, den sie als Trainingsbereich ausgesucht hatte.

Zwei Stunden nahm sie Hendriksen in die Mangel. Immer wieder ließ sie ihn die gleichen Bewegungen wiederholen, bis sie zufrieden war. Sie selbst war die Zielperson. Sie wich seinen Bewegungen aus, bis er sie so schnell ausführte, dass sie sie nicht mehr abwehren konnte. Als sie merkte, dass er keine Kraft mehr hatte, brach sie das Training ab.

Hendriksen ließ sich in einen Sessel sinken und schnappte nach Luft. Er goss den Rest des Pfefferminztees in seinen Becher und stürzte ihn hinunter.

Auch Lizzi war außer Atem und durchgeschwitzt. Eine Weile saßen sie wortlos beieinander, um sich zu erholen. Dann verabschiedete Lizzi sich.

Am nächsten Morgen stieg Hendriksen mit einem Muskelkater aus dem Bett. Verärgert über seine schlechte Kondition, schwor er, etwas dagegen zu unternehmen.

Nach einem kleinen Frühstück mit Müsli und Obst ging Lizzi ins Büro hinunter, brachte die Kaffeemaschine in Gang und sah sich dann die eingegangenen E-Mails an. Das meiste waren Reklamen, die sie sofort löschte.

Als Dörte eintraf, holten sie sich Kaffee, gingen, während sie ihn tranken, die verbliebenen E-Mails durch und besprachen die Aufgaben für den Tag.

Hendriksen erschien kurz nach neun. Biki hatte er über der Schulter.

»Guten Morgen«, begrüßte er die Damen. »Gibt es etwas Neues?«

»Nichts Besonderes«, antwortete Lizzi. »Dörte und ich haben schon alles erledigt.«

Hendriksen sah seine Assistentinnen erstaunt an. »Gibt es einen Grund für eure Aktivität?«

»Gibt es. Wir beide müssen nämlich gleich los. Ich habe uns für zehn Uhr auf der Schießbahn in meinem Klub angemeldet.«

Hendriksen schien etwas sagen zu wollen, überlegte es sich jedoch anders. Schweigend brachte er Biki in sein Büro. Lizzi folgte ihm. Unaufgefordert berichtete sie ihm, was sie bezüglich der E-Mails veranlasst hatte.

Hendriksen nickte zustimmend.

»Ist etwas? Du bist so schweigsam. Habe ich etwas falsch gemacht?«, fragte sie.

»Nein, alles ist gut. Du hast wie immer alles richtig gemacht.«

»Aber es bedrückt dich etwas, das sehe ich dir an.«

»Na ja, dass ich schießen soll, und wenn es nur auf eine Scheibe ist, belastet mich. Du weißt, ich hasse Feuerwaffen.«

»Ich weiß, doch in unserem Beruf muss man mit der Waffe umgehen können. Das kann nicht nur das eigene Leben, sondern auch das deines Partners oder Unschuldige retten.«

»Schon gut. Lass uns fahren.«

Der Schießstand lag an der Rissener Landstraße auf halber Strecke zwischen Blankenese und Rissen. Es war ein längliches, einstöckiges Gebäude, dreißig Meter von der Landstraße entfernt. Eine mannshohe Taxushecke schirmte es zur Straße hin ab. Auf der Rückseite reichte es bis an einen Golfplatz heran.

Lizzi stellte ihren roten Ford Escort auf dem Parkplatz vor dem Gebäude ab. Außer ihr befanden sich noch drei Autos dort.

Sie betraten den geräumigen Eingangsbereich durch eine breite Glastür. Eine Barriere teilte den Raum in zwei Bereiche. An dem Schalter in der Mitte der Absperrung saß ein Mann mittleren Alters. Er begrüßte Lizzi wie eine alte Freundin. Nach dem Austausch einiger flapsiger Bemerkungen trug sie sich und Hendriksen in eine Liste ein. Der Mann drückte auf einen Knopf, eine Tür schwang auf, und beide traten in den hinteren Raum. Von hier gingen zwei Türen ab.

Lizzi zeigte auf die linke. »Sie führt zu den Umkleideräumen.«

Sie gingen durch die rechte in den Schießbereich. Hendriksen zählte sieben Bahnen. Die Standplätze der Schützen waren durch Holzwände abgeteilt, Bahn eins war von einer Frau besetzt.

Lizzi ging zu den Schließfächern, die an der rückwärtigen Wand angebracht waren. Beim Schließfach Nummer elf gab sie einen Code ein, öffnete das Fach und entnahm ihm eine Sportpistole und zwei Kopfhörer.

»Wir üben zunächst mit einem kleinen Kaliber. Dabei ist der Rückschlag nicht so groß. Danach probieren wir Kaliber neun Millimeter.«

Sie schloss in ihrem Schließfach eine Schublade auf und entnahm ihr eine Schachtel mit Kleinkalibermunition. Dann wählte sie die Schießbahn Nummer sieben aus. Hier erklärte sie Hendriksen zunächst die Funktionsweise der Pistole und schob dann ein gefülltes Magazin in das Griffstück ein. Sie wies ihn an, den Kopfhörer aufzusetzen, und tat das Gleiche. Dann befahl sie ihm, die Pistole zu laden und zu entsichern, das Ziel anzuvisieren und zu feuern.

Hendriksen folgte ihren Anweisungen und zog den Abzugsbügel durch. Die Kugel schlug weit rechts neben dem Ziel ein. Der zweite Versuch war nicht besser, nur dass die Kugel oberhalb des Ziels eintraf.

Obwohl sie Hendriksen nach jedem Versuch korrigierte, blieben seine Schießleistungen miserabel. Nach dem zehnten Versuch nahm sie den Ohrenschutz ab.

»Marten, ich glaube, es hat keinen Zweck mit dir. Du scheinst zum Schießen kein Talent zu haben. Wir können uns deshalb die Übung mit dem Neun-Millimeter-Kaliber sparen.«

»Das hab ich dir doch schon immer gesagt, aber du wolltest mir nicht glauben.«

Lizzi konnte ihm ansehen, wie erleichtert er war.

Auf der Rückfahrt war sie schweigsam. Hendriksen war ihr dankbar dafür. Er fühlte, dass er sie enttäuscht hatte, was ihm leid tat. Er hatte nicht absichtlich so schlecht geschossen. Es war einfach seine Aversion gegen jede Art von Handfeuerwaffe. Dieses ungute Gefühl ließ ihn die Pistole immer kurz vor dem Schuss verreißen. Warum ihm Pistolen zuwider waren, konnte er nicht sagen. Es gab kein Erlebnis in seinem Leben, das dafür verantwortlich gemacht werden konnte. Dabei gab er Lizzi im Grunde Recht, wenn sie verlangte, dass er in diesem Beruf sich und andere verteidigen können musste.

Es war auch nicht so, dass er generell etwas gegen Waffen hatte. Er konnte gut mit Messer und Beil umgehen, treffsicher werfen. Auch mit Pfeil und Bogen war er vertraut. Er war zwar kein Robin Hood, traf jedoch auf vierzig Meter Entfernung fast immer ins Schwarze. All diese Fertigkeiten hatte er auf seinen Abenteuerreisen von Eingeborenen gelernt. Selbst den Gebrauch eines Blasrohrs hatten ihm Indianer am Amazonas beigebracht.

Er glaubte auch keine Probleme damit zu haben, solche Waffen gegen Menschen einzusetzen. An Feuerwaffen hingegen fand er keinen Gefallen. Es war das anonyme Töten, das Töten auf große Entfernung, das ihm widerstrebte.

Kapitel 3

Es goss in Strömen. Die Wassertropfen trommelten wie Hagelkörner auf das Dach des VW-Vans, und die Scheibenwischer kämpften vergeblich gegen die Wassermassen an. Hendriksen konnte nur im zweiten Gang fahren, denn er sah lediglich das verschwommene Nebelrücklicht des Vordermanns. Ein LKW rauschte an ihm vorbei. Die hochspritzenden Fontänen von den Hinterreifen schlugen gegen die Windschutzscheibe und nahmen ihm die restliche Sicht. Hendriksen fluchte und lenkte auf den Standstreifen der Autobahn Hamburg-Berlin. Im letzten Moment sah er eine Abfahrt. Fast wäre er vorbeigefahren. Er bog ab und rollte im Schritttempo auf einen Parkplatz. Völlig unvermittelt tauchte aus dem Regenschleier ein PKW auf. Er trat auf die Bremse und kam eine Handbreit hinter ihm zu stehen.

»Uff, das war knapp«, murmelte er.

Er griff in die Hosentasche, zog ein Stofftaschentuch heraus und wischte sich den Schweiß von der Stirn. Dann schaltete er alle Lichter ein, kuppelte den Gang aus und zog die Handbremse an. Den Motor ließ er laufen, damit die Lichter die Batterien nicht entluden. Er blickte zu dem PKW vor sich. Die Lichter waren ausgeschaltet. Ob im Fahrzeug jemand saß, konnte er nicht erkennen, nur dass es hinten auf der Beifahrerseite ungewöhnlich tief herunterhing. Da niemand durch sein dichtes Auffahren aufgeschreckt worden war, beachtete er den Wagen nicht weiter, sondern ging nach hinten, klappte ein Wandbett herunter und legte sich hin, um das Unwetter entspannt vorüberziehen zu lassen.

Der VW-Van gehörte der Agentur und war von Jeremias Voss für längere Überwachungseinsätze hergerichtet worden. Neben zwei Sitzplätzen mit Tisch enthielt er die Liege, die Hendriksen jetzt benutzte, eine Chemietoilette, eine Miniküche mit einem Kühlschrank und an allen Seiten Fenster, durch die niemand von außen ins Innere sehen konnte.

»Hallo, können Sie mal die Tür öffnen?«, rief eine weibliche Stimme von draußen, kaum dass er sich ausgestreckt hatte. Gleichzeitig hämmerte es gegen die Seitentür.

Hendriksen sprang hoch und zog die Tür auf. Vor ihm stand eine junge Frau. Über ihren Kopf hielt sie eine Fußmatte vom Auto – ein höchst ineffektiver Schutz gegen die Sturzbäche vom Himmel. Ohne eine Aufforderung abzuwarten, sprang sie gewandt in den Van. Die klitschnasse Fußmatte warf sie nach draußen auf den Boden.

Hendriksen schob schnell die Seitentür zu, denn der Regen drückte durch die Türöffnung ins Innere.

Die Frau hatte inzwischen ihr Sweatshirt vom Körper gezogen und rubbelte sich damit die nassen Haare ab.

Hendriksen öffnete eines der über den Fenstern befindlichen Schapps, zog ein Handtuch heraus und reichte es ihr.

»Hat keinen Sinn, sich mit einem triefenden Pullover abzutrocknen«, sagte er lächelnd.

»Oh, vielen Dank.«

Er bemühte sich, nicht auf die wohlgeformten Rundungen zu blicken, die sich durch das ebenfalls feuchte Unterhemd abzeichneten. Seine Bemühungen waren jedoch nicht sehr erfolgreich, denn sie waren nicht in einem BH versteckt. Um nicht als Voyeur zu gelten, bückte er sich und zog eine Sporttasche unter einem der Sitze hervor. Er stellte sie aufs Bett und zog den Reißverschluss auf.

»Sie sollten sich trockene Sachen anziehen. Hier drinnen finden Sie alles, was Sie benötigen – Unterwäsche, Jeans, Sweatshirt. Die Sachen müssten Ihnen sogar passen, denn Sie scheinen etwas kleiner zu sein als ich. Sie brauchen auch keine Bedenken zu haben, die Kleidung ist frisch gewaschen. Und ich habe sie erst ein paarmal angehabt. Während Sie sich umziehen, setze ich mich auf den Fahrersitz und schiebe die Zwischentür zu.«

Bevor sie etwas sagen konnte, war er im Führerhaus verschwunden.

Es dauerte nicht lange, dann wurde die Metalltür zurückgeschoben.

Hendriksen schmunzelte. Die Frau drehte sich wie ein Model um die eigene Achse.

»Passt fast wie angegossen. In der Oberweite ein bisschen knapp, dafür ist die Hose in der Taille zu weit, aber sonst … Haben Sie vielen, vielen Dank. Es ist eine Wohltat, aus den nassen Klamotten zu kommen. Der Regen ist in den wenigen Augenblicken, die ich draußen war, bis auf die Haut durchgeschlagen«, sagte sie mit einem allerliebsten Lächeln.

»Freut mich, dass ich Ihnen helfen konnte. Ich hoffe, der Big Boss streicht mir dafür ein Minuszeichen in meinem Sündenregister. Übrigens, ich bin Marten.«

»Ich heiße Tina.«

»Freut mich, Sie kennenzulernen, auch wenn die Umstände sehr nass waren«, sagte Hendriksen, ging zur Pantry-Küche, drehte den Gashahn auf, ließ Wasser in einen Kessel laufen und stellte ihn auf den Gasherd.

»Mich freut es auch – sehr sogar. Und da ich schon Ihre Unterhose trage, können Sie ruhig Du zu mir sagen.«

Hendriksen grinste. »Das gilt auch für dich.«

Er bückte sich und zog einen Müllbeutel unter der Spüle hervor. »Hier, für deine nassen Sachen. Trocknen können wir sie hier drinnen doch nicht. Und nun setz dich. Ich brüh uns einen Pfefferminztee auf, damit du auch von innen warm wirst.«

»Ich denke, wenn ich meine Sachen über der Spüle auswringen und zum Trocknen ausbreiten darf, dann hilft das schon. Ich muss sie ja wieder anziehen.«

»Wieso anziehen? Wenn du dich nicht genierst, dann behältst du meine Klamotten an, bis du zu Hause bist. Du kannst sie mir anschließend zurückschicken.«

»Das geht wirklich nicht. Ich kann doch deine Sachen nicht anbehalten. Unmöglich.«

»Unsinn! Natürlich geht das. Ich will nicht daran schuld sein, wenn du dir eine Lungenentzündung holst. Und jetzt pack deine Sachen ein und setz dich.«

»Du bist wirklich sehr, sehr nett – danke.«

Tina war Hendriksen auf Anhieb sympathisch. Er mochte ihre unkomplizierte, direkte Art. Ihr hübsches Gesicht mit Grübchen in den Wangen und einer Stupsnase, dazu die großen, kastanienbraunen Augen und die langen Haare in der gleichen Farbe, gefielen ihm besonders.

Tina stopfte die nasse Kleidung gehorsam in den Müllbeutel. Als sie damit fertig war, stellte Hendriksen einen

Becher Pfefferminztee und eine Packung Würfelzucker an ihren Platz. Das würzige Aroma erfüllte schnell den ganzen Raum.

Tina schnüffelte. »Hm, riecht ausgezeichnet.«

»Mein Lieblingsgetränk.«

»Darauf wäre ich jetzt nicht gekommen.«

Nachdem sie den Tee gesüßt und den ersten Schluck genommen hatte, sagte Hendriksen: »Nun erzähl, welchem Umstand ich es zu verdanken habe, dir helfen zu dürfen.«

Tina lächelte ihn an. »Das hast du lieb gesagt. Deine Frage ist schnell beantwortet – meiner Dusseligkeit! Ich hatte vergessen mein Smartphone rechtzeitig aufzuladen. Konnte daher keine Hilfe holen. Als ich an deine Tür klopfte, wollte ich dich nur bitten, einmal dein Handy benutzen zu dürfen. Trockengelegt zu werden, war nicht meine Absicht.«

»Probleme mit dem Auto?«

»Platten, und der Reservereifen ist ebenfalls platt.«

»Das ist wirklich Pech, vor allem, wenn man keine Hilfe rufen kann.«

»Wem sagst du das? Und bei dem Regen und der Sicht zur nächsten Telefonsäule an der Autobahn zu laufen, kommt einem Selbstmord gleich.«

Hendriksen zog sein Smartphone aus der Tasche und reichte es ihr. »Falls du den ADAC anrufen willst, die Nummer ist gespeichert. Ich werde derweil abwaschen.«

Tina telefonierte mit dem ADAC, wie Hendriksen aus dem Gespräch entnahm. Als sie fertig war, sagte sie: »In einer halben Stunde kommt Hilfe. Gewährst du mir so lange noch Asyl?«

»Mit dem größten Vergnügen.«

»Das ist lieb. Nun aber das Wichtigste. Wohin soll ich deine Sachen schicken?«

Hendriksen dachte einen Augenblick nach. »Ich habe in den nächsten Tagen auf einem Schloss Bolkow zu tun. Am besten …«

»Liegt das in der Nähe der polnischen Grenze nördlich von Görlitz?«

»Ja, kennst du es etwa?«

»Das Schloss selbst nicht, aber ich weiß, wo es liegt. Ich wohne nämlich nicht weit davon entfernt.«

»Ich glaub's nicht. Die Welt ist ein Dorf. Schick mir die Sachen bitte dorthin. Die Besitzerin ist eine Frau Bolkow.« Hendriksen reichte ihr seine Geschäftskarte.

Tina las sie und sah ihn erstaunt an. »So, so, du bist ein Doktor und Privatdetektiv. Wie geht denn das zusammen?«

»Eine lange Geschichte. Erzähl ich dir, wenn du mich zum Kaffee einlädst.«

»Versprochen?«

»Versprochen.«

Inzwischen hatte der Regen nachgelassen. Dafür prasselten jetzt Hagelkörner aufs Dach. Fünf Minuten später war auch dieser Spuk vorbei. Früher als erwartet traf der gelbe Engel des ADAC ein, und Tina verabschiedete sich. Sie wollte ihm nochmals danken, doch Hendriksen winkte ab. Dafür umarmte sie ihn und gab ihm einen Kuss auf die Wange.

Eine heiße Welle durchflutete ihn. Schnell setzte er sich auf den Fahrersitz und schaltete die Scheibenwischer ein. Sehen konnte er jedoch nichts, da die Windschutzscheibe und die Seitenfenster von innen beschlagen waren. Er stellte das Gebläse auf »Windschutzscheibe enteisen« und drehte die

Heizung auf die höchste Stufe. Die Fenster auf der Fahrer- und Beifahrerseite ließ er nach unten und wieder hochfahren. Die Fenstergummis an den Türen reinigten die Scheiben so weit, dass er hinaussehen konnte. Er wollte gerade anfahren, als sein Smartphone klingelte. Lizzi rief an, wie er auf dem Display sah.

»Hallo, Lizzi, gut angekommen?«

»Alles bestens. Ich wollte dir nur mitteilen, dass ich nicht im Hotel Hubertus abgestiegen bin, sondern bei Petra wohne.«

»Wer ist Petra?«

»Petra Bolkow, die Besitzerin von Schloss Bolkow. Genau genommen ist sie nicht die Besitzerin. Doch die verworrenen Besitzverhältnisse erkläre ich dir später.«

»Wie kommst du denn dazu?«

»Erkläre ich dir alles später. Jetzt wollte ich nur einen neuen Treffpunkt mit dir ausmachen. Wo steckst du?«

»Etwa hundertsechzig Kilometer vor Berlin. Welchen Treffpunkt schlägst du vor?«

»Es gibt hier einen Ort, der nennt sich Weißkeißel. In dem Ort liegt der Gasthof Alte Schule. Dort können wir uns treffen. Du kannst dir da auch ein Zimmer mieten. Soll ich dir den Weg beschreiben?«

»Nicht nötig. Ich gebe ihn ins Navi ein. Buchstabiere den Namen.«

»Weiß, wie die Farbe, und keißel: Kilo, Emil, India, Sierra, Sierra, Emil, Lima.«

»Der Gasthof heißt Alte Schule?«

»Richtig. Wann denkst du, wirst du hier sein?«

Hendriksen überschlug im Kopf die Kilometer, die er noch

fahren musste, addierte eine Dreiviertelstunde als Puffer und sagte: »Ich denke, ich bin gegen sechzehn Uhr dort.«

»Okay, ruf mich an, wenn du bei Kodersdorf die Autobahn verlässt. Die B115 Richtung Niesky und Bad Muskau geht direkt durch Weißkeißel. Ich benötige etwa eine halbe Stunde.«

»In Ordnung. Bis dann.«

»Nicht auflegen!«, rief Lizzi ins Telefon.

»Gibt's noch was?«

»Ja, hast du schon in den Karton gesehen, den ich dir in den Stauraum unter den Sitz gelegt habe?«

»Nein, wie sollte ich? Was ist denn drin?«

»Sieh am besten selbst nach. Und nun tschüss.«

Die Windschutzscheibe bot inzwischen wieder klare Sicht, und die Hageldecke auf der Autobahn war bis auf kleine Reste abgetaut.

Hendriksen schaltete Gebläse und Heizung herunter und stellte die Beleuchtung bis auf das Abblendlicht auf »Aus«. Dann legte er den ersten Gang ein, wartete auf eine Lücke und gab Gas.

Während er mit hundertzwanzig dahinfuhr, beschäftigten sich seine Gedanken mit Tina. Allerdings nicht lange, dann siegte seine Neugierde und er fragte sich, was Lizzi unter einem der beiden Sitze im Beobachtungsraum deponiert haben mochte. So sehr er seine Fantasie auch spielen ließ, er kam zu keinem Ergebnis. Schließlich wurde die Neugier so groß, dass er bei der nächsten Raststätte abbog. Er hielt vor dem Restaurant, ging neugierig nach hinten und klappte den ersten Sitz hoch. In dem Stauraum lag eine Plastiktüte. Er holte sie heraus, öffnete sie und wollte nicht glauben, was er sah.

Die Tüte enthielt einen Schlagring, zwei Dosen Pfefferspray und einen Elektroschocker. Dabei lag ein Zettel.

Weil deine Schießkünste zu wünschen übrig lassen, musst du dich mit anderen Mitteln verteidigen. Ich habe dir dazu ein paar gängige Hilfsmittel besorgt. Bitte mach dich mit ihnen vertraut. Wer weiß, was uns bei unserem neuen Auftrag alles blüht. Ich sehe dich zwar schon den Kopf schütteln und vor allem den Schlagring missbilligend begutachten, doch für jemanden, der kein Boxer ist, ist er eine sehr gute Möglichkeit, die Schlagkraft zu verstärken. Der Elektroschocker ist ein besonderes Modell. Ich habe lange in Hamburg gesucht, bis ich ihn gefunden habe. Bei diesem Modell können mittels Feder zwei spitze, etwa zwanzig Zentimeter lange Stahlnadeln ausgefahren werden. Der Federdruck reicht aus, um die Stahlspitzen durch leichte Kleidung (Anzug) dringen zu lassen. Damit kannst du den Gegner an jedem beliebigen Punkt seines Körpers ausschalten.
Deine um deine Gesundheit besorgte Mitarbeiterin.

Hendriksen schüttelte den Kopf. Er wusste nicht, was er denken sollte. Auf der einen Seite fand er die Besorgnis um seine Gesundheit rührend, auf der anderen ärgerte er sich über die Bevormundung. Unzufrieden mit seinen gemischten Gefühlen, entschloss er sich, einen Pfefferminztee zu trinken.

Er ging in die Gaststätte und stellte zu seinem Bedauern fest, dass der Ständer für Pfefferminztee leer war. Enttäuscht entschloss er sich, als Ersatz einen Becher Kakao und dazu zwei belegte Brötchen zu nehmen. An einem Tisch am Fenster nahm er Platz.

Es dauerte nicht lange, dann sorgte die entspannende Wirkung des Kakaos dafür, dass seine aggressive Stimmung verschwand. Jetzt kam es ihm kindisch vor, sich über Lizzis Fürsorge geärgert zu haben, anstatt ihr dankbar zu sein. Er war sich bewusst, dass er eine überspitzte Aversion gegen jede Art von Bevormundung hatte. Leider passierte es immer wieder, dass er gerade bei älteren Frauen, aber nicht nur bei ihnen, den Mutterkomplex weckte. Er führte es auf seine Größe und die schmächtige Gestalt zurück. Schon oft hatte er sich vorgenommen, solche weiblichen Bedürfnisse an sich abprallen zu lassen. Gelungen war es ihm jedoch meistens nicht.

Er verließ in ausgeglichener Stimmung die Raststätte und ging zu seinem Van. Er schlug den Autoatlas auf und prägte sich die Strecke nach Weißkeißel ein. Das Navi schaltete er aus. Wenn irgend möglich, verzichtete er auf die elektronischen Anweisungen. Er liebte es, die Fahrtstrecke im Kopf abzuspeichern und immer zu wissen, wo er sich geografisch gerade befand.

Die Fahrt zu seinem Ziel verlief ohne weitere Probleme. Einen Stau um Berlin herum konnte er dank der rechtzeitigen Warnung des Verkehrsfunks umfahren. Trotz dieser Verzögerung traf er eine halbe Stunde vor der Zeit beim Gasthof Alte Schule ein. Wie verabredet, hatte er Lizzi, als er von der Autobahn abfuhr, angerufen, so dass sie bereits zehn Minuten nach ihm die Gaststube betrat.

Als sie auf ihn zukam, sah Hendriksen, dass ihr Gesicht angespannt wirkte. Bevor er nach dem Grund fragen konnte, begrüßte sie ihn.

»Hallo, Marten.«

»Ebenfalls hallo. Hast du schon etwas herausgefunden?«

Lizzi ging auf die Frage nicht ein. »Hast du dir das Paket, das ich dir in die Sitzbank gelegt habe, angesehen?«

»Habe ich.«

»Und? Böse?«

»Im ersten Augenblick, ja. Du weißt ja, dass ich mich ungern bemuttern lasse.«

»Weiß ich. Doch du achtest so wenig auf deine Sicherheit, dass ich immer Angst habe, dir könnte etwas passieren. Schließlich sind wir hier wirklich am Arsch der Welt, und wir wissen nicht, was uns erwartet – deine Worte. Besser, du bist für alle Fälle gerüstet.«

»Schon gut, du hast ja recht, und ich bin dir wirklich dankbar. Nur hättest du mir sagen können, was du vorhast.«

Aus Lizzis Gesicht war die Anspannung gewichen. Mit einem Lächeln sagte sie: »Und du wärst damit einverstanden gewesen, dass ich die Sachen beschaffe?« Sie wartete nicht auf eine Antwort, sondern beantwortete die Frage gleich selbst: »Das willst du mir doch nicht weismachen.«

Hendriksen musste lächeln. »Wohl eher nicht.«

»Eben! Dich muss man vor vollendete Tatsachen stellen, wenn man etwas erreichen will. Du kannst nämlich ziemlich dickköpfig sein.«

»Das ist maßlos übertrieben. Doch lassen wir das. Zu meiner Frage. Hast du schon etwas erreicht?«

»Nein, dazu war die Zeit zu knapp. Ich habe mich zunächst mit den Örtlichkeiten vertraut gemacht. Wie ich schon sagte, wir befinden uns am Ende der Welt. Der größte Ort im Umkreis von etlichen Kilometern ist Weisswasser. Die polnische Grenze ist nur wenige Kilometer von hier entfernt. Die Menschen sind gegenüber Fremden zurückhaltend. Vielleicht liegt es daran, dass es überwiegend Sorben sind.«

»Hatte ich dich vorhin richtig verstanden, du wohnst im Schloss?«

»Stimmt.«

»Wie bist du zu der Ehre gekommen?«

»Durch Zufall. Ich war in Bad Muskau. Liegt nur einige Kilometer nördlich von hier.«

»Ich weiß, wo es liegt.«

»Okay, ich bin also von dort die Straße an der Neiße entlang nach Süden gefahren. Ich wollte mir einen Eindruck von der Grenze zu Polen machen. Auf der Strecke traf ich auf einen Pick-up, der am Straßenrand stand und offensichtlich eine Panne hatte. Da wenig Verkehr herrschte, hielt ich an und fragte, ob ich helfen könnte, denn eine junge Frau stand ziemlich hilflos neben dem Wagen. Lange Rede kurzer Sinn: Ich bot an, sie zur nächsten Werkstatt zu fahren. Sie fragte mich, ob ich sie auch nach Hause fahren könnte. Na klar, sagte ich – und wo landeten wir? Ich nehme an, du kannst es dir denken – im Schloss Bolkow. Die junge Frau war niemand anders als Petra Bolkow, die Tochter, die wir beschützen sollen.«

»Du hast ihr doch hoffentlich nicht verraten, wer du bist und was du hier vorhast?«

»Natürlich nicht. Wofür hältst du mich? Sie bot mir einen Kaffee an, und darüber kamen wir ins Quatschen. Als sie hörte, dass ich einige Tage in der Gegend bleiben und mich in einer Pension einmieten wollte, bot sie mir an, bei ihr zu wohnen. Da wir beide uns auf Anhieb sympathisch waren, sagte ich zu. Außerdem dachte ich, es wäre eine gute Gelegenheit, mehr über unseren Fall zu erfahren.«

Hendriksen schwieg einige Augenblicke, bevor er antwortete: »Gut gemacht. Als ihr Gast wird man dich nicht verdächtigen, herumzuschnüffeln.«

»Was hältst du davon, wenn ich sie in unser Vorhaben einweihe? Ich könnte mir vorstellen, dass wir dann mehr erfahren, als wenn ich weiter inkognito bleibe. Natürlich würde ich ihr klarmachen, dass sie nicht darüber reden darf. Es ist nämlich nicht leicht, das Gespräch immer wieder auf die Unfälle zu bringen, ohne verdächtig zu wirken.« Lizzi sah Hendriksen fragend an.

Der schwieg, um sich das Für und Wider zu überlegen.

»Ich denke, dein Vorschlag hat einiges für sich. Wenn du denkst, dass es für dich vorteilhaft sein könnte, tu es.«

»Übrigens, sie wohnt nicht allein. Ein älteres Ehepaar lebt ebenfalls dort. Er ist Hausmeister und sie Hauswirtschafterin. Unabhängig davon, hätte Petra sowieso nicht weg gekonnt. Sie hat nämlich seit einigen Tagen eine polnische Arbeitstruppe zum Renovieren im Haus. Arbeiter aus der Umgebung konnte sie nicht finden.«

»Das hat sie dir alles während des Kaffeetrinkens erzählt?«

»Natürlich nicht. Du vergisst, dass wir schon drei Tage zusammen sind, und dabei ergeben sich viele Gelegenheiten zur Unterhaltung.«

»Verstehe. Wenn du sie in deinen Auftrag einweihst, dann lass mich zunächst außen vor.«

»Mach ich. Wie hast du dir unsere Arbeit hier vorgestellt? Ohne eine glaubhafte Erklärung dauert es nicht lange und die Leute werden annehmen, dass du hier Nachforschungen anstellst. Die Menschen sind hier nämlich nicht nur verschlossen, sondern auch Fremden gegenüber sehr argwöhnisch.«

»Keine Sorge, du bist nicht die Einzige, die hier denkt. Ich werde als schrulliger Doktor, Spezialist für paranormale Vorgänge, auftreten. Mein Ziel ist es, die Einflüsse von Geistern auf die Unglücksfälle im Schloss nachzuweisen. Die entsprechende Ausrüstung habe ich mir in Hamburg noch besorgt.«

Lizzi lachte. »Meinst du das im Ernst?«

»Natürlich. Einen spinnerten Wissenschaftler wird niemand ernst nehmen. Ich kann problemlos herumschnüffeln, ohne dass jemand meine wahren Absichten erkennt.«

Obwohl Lizzi sich weiter über Martens Plan amüsierte, musste sie zugeben, dass dies eine gute Tarnung sein konnte.

»Wie gut kennst du den Ort Bolkow?«, fragte Hendriksen.

»Gut, denn er besteht nur aus ein paar Häusern, und erstaunlicherweise gibt es dort eine Kneipe, die sogar Zimmer vermietet. Allerdings hat sie nur drei, wie mir Petra erzählte.«

»Sehr gut, ich werde mich dort einmieten. Wir bleiben telefonisch in Verbindung. Wie ich vorgehen werde, weiß ich noch nicht. Das mache ich davon abhängig, was ich in dem Gasthaus so alles erfahre.«

Kapitel 4

Da Hendriksen den gleichen Weg benutzen wollte wie Lizzi, wartete er noch eine Viertelstunde, nachdem sie abgefahren war, und brach dann auf. Die Fahrt entlang des Grenzflusses Neiße führte durch die Muskauer Heide, eine Landschaft, die ein Refugium für die Tier- und Pflanzenwelt hätte sein können, wenn sie nicht durch den Braunkohleabbau entstellt worden wäre.

Schon nach einer halben Stunde erreichte Hendriksen das Dorf Bolkow. Es bestand in der Tat nur aus einigen Häusern und zwei dreistöckigen Gebäuden in Plattenbauweise. Hier am östlichen Rand Deutschlands gab es immer noch Anzeichen einstiger DDR-Wirtschaft. In der Mitte des Ortes lag die Gastwirtschaft *Zum wilden Keiler.* Der aus Holz geschnitzte Kopf eines männlichen Wildschweins hing über der Tür. Sonne und Wind hatten das Holz grau und rissig werden lassen. Wahrscheinlich war er genauso alt wie die Wirtschaft selbst. Gegenüber des Gasthofs zweigte eine Allee ab. Ein verbogenes Straßenschild zeigte, dass es von hier aus noch sechshundert Meter bis zum Schloss Bolkow waren.

Hendriksen parkte den Van neben der Eingangstür und stieg die fünf ausgetretenen Steinstufen zum Gasthof hoch. Er betrat einen verräucherten Raum. Bis hierhin schien das allgemeine Rauchverbot noch nicht vorgedrungen zu sein. Außer einem langen Tresen gab es noch fünf Vierertische und an der Seite zur Straße eine Sitzeckbank mit einem länglichen Tisch. Auf dem Tisch stand ein runder Aschenbecher, und darüber befand sich ein geschmiedetes Schild mit der Aufschrift *Stammtisch*. Zwei Männer mittleren Alters saßen daran. Vor jedem stand auf einem Bierdeckel ein Pilsglas.

Hendriksen grüßte höflich und ging zum Tresen, zog einen Barhocker hervor, setzte sich und bestellte ein Bier.

»Pils?«, fragte der Wirt hinter dem Tresen kurz. Dass weder er noch die Männer am Stammtisch seinen Gruß erwidert hatten, fand er eigenartig.

»Ja«, antwortete er genauso kurz angebunden.

Nachdem er einen Schluck genommen hatte, wandte er sich wieder dem Wirt zu. »Haben Sie ein Zimmer für mich?«

Der Wirt sah zu den beiden Männern am Stammtisch hinüber, als ob er von ihnen eine Erlaubnis benötige, Zimmer zu vermieten. Später erfuhr Hendriksen, dass einer der beiden Männer am Tisch der Wirt und der Mann hinter der Theke nur eine Aushilfe war.

Als vom Tisch keine Antwort kam, fragte die Bedienung: »Einzel- oder Doppelzimmer?«

»Einzelzimmer reicht mir.«

Die Bedienung zog einen Block unter dem Tresen hervor und schob ihn zusammen mit einem Kugelschreiber zu Hendriksen hinüber.

»Sie müssen sich eintragen. Wie lange bleiben Sie?«

»Weiß ich noch nicht. Vielleicht zwei bis drei Tage. Möglicherweise auch etwas länger.«

Während er sprach, begann er das Anmeldeformular auszufüllen. Als Beruf trug er »Sachverständiger für paranormale Vorgänge« ein. Er schob den Block zurück und bekam dafür einen Schlüssel. Er hing an einem unhandlichen Eisenschild.

»Gehen Sie durch die Tür neben dem Tresen in den ersten Stock. Ihr Zimmer ist das erste auf der linken Seite. Toilette und Dusche befinden sich am Ende des Gangs. Sie sind heute der einzige Gast.«

»Wann gibt es Frühstück?«

»Zwischen acht und zehn Uhr. Hier unten in der Gaststube.«

Hendriksen bedankte sich, trank sein Bier aus und ging. Er öffnete die beschriebene Tür, trat hindurch und ließ sie einen kleinen Spalt offen. Es dauerte nur wenige Augenblicke, dann sah er die beiden Männer vom Stammtisch zum Tresen kommen und sich über das Anmeldeformular beugen.

Hendriksen grinste. Die Herren schienen sehr neugierig zu sein. *Ob sie sich wohl etwas unter paranormal vorstellen können?*, dachte er. In Gedanken lobte er sich, den Geisterjäger als Tarnung gewählt zu haben. Mit sich zufrieden, stieg er leise die Treppe nach oben.

Sein Zimmer war ein Schlauch – etwa zwei Meter breit und drei Meter fünfzig lang. Ein Schrank, ein Bett, ein Stuhl und ein Tisch standen in einer Reihe hintereinander. Gegenüber der Tür befand sich ein Fenster mit Sicht auf die Straße. Eine Gefängniszelle wäre komfortabler, die hätte wenigstens eine Toilette und ein Waschbecken im Raum gehabt.

Er verließ das Zimmer und stieg die Treppe hinunter. Die drei Männer befanden sich immer noch in der Gaststube und musterten ihn neugierig. Er tat, als würde er ihre Blicke nicht bemerken, nickte ihnen zu und verließ den Raum, um einen Gang durchs Dorf zu machen.

Bolkow war ein typisches Straßendorf. Die Häuser und die Wohnblocks lagen entlang der Dorfstraße. Einige wenige waren Bauernhöfe. Die Mehrzahl schien einst als Unterkünfte für Landarbeiter gedient zu haben. Wer jetzt darin wohnte, war nicht zu erkennen. Entlang der Häuser verlief rechts und links der Straße ein Sandstreifen, der den Spuren nach ein Fußgängerweg war. Am südlichen Ende der Ortschaft befand sich eine Schmiede. Obwohl sie geschlossen war, sah es aus, als wäre sie noch in Betrieb.

Hendriksen folgte der Landstraße noch ein Stück nach Osten und Norden, entdeckte aber nichts Interessantes, das seine Neugier erregt hätte. Er entschloss sich deshalb, die Straße zum Schloss entlang zu gehen. An beiden Seiten standen alte Linden, die mit ihren Kronen zusammengewachsen waren. Moderne landwirtschaftliche Fahrzeuge hätten diese Allee nicht benutzen können.

Hendriksen blieb stehen, um die Allee zu betrachten. Er liebte diese alten, von Bäumen gesäumten Straßen, und er war immer wieder erstaunt, dass die Linden die Jahre der DDR und die Zeit nach der Wende überstanden hatten. Wahrscheinlich lag es daran, dass das Schloss an der Grenze zu Polen dem Modernisierungswahn von Investoren entgangen war.

Im Augenblick war Hendriksen besonders froh, in der Allee zu sein, denn ein Schauer prasselte auf das Blätterdach, ohne dass der Regen bis auf den Boden gelangte.

Er hockte sich, wie er es von den Indianern im Regenwald Brasiliens gelernt hatte, auf den Boden und wartete, bis der Regen sich verzogen hatte. Kaum waren die letzten Tropfen gefallen, begannen die Vögel mit ihrem Abendkonzert. Vergessen war der Auftrag. Er schloss die Augen und lauschte dem vielstimmigen Gesang.

Nach einer Weile stand er auf und schlenderte zur Gastwirtschaft zurück. Die Stammtischbesatzung hatte sich um vier Männer und eine Frau erweitert. Hendriksen nickte ihnen zu, was nicht zur Kenntnis genommen wurde. Er wählte einen Tisch etwas abseits, aber dicht genug, um Teile der Gespräche zu verstehen.

Die Bedienung vom Tresen trat an seinen Tisch und sah ihn fragend an, sagte aber nichts.

»Haben Sie Pfefferminztee?«

»Pfefferminztee?«, fragte der Mann in einem Ton, als hätte Hendriksen etwas Unmögliches verlangt.

»Schon gut, ich sehe, Sie haben keinen. Bringen Sie mir dann ein Pils.«

Der Kellner drehte sich schweigend um und ging zum Tresen. Fünf Minuten später kam er zurück. Das Bier hatte genau die Schaumkrone, die man von einem Pils erwartete. *Wenn er auch nicht sprechen kann, Pils zapfen, das kann er*, dachte Hendriksen.

Die Unterhaltung am Stammtisch war für ihn uninteressant. Wenn er gehofft hatte, selbst Gegenstand der Gespräche zu sein, so hatte er sich geirrt. Fast alle Bemerkungen drehten sich um die verfrühte Hitzewelle in diesem Jahr, über die zu erwartende schlechte Ernte und über ein mögliches Hochwasser der Neiße.

Hendriksen hatte sein zweites Bier ausgetrunken und überlegte, ob er noch ein drittes bestellen sollte, als die Tür aufging und Lizzi in Begleitung einer schlanken, etwa gleichaltrigen Frau die Gaststube betrat. Die Ähnlichkeit zwischen ihr und Frau Bolkow, die ihn in Hamburg besucht hatte, war verblüffend. Es konnte nur die dickköpfige Schlossbesitzerin sein.

Die Damen setzten sich an den Tresen und bestellten ebenfalls ein Pils.

»Sieh da, unser Schlossfräulein lässt sich auch mal blicken«, hörte Hendriksen die Frau am Stammtisch sagen. Die Worte klangen nicht gerade freundlich. Für Hendriksen war es jedoch eine Steilvorlage. Er hatte sich bereits überlegt, wie er mit den Damen Kontakt aufnehmen konnte, ohne zu zeigen, dass er eine von ihnen kannte. Er erhob sich und ging zum Tresen.

»Entschuldigen Sie, dass ich mich aufdränge. Ich habe gerade gehört, Sie sind die Besitzerin des Schlosses Bolkow. Gestatten Sie, mein Name ist Dr. Hendriksen. Ich erforsche paranormale Ereignisse. Wie ich gehört habe, geschehen bei Ihnen Dinge, die auf die Einwirkung von Geistern schließen lassen. Bösen Geistern, möchte ich hinzufügen. Ich wollte morgen zu Ihnen ins Schloss kommen, um mich vorzustellen und Sie zu bitten, vor Ort prüfen zu dürfen, ob es im Schloss wirklich Geister oder unnatürliche Erscheinungen gibt.«

Hendriksen hatte sich leicht vor Petra Bolkow verbeugt und so laut gesprochen, dass jeder im Raum ihn gehört haben musste.

»Darf ich Sie morgen besuchen?«

Die Schlossbesitzerin hatte sich zu ihm umgedreht. »Das auch noch.«

»Wie darf ich das verstehen?«

»Entschuldigen Sie«, sagte Petra Bolkow mit einem Lächeln. »Es ist mir so rausgerutscht. Ich wollte nicht unhöflich sein. Es ist nur so: Seit diesen Vorfällen, auf die Sie anspielen, will niemand mehr für mich arbeiten. Die Leute aus dem Dorf meiden das Schloss, als wäre dort die Pest ausgebrochen. Mein Haus wird nur noch das Spukschloss genannt.« Sie machte eine kleine Pause und fügte mit einem herzlichen Lächeln hinzu: »Aber natürlich dürfen Sie kommen. Ich sage Ihnen jedoch besser gleich, dass ich diese ganzen Gespenstergeschichten für einen Schwindel halte.«

»Das kann ich gut verstehen, weil Sie sich sicherlich nicht näher damit beschäftigt haben. Und doch glauben etwa siebzig Prozent der Deutschen an Gespenster, Poltergeister, außersinnliche Wahrnehmungen und Ähnliches. Dies stammt nicht von mir, sondern aus einer wissenschaftlichen Studie. Meine Gesellschaft für paranormale Erscheinungen erhält jährlich zwischen dreitausend und fünftausend Meldungen von Erlebnissen mit – ich sage es einmal ganz simpel – Geistererscheinungen. Erstaunlich ist nur, dass sich die wenigsten Leute dazu bekennen. Sind Sie der gleichen Ansicht wie Frau Bolkow?« Hendriksen hatte sich mit der letzten Frage an Lizzi gewandt.

»Ich bin überzeugt, dass es Geister gibt. Ich selbst habe so einen Fall erlebt. Bei mir zu Hause flackerte eines Abends wiederholt das Licht in der Deckenlampe, obwohl alle anderen Lampen ganz normal brannten. Auch der Fernseher zeigte keine Spur von Stromschwankungen. Vielleicht kann ein Elektriker das Phänomen erklären, aber es gab darüber hinaus noch etwas Eigenartiges. Als ich am nächsten Morgen aufstand und ins Wohnzimmer ging, hing ein Bild schief. Ich bin sicher, dass es noch gerade gehangen hatte, als ich zu Bett ging.«

Hendriksen machte eine eifrige Miene. »Von ähnlichen Erlebnissen hören wir immer wieder. Die Vorfälle werden in der Regel den sogenannten Poltergeistern zugeschrieben. Sie gehören zu den guten Geistern und treiben gewöhnlich nur Schabernack. Allerdings habe ich auch schon von Fällen gehört, bei denen Menschen zu Schaden gekommen sind. Übrigens«, er wandte sich wieder an Frau Bolkow, »sind gerade alte Gebäude wie Burgruinen, Schlösser und Klöster beliebte Orte für Geistererscheinungen. Wir, damit meine ich die Gesellschaft für paranormale Erscheinungen, sind davon überzeugt, dass sich in diesen Gebäuden Tragödien abgespielt haben und dass die Seelen der betroffenen Personen nicht zur Ruhe kommen, bis ihr Schicksal aufgeklärt ist. Ich denke da an die Nonne, die in der Wand eines Klosters eingemauert war und deren Geist den Berichten nach über drei Jahrhunderte den verschiedensten Nonnen erschien. Erst als ihre Leiche bei Umbauten entdeckt wurde und sie ein christliches Begräbnis fand, hörte der Spuk auf.«

»Interessant«, sagte Petra Bolkow. »Vielleicht können Sie mir ja tatsächlich helfen. Etwas unheimlich ist es in einem alten Schloss wie meinem manchmal schon. Bei Sturm ächzt und knackt es an allen Enden. Ich glaube, es gibt auch Ratten im Haus. Manchmal werde ich von Geräuschen wach, die sich anhören, als würde jemand an der Täfelung nagen.«

»Das stimmt«, warf Lizzi ein. »Ich habe es auch gehört.«

»Könnten auch Geister sein. In alten Gebäuden muss man mit Geistern rechnen. Ich bin sicher, in dem Gemäuer haben sich die unterschiedlichsten Tragödien abgespielt.«

»Mit Sicherheit«, gab Petra zu. »Nach dem Krieg waren hier die verschiedensten Dienststellen untergebracht. Zuerst nahmen es die Sowjets in Besitz. Hier wurden Kriegsverbrecher vernommen. Diejenigen, die nicht an Ort und Stelle liquidiert wurden, kamen nach Bautzen ins Zuchthaus. Nach den Sowjets kam die Stasi. Jetzt hießen die Angeklagten nicht mehr Kriegsverbrecher, sondern Staatsfeinde. Ihre Schicksale dürften sich kaum von denen ihrer Vorgänger unterschieden haben. Nach der Stasi wurde es ein Waisenhaus, später ein Heim für schwer erziehbare Jugendliche. Dann stand es eine Zeitlang leer. Die LPG nutzte es als Lagerhaus. Irgendwann übernahm es die Volksarmee und richtete einen Grenzposten ein. Offenbar traute man den Brüdern im Osten nicht so recht. Nach der Wende stand es erneut leer, bis es wieder in Familienbesitz kam. Es wurden einige Renovierungsversuche unternommen, aber offenbar hatte mein Großvater kein richtiges Konzept, oder ihm ging das Geld aus. Wenigstens reichten die Maßnahmen, um die Bausubstanz zu erhalten. Schließlich fiel das Schloss an meine Mutter. Sie sehen, das Gebäude hat in den letzten Jahrzehnten viel erlebt.«

»Geradezu ein Paradies für Geister. Für meine Forschungen könnte es eine Fundgrube sein. Doch jetzt möchte ich die Damen nicht länger aufhalten. Wann darf ich Sie morgen besuchen?«

»Kommen Sie doch einfach zum Frühstück und bringen Sie frische Brötchen mit. Die bekommen Sie hier in der Gastwirtschaft.«

Petra blickte fragend zum Wirt hinüber; der nickte zustimmend.

»Wird gemacht. Wann frühstücken Sie?«

»Ist Ihnen neun Uhr recht?«

»Ich werde pünktlich vor der Tür stehen, oder muss ich Eingangsportal sagen?«

»Tür reicht aus.«

Hendriksen nickte den Damen zu, bezahlte sein Bier und verließ die Stube, um auf sein Zimmer zu gehen. Er war mit sich und dem, was er erreicht hatte, zufrieden. Er war sicher, dass jeder am Stammtisch seine Worte gehört hatte.

Sein selbstgefälliges Gefühl wäre verschwunden und großer Sorge gewichen, wenn er gehört hätte, was eine der Personen, die wenige Minuten nach ihm vom Stammtisch aufgestanden war, draußen am Handy sagte und was ihr aufgetragen wurde. Er hätte nie gedacht, dass seine sorgfältig ausgedachte Tarnung den gegenteiligen Effekt erzielen würde.

Kapitel 5

Ein weißes Mercedes-E-250-Cabrio fuhr mit aufgeklapptem Verdeck in die Zufahrt zum Schlosshotel Serventin. Rechts und links der Fahrbahn waren Eichen gepflanzt. Sie mochten etwa zehn Jahre alt sein. Noch mal so lange dürfte es wohl dauern, bis man die Straße als Allee bezeichnen konnte. Jetzt gaben sie noch den Blick auf die Rasenflächen frei, die die Straße an beiden Seiten begrenzten. Rhododendronbüsche wuchsen zu Inseln gruppiert auf den Wiesen. Sie standen in voller Blüte, und ihr Anblick musste jeden Gast erfreuen. Blumenbeete mit den verschiedenen blühenden Pflanzen sollten dem Gast einen Ort des Friedens und der Entspannung suggerieren.

Der Fahrer des Mercedes registrierte die Schönheit, die ihn umgab, jedoch nicht. Im Gegenteil, ihn ärgerte, dass er auf der Schotterstraße eine Staubwolke aufwirbelte, die die Rückfront seines blitzenden Wagens mit Schmutz überziehen würde. Er drückte auf einen Schalter und fuhr das Verdeck hoch. Auf den Gedanken, den Fuß vom Gaspedal zu nehmen, kam er offensichtlich nicht.

Er fuhr um das Rondell vor das Eingangsportal des Hotels, hielt an und stieg aus. Dem künstlich angelegten See im Rondell, mit Binsen am Rand und Seerosen und Enten auf dem Wasser, gönnte er keinen Blick. Er nahm eine dünne Ledermappe und eine Papprolle vom Rücksitz und ging zum Eingang.

Der Herr mochte Mitte fünfzig sein, war mittelgroß und machte einen durchtrainierten Eindruck. Er trug eine weiße Leinenhose, eine ebensolche Jacke und ein rotes Hemd, das mit der Farbe der Sitze seines Cabrios übereinstimmte. Sein Teint war mit einer derart gleichmäßigen Bräune überzogen, dass sie nur von einer Sonnenbank stammen konnte. Der Kopf war von blonden Locken eingerahmt, die hinten zu einem Pferdeschwanz zusammengebunden waren. Die Augen waren wässrig blau, Nase und Kinn spitz und der Mund kaum mehr als ein Strich. Sein Gang war selbstsicher. Seine ganze Erscheinung drückte Selbstbewusstsein und Durchsetzungsvermögen aus.

Er ging zur Rezeption, wo ihn eine hübsche Angestellte nach seinen Wünschen fragte.

»Ich bin Wilfried Krupinski. Ich habe um zehn Uhr einen Termin mit Herrn und Frau Brüning-Bolkow.«

»Einen Augenblick, bitte.«

Die junge Frau rief auf dem Hotelcomputer die Datei *Termine* auf und griff dann zum Telefon. Als sich der Gesprächspartner meldete, sagte sie: »Herr Krupinski ist angekommen.« Sie behielt den Telefonhörer einige Augenblicke am Ohr und sagte dann: »Jawohl, Frau Brüning-Bolkow, ich werde es ausrichten.«

»Frau Brüning-Bolkow wird Sie gleich persönlich abholen. Wenn Sie bitte so lange im Besucherbereich Platz nehmen würden? Darf ich Ihnen eine Erfrischung anbieten? Kaffee oder Tee oder lieber ein Mineralwasser?«

»Nein, vielen Dank. Ich nehme an, Frau Brüning-Bolkow wird gleich kommen.«

»Selbstverständlich.«

Krupinski wandte sich ab und ging zu den Sesselgruppen, auf die die Angestellte gezeigt hatte. Eine Wolke von Parfüm folgte ihm.

Er hatte gerade Platz genommen, als die Fahrstuhltür aufging und Frau Brüning-Bolkow das Foyer betrat. Entsprechend der Temperatur trug sie nur einen marinefarbenen Rock und eine weiße Bluse. Über ihrer Schulter lag ein farblich auf den Rock abgestimmtes Seidentuch. Die Enden wurden über der Brust von einer Bernsteinbrosche zusammengehalten. Auch sie wirkte selbstsicher, als sie auf den Besucher zuging.

Dieser erhob sich.

»Herr Krupinski, nehme ich an. Ich bin Frau Brüning-Bolkow.«

»Ja, Wilfried Krupinski.« Er schüttelte die Hand, die sie ihm zur Begrüßung reichte. »Ich bin erfreut, Ihre Bekanntschaft zu machen.« Seine Worte wurden von einem Lächeln, das er für charmant hielt, begleitet. »Sie leben hier ja wie in einem Paradies.«

»Danke«, antwortete Frau Brüning-Bolkow reserviert. Sie ging bewusst nicht auf die lockere Art Krupinskis ein. Sie kannte den Herrn nicht und wusste nicht, was er von ihr und ihrem Mann wollte. So wie er auftrat, konnte er gut und gerne ein Vertreter oder ein Investmentberater sein. Im Gegensatz zu ihrem Mann, der sich leicht etwas aufschwatzen ließ, begegnete sie beiden Berufsgruppen skeptisch.

»Um ehrlich zu sein, weiß ich nicht, was Sie von mir wollen«, fügte Frau Brüning-Bolkow hinzu.

»Ich hatte es Ihrem Mann am Telefon erklärt, als ich mit ihm den Termin ausmachte.«

»Ich weiß. Aber von dem, was er mir sagte, habe ich nur die Hälfte verstanden. Doch gehen wir in mein Büro. Hier ist kein Raum für Geschäftsgespräche, verdirbt das Fluidum. Unsere Gäste sollen sich ja gerade von der Hektik ihres Alltags erholen.«

Frau Brüning-Bolkow führte ihn zum Fahrstuhl. Im obersten Stock stiegen sie aus. Sie befanden sich im ausgebauten Dachstuhl. Rechts neben dem Fahrstuhl lagen die Büro- und Wirtschaftsräume, links die Wohnräume. Ihr Büro befand sich gleich am Anfang. Es war eher zweckmäßig als modern eingerichtet, ein Mansardenfenster sorgte für Tageslicht. Vom Büro aus gelangte man in das Sekretariat und von dort ins Arbeitszimmer ihres Mannes.

Frau Brüning-Bolkow bat ihren Besucher, vor dem Schreibtisch Platz zu nehmen, während sie die Tür zum Sekretariat öffnete.

»Silke, sagen Sie bitte meinem Mann, Herr Krupinski ist eingetroffen.«

»Ihr Mann ist nicht da. Er hat einen Anruf bekommen und musste darauf sofort weg. Er bittet Sie, ihn bei Herrn Krupinski zu entschuldigen. Ich habe eine Notiz auf Ihren Schreibtisch gelegt.«

Frau Brüning-Bolkow zog unwillig die Stirn kraus. »Hat er gesagt, wohin er wollte und wann er zurückkommt?«

»Er hat mir nichts gesagt, außer dass er schnell weg muss.«

Sie ging zurück in ihr Büro und wandte sich mit einem entschuldigenden Lächeln an Krupinski. »Ich nehme an, Sie haben es gehört. Es tut mir leid, aber mein Mann wurde plötzlich abgerufen. Er kann an der Besprechung nicht teilnehmen.«

Krupinski versuchte seinen Unmut zu unterdrücken, was ihm nur unbefriedigend gelang. »Das ist ärgerlich. Ich hatte meine Pläne telefonisch mit ihm besprochen und das Gefühl, er war von ihnen angetan. Er wollte noch ein paar Details wissen, um sich ein richtiges Bild von meinem Projekt zu machen. Ich bin deshalb in der berechtigten Annahme von Düsseldorf hierher gekommen, dass mein Projekt im Wesentlichen akzeptiert sei und es nur einige Unstimmigkeiten abzuklären gebe. Nun muss ich feststellen, dass ich die Reise offensichtlich umsonst gemacht habe, denn Sie scheinen in mein Vorhaben nicht eingeweiht zu sein.«

»Tut mir leid, wenn Sie glauben, umsonst hierher gekommen zu sein. In einem Betrieb wie diesem, in dem die Arbeit von den Wünschen der Gäste bestimmt wird, ist nicht alles planbar. Ich nehme an, Sie werden das verstehen. Vielleicht könnten Sie mir Ihre Pläne erläutern, denn ohne meine Zustimmung geschieht hier nichts.« Sie hatte das Wort *meine* besonders betont, damit ihm deutlich wurde, dass sie nicht nur Ehefrau, sondern gleichberechtigte Geschäftspartnerin war.

»Selbstverständlich werde ich Ihnen meine Pläne unterbreiten. Zuvor möchte ich Ihnen sagen, wer ich bin, damit Sie wissen, wo Sie mich unterbringen können. Der Mann Ihrer Cousine war ein enger Freund von mir. Leider sind beide vor kurzem bei einem Autounfall gestorben, wie Sie wissen. Ihre Cousine …«

»Cousine zweiten Grades«, unterbrach ihn Frau Brüning-Bolkow.

»Entschuldigen Sie, so genau kenne ich mich mit Ihren Verwandtschaftsverhältnissen nicht aus. Wie gesagt, Ihre

Cousine zweiten Grades, mein Freund und ich hatten vor, Schloss Bolkow zu einer Wellness-Oase auszubauen. Alles vom Feinsten, für ein gehobenes Klientel. Leider verstarb Ihre Cousine zweiten Grades, bevor wir anfangen konnten. Nach ihrem bedauerlichen Tod musste einiges umstrukturiert werden. Deshalb habe ich mich erst jetzt an Ihren Mann gewandt.«

»Soweit verstehe ich alles. Was aber wollten Sie von meinem Mann?«

»Ich habe ihm vorgeschlagen, dass wir das Projekt gemeinsam durchführen. Die Pläne für einen Aus- und Umbau sind alle fertig.« Krupinski zeigte auf die Papprolle, die neben ihm auf dem Boden stand. »Die Finanzierung dürfte kein Problem sein. Was offen blieb, war die Art und Weise Ihrer Beteiligung. Ich, das heißt die ursprüngliche Partnerschaft, ist in erhebliche finanzielle Vorleistung gegangen, die kompensiert werden muss. Auf Ihrer Seite stellen das Schloss und die Ländereien einen gewissen Wert dar, der allerdings nicht sehr hoch ist, da beides einen heruntergekommenen Eindruck macht. Ich …«

Frau Brüning-Bolkows Miene war bei den Ausführungen immer unwilliger geworden. Irgendwie gefiel ihr die Art des Mannes nicht. Deshalb unterbrach sie seinen Redefluss.

»Entschuldigen Sie. Ich glaube, Sie sind von falschen Voraussetzungen ausgegangen. Schloss Bolkow gehört nicht uns, damit meine ich meinem Mann und mir, sondern mir allein.«

»Davon hat Ihr Mann nichts gesagt.«

Das kann ich mir denken. Deshalb hat er wohl auch das Weite gesucht, dachte sie, während sie sagte: »Dazu ist er wohl nicht mehr gekommen. Ist ja auch egal. Jetzt wissen Sie es.«

»Ist mir auch recht so. Mit einer kompetenten Frau zu verhandeln, ist mir lieber.«

Schleimer.

»Wie stehen Sie zu meinem Vorschlag?«

»Dazu kann ich natürlich aufgrund unseres kurzen Gesprächs nichts sagen. Dazu müsste ich eindeutige Unterlagen sehen.«

Krupinski öffnete sofort seine Aktenmappe und wollte eine Broschüre herausnehmen.

»Lassen Sie sie ruhig stecken«, sagte Frau Brüning-Bolkow und deutete mit einer entsprechenden Geste der rechten Hand auf seine Aktenmappe. »Es gibt bei der Sache noch einen weiteren Haken, den mein Mann nicht erwähnt hat. Meine Tochter hat einen ähnlichen Gedanken hinsichtlich der Verwendung des Schlosses, und ich habe ihr versprochen, dass sie ihre Vorstellungen verwirklichen darf. Sie sehen, meine Zustimmung nützt Ihnen nichts. Es ist meine Tochter, die in erster Linie entscheidet, was sie tun will.«

»Hätten Sie denn etwas dagegen, wenn ich mit Ihrer Frau Tochter sprechen würde?«

»Natürlich nicht, sie ist nicht nur volljährig, sondern hat auch einen ausgeprägten Willen.«

»Ganz die Mutter, wenn Sie mir diese Bemerkung gestatten.«

Blödmann. Mehr und mehr missfiel ihr Krupinski.

»Wo kann ich Ihre Tochter treffen?«

»Sie hält sich derzeit auf Schloss Bolkow auf.« Frau Brüning-Bolkow sah demonstrativ auf die Uhr und stand auf. »Ich muss Sie jetzt leider verabschieden. Der nächste Termin wartet.«

Auch Krupinski erhob sich. Mit einem Lächeln reichte er ihr die Hand. »Es war mir ein ausgesprochenes Vergnügen, Sie kennengelernt zu haben.«

Frau Brüning-Bolkow nickte nur, ging zur Tür und öffnete sie ihrem Besucher. Als sie die Tür hinter ihm geschlossen hatte, ging sie zum Sekretariat.

»Silke, Sie können meinen Mann anrufen, er kann wieder nach Hause kommen.«

Da sie keine Antwort von der Sekretärin erwartete, schloss sie die Tür und ging zu ihrem Schreibtisch. Sie war wütend auf ihren Mann, dass er sie nicht über den Inhalt seines Telefongesprächs mit Krupinski informiert hatte. Auch dass er sich vor dem Gespräch drückte. Nach einer Weile erhob sie sich und informierte die Sekretärin, dass sie im Park sei.

Gedankenverloren schlenderte sie durch die gepflegte Anlage, ohne die Blütenpracht wahrzunehmen. Sie fragte sich, ob ihr Mann mit seinem Verhalten etwas Bestimmtes bezweckte.

Krupinski ging verärgert über das Resultat der Besprechung zu seinem Mercedes zurück. Ihm war nicht entgangen, dass Frau Brüning-Bolkow sich ihm gegenüber reserviert, wenn nicht gar feindselig verhalten hatte. Einen Grund dafür konnte er sich nicht vorstellen, es sei denn, der lag im Verhalten ihres Mannes. Sie hatte ihm unmissverständlich klargemacht, dass ihr Mann kein Mitspracherecht bezüglich Schloss Bolkow hatte. Daher fragte er sich, warum er ihm fast eine Zusage gemacht hatte. Egal, es hatte augenblicklich keinen Sinn, über die Pläne des Ehemanns zu spekulieren. Wichtiger war, in den Besitz des Schlosses zu kommen. Wenn ihm das nicht gelingen würde, wie auch immer, war er geschäftlich ruiniert. Dass sein Freund so unerwartet gestorben war, hatte all seine Pläne zunichte gemacht.

Schnell zu handeln, bedeutete mit der jungen Frau Bolkow, der entscheidenden Person, zu einer Übereinkunft zu kommen, bevor sie von ihrer Mutter negativ beeinflusst wurde. Er gab die Adresse des Schlosses ins Navi ein und fuhr los. Nach seiner Kalkulation müsste er es in vier Stunden schaffen können.

Dreieinhalb Stunden später fuhr er in die Auffahrt zum Schloss. Er spürte weder die romantische Ausstrahlung der Lindenallee, noch nahm er den verwahrlosten Park wahr oder registrierte, dass vor dem Eingang vier korinthische Säulen eine zerbröckelnde Betonplatte trugen. Er hatte nur eins im Sinn: Frau Bolkow zu sprechen, bevor es ihre Mutter tat.

Er betätigte die Klingel neben der Tür. Genauso wenig wie die Betonplatte, die den Eingang vor Regen schützte, passte die Klingel zu dem mehrere hundert Jahre alten Gebäude. Außer dem Kreischen einer Motorsäge und dem Brechen von Holz hörte er nichts. Er klingelte noch mal. Als sich nach einiger Zeit immer noch nichts tat, ließ er seinen Finger auf der Klingel liegen – niemand kam. Er drückte auf die Türklinke. Sie gab nach. Er öffnete die Tür und trat in eine geräumige Halle. Zwei gewendelte Treppen führten links und rechts zu einer Galerie in den ersten Stock. Zwischen den beiden Treppen befand sich an der Rückwand ein zugemauerter Kamin. Davor gab es einen

Eisenofen, dessen Ofenrohr durch die Mauer in den Kamin reichte.

»Ist hier jemand?«, rief er laut.

Niemand antwortete.

Er öffnete die Tür zu seiner Linken. Der Raum war bis auf ein Bett, einen Schrank, einen Tisch und zwei Stühle leer, aber er war von einer Frau bewohnt, wie er an der herumliegenden Kleidung erkennen konnte. Er schloss die Tür und versuchte sein Glück auf der anderen Seite. Hier stieß er auf einen voll eingerichteten Salon. Ein Klirren, das aus einem Keller zu kommen schien, ließ ihn aufhorchen. Er ließ die Tür zum Salon offen, suchte die Treppe in den Keller und fand sie hinter einer Tür unter der rechten Wendeltreppe. Er stieg hinunter und gelangte in einen Gang, der der Länge nach durch das ganze Schloss zu laufen schien. Das Aroma von frisch gebackenem Kuchen drang in seine Nase. Gelächter erklang. Er ging ihm nach und öffnete die Tür, hinter der er es vermutete. Sie führte in eine nach modernen Verhältnissen riesige Küche. In der Mitte des Raums stand ein langer Tisch, an dessen vorderem Ende fünf Personen bei Kaffee und Topfkuchen saßen. Erstaunte Gesichter wandten sich ihm zu. In seinem extravaganten Outfit wirkte er wie ein Wesen aus einer anderen Welt, denn alle Anwesenden trugen Arbeitskleidung.

»Entschuldigen Sie, dass ich so einfach bei Ihnen eingedrungen bin. Ich habe Sturm geklingelt und laut gerufen, aber niemand hat reagiert. Und da die Eingangstür offen stand, bin ich eingetreten. Ich suche Frau Bolkow. Kann mir jemand sagen, wo ich sie finden kann?«

»Ich bin Frau Bolkow«, sagte eine schlanke junge Frau mit vollem Mund. »Und wer sind Sie?«

»Verzeihung, mein Name ist Krupinski, Wilfried Krupinski, ich komme aus Düsseldorf. Ich würde mich gerne mit Ihnen geschäftlich unterhalten.«

»Da haben Sie einen sehr schlechten Zeitpunkt gewählt. Wie Sie an unserer Kleidung sehen können, stecken wir voll in der Arbeit. Sie hätten sich telefonisch anmelden sollen. Da Sie den weiten Weg umsonst gemacht haben, will ich Sie wenigstens mit einem Stück Kuchen und Kaffee entschädigen. Bitte nehmen Sie Platz.«

Krupinski sah skeptisch auf den Stuhl, unauffällig, wie er dachte, doch Frau Bolkow hatte den Blick bemerkt.

»Sie können sich ruhig setzen. Die Küche ist der einzige Raum im Schloss, der nicht verstaubt ist.«

Krupinski rückte den Stuhl zurecht und setzte sich. »Ich hätte mich selbstverständlich bei Ihnen angemeldet, konnte jedoch keine Telefonnummer finden.«

»Okay, Sie haben einen Punkt gut. Ich bin tatsächlich nur übers Handy zu erreichen.«

»Ich hatte ein langes Telefongespräch mit Ihrem Vater …«

»Stiefvater.«

»Wie bitte?«

»Herr Brüning-Bolkow ist nicht mein Vater, sondern mein Stiefvater. Deshalb nenne ich mich ja auch Bolkow, nach meinem verstorbenen leiblichen Vater.«

»Verstehe. Ich glaube, Ihre Mutter hat etwas in dieser Richtung erwähnt. Mit Ihrer Frau Mutter habe ich heute Vormittag gesprochen. Sie hat mir den Rat gegeben, mich direkt mit Ihnen in Verbindung zu setzen. Deshalb bin ich hier. Wenn ich sie richtig verstanden habe, treffen Sie die Entscheidungen, was das Schloss anbetrifft.«

»Das ist richtig. Wenn meine Mutter Sie schickt, will ich mir gerne Ihr Anliegen anhören. Worum geht es also?«

Obwohl ihre Worte verbindlich klangen, gab sie sich reserviert.

»Wir gehen dann und machen oben weiter«, sagte die ältere Frau, die mit am Tisch saß, nahm ihre Tasse und den Kuchenteller und stellte beides in den Abwasch. »Komm, Eduard, wir haben noch viel zu tun.«

Der ältere Mann – er mochte um die sechzig sein – erhob sich nur widerstrebend. Als auch er seinen Teller und die Tasse aufnehmen wollte, fasste Frau Bolkow seine Hand und sagte: »Lassen Sie nur, Herr Merzig, wir machen das schon. Begleiten Sie mal Ihre Frau.«

Der andere Mann am Tisch erhob sich ebenfalls. Die dritte Frau folgte seinem Beispiel. Sie wurden jedoch von Frau Bolkow zurückgehalten.

»Bitte bleibt und hört euch mit an, was Herr Krupinski zu sagen hat. Ich kann euren Rat gut gebrauchen.«

Beide setzten sich wieder. Petra stellte sie vor: »Das sind Elizabeth Lambert und Marten Hendriksen, Freunde von mir.«

Hendriksen musterte Krupinski unauffällig; er konnte nicht erkennen, ob es ihm recht war, dass zwei zusätzliche Hörer am Tisch saßen.

Krupinski zog einen Werbeprospekt aus der Tasche und reichte ihn Petra. Er begann seine Ausführungen, indem er erklärte, wieso er überhaupt auf die Idee gekommen war, mit ihren Eltern zu sprechen.

»Keine Eltern, nur eine Mutter und ein Stiefvater«, warf Petra ein.

»Äh, ja, wie ich bereits Ihrem Vater … äh, Stiefvater erklärte, war mein Freund mit einer geborenen Bolkow verheiratet. Sie war die Besitzerin des Schlosses, in dem Sie sich jetzt befinden.«

Sehr redegewandt, aber weitschweifig und sich mehrfach wiederholend fuhr er mit der Beschreibung seiner besonderen Lage fort.

Hendriksen versuchte ein Gähnen zu unterdrücken. Petra, die es sah, musste lächeln.

»Ich glaube, wir haben alle verstanden, dass Sie nach dem Tod Ihres Freundes Probleme haben. Deshalb sollten wir jetzt zu Ihrem eigentlichen Anliegen kommen«, unterbrach Petra den Redefluss.

Ihr Besucher war von Petras Worten irritiert, er schluckte, ging dann aber mit der gleichen Eloquenz zu seinem eigentlichen Anliegen über. Anhand des Prospekts und eines Plans, den er aus der Papprolle zog, erläuterte er Petra – denn nur sie sprach er an – seinen Plan, aus dem Schloss ein exklusives Hotel mit Spa, Freizeitpark und Golfanlage zu machen. Da sein Freund und Kompagnon ausgefallen war, wollte er das Konzept mit dem jetzigen Besitzer realisieren.

»Das ist ja fast … Au …«

Hendriksen zog seinen Fuß zurück, mit dem er Petra gegen das Schienbein getreten war.

»Das ist interessant«, korrigierte sich Petra.

»Ich denke, so ein großes, kostspieliges Projekt, das sollten wir uns erst einmal in aller Ruhe überlegen, oder was denkst du, Petra?«

»Du hast ganz recht, Marten.« An Krupinski gewandt: »Wie haben Sie sich denn die finanzielle Seite vorgestellt?«

»Das ist natürlich eine Frage, die wir diskutieren müssten. Ganz grob würde ich sagen, wir stellen meine geleisteten Arbeiten und Ausgaben Ihrer Infrastruktur gegenüber, damit meine ich Schloss, Burgruine, Liegenschaften und Land. Aus dem Verhältnis zwischen beiden ergibt sich dann der Anteil, den jeder in einer Partnerschaft hält. Als mein Freund noch lebte, haben wir schon einmal das Projekt begutachten lassen und kamen dabei auf ein Verhältnis von vierzig zu sechzig, oder anders ausgedrückt, Ihr Anteil an dem Projekt wäre vierzig Prozent und meiner sechzig Prozent. In diesem Verhältnis würden wir das Projekt finanzieren. Sollten Ihnen die finanziellen Mittel nicht zur Verfügung stehen, dann könnte ich Ihnen eine Anleihe zu den ortsüblichen Zinsen zur Verfügung stellen. Jeder andere Wertausgleich wäre auch denkbar.«

»Was verstehen Sie unter Wertausgleich?«

»Ich könnte zum Beispiel Teile von Ihrem Anteil an dem Projekt übernehmen und so lange als Sicherheit behalten, bis Sie den Anteil auslösen können.«

Hendriksen musste bei diesem Vorschlag lächeln.

Petra, die das Angebot nicht so schnell überblickte, sagte zögernd: »Ich werde mir Ihr Angebot überlegen. Für heute habe ich genug gehört.« Sie stand auf. »Ich danke Ihnen vielmals für Ihr Kommen und für die Unannehmlichkeiten, die Sie hatten. Ich melde mich bei Ihnen telefonisch.« Sie wandte sich an Lizzi. »Wärst du so liebenswürdig, Herrn Krupinski nach draußen zu begleiten? Nicht, dass er sich im Schloss verläuft.«

Als Lizzi mit Krupinski die Küche verlassen hatte, fragte Petra Hendriksen: »Warum hast du mich getreten? Das hat ganz schön wehgetan.«

»Tut mir leid«, sagte er mit einem Lächeln, das seinen Worten widersprach. »Ich wollte verhindern, dass du deine eigenen Pläne ausplauderst. Lass niemals mögliche Konkurrenten wissen, was du vorhast. Lass sie ihre unterbreiten, aber sage nichts, sonst vergibst du möglicherweise Verhandlungsvorteile, sollte es zu weiteren Sondierungsgesprächen kommen.«

»Was machen wir jetzt?«, fragte Lizzi, als sie zurückkam.

»Gute Frage«, sagte Petra. »Was haltet ihr von Krupinskis Vorschlag?«

Hendriksen zuckte mit den Schultern, während er vage antwortete: »Schlecht zu sagen. Letztlich kannst nur du das beantworten. Ich bin Arzt und Geisterjäger. Von solchen Projekten und den dazugehörigen Investitionen habe ich keine Ahnung. Ich kann nur so viel sagen: Vorausgesetzt, Krupinski hat eine solide Marktforschung betrieben und festgestellt, dass sich ein Projekt dieser Art langfristig rechnet, dann klangen seine Pläne nicht schlecht. Aber wie gesagt, ich bin ein blutiger Laie auf diesem Gebiet.«

»Also wenn ihr mich fragt, ich fand den Kerl zu schleimig«, tat Lizzi ihre Meinung kund.

»Ging mir genauso«, pflichtete Petra bei.

»Nur weil ihr ihn nicht mögt, muss sein Vorschlag nicht schlecht sein. Wenn ich mich nicht irre, ist es doch das, was du auch willst.«

»Im Prinzip schon, wobei ich meinen Schwerpunkt auf Golf und Wellness lege. Was haltet ihr von der vorgeschlagenen Partnerschaft? Sie würde die Finanzierung für mich erheblich vereinfachen und günstiger machen.«

Lizzi fuhr auf. »Das meinst du doch nicht im Ernst? Abgesehen davon, dass das, was er vorgeschlagen hat, inakzeptabel ist, würdest du die Kontrolle über deinen eigenen Besitz verlieren. Wenn er auch nur einundfünfzig Prozent der Anteile an dem Projekt besitzt, hat er quasi die Verfügungsgewalt, und solltest du gar noch von ihm Geld leihen, selbst wenn es nur auf Zeit ist, so wäre das in meinen Augen geschäftlicher Selbstmord. Dann würde ich den ganzen Kram lieber verkaufen und mir auf Mallorca die Sonne auf den Bauch scheinen lassen.«

»Ich will nicht verkaufen.«

»Dann lass die Finger von dieser Anleihe, oder handle eine Option aus, bei der du der Boss in deinem Haus bleibst.«

»Ich denke, du hast recht. Ich werde am besten ein paar Nächte darüber schlafen. Ich habe noch etwas ganz anderes. Heute Nacht hat es sich wieder so angehört, als hätte jemand im Haus gesägt. Das ist natürlich Quatsch, aber …«

»Ich habe es auch gehört«, meinte Lizzi. »Für mich klang es, als wenn Mäuse an Holz nagen.«

»Hast du auch die Schritte gehört?«

»Nein, hab ich nicht, aber ich schlafe gewöhnlich tief und fest.«

Hendriksen dachte nach, während sich die beiden Frauen über die nächtlichen Geräusche unterhielten.

»Ich glaube, gegen die Sägegeräusche könnte ich etwas tun«, sagte er.

Die beiden Frauen sahen ihn wie auf Kommando an.

»Ihr vergesst, dass ich Sachverständiger für paranormale Zustände bin.«

Petra schien erfreut. »Das wäre super, wenn es dir gelingen würde, die Geräusche abzustellen. Sie nerven mich ungeheuerlich. Ich liege manchmal wach im Bett und lausche nur noch. Kann ich dir irgendwie helfen?«

»Nicht nötig. Das Einzige, was ich brauche, wäre die Adresse eines Tierarztes.«

»Tierarztes? Meinst du das im Ernst?«

»Selbstverständlich.«

Petra zog ihr Smartphone aus der Gesäßtasche ihrer Jeans. »Reicht auch die Telefonnummer?«

»Natürlich.«

Sie las ihm die Telefonnummer vor, die Hendriksen auf den Rand einer Zeitung notierte.

»Dr. Berncik ist Tierärztin. Sie behandelt mein Pferd«, fügte sie erklärend hinzu. »Ist das okay, oder suchst du einen Arzt für Kleintiere?«

»Nein, ist bestens. Genau das, was ich suche. Danke.«

Kapitel 6

Hendriksen hatte mit Petras Tierärztin gesprochen, und die hatte vorgeschlagen, sich an den Schädlingsbekämpfer in Görlitz zu wenden. Er rief die genannte Telefonnummer an. Der Schädlingsbekämpfer versprach, in den nächsten Tagen zu kommen. Nachdem er dafür gesorgt hatte, dass dieses Problem gelöst wurde, nahm Hendriksen die Ortsbesichtigung, die Krupinskis Besuch unterbrochen hatte, wieder auf. Petra hatte ihm erlaubt, sich im Schloss und den Außenbereichen frei zu bewegen. Für sie war er immer noch der Geisterjäger.

Das ursprüngliche Schloss war ein mächtiger, viereckiger Kasten mit vier Stockwerken gewesen. Später waren an der West- und Ostseite Gebäude angebaut worden, so dass die Vorderseite jetzt rechteckig und die nach Süden gerichtete Rückseite wie ein U aussah. An den Ecken des alten Schlosses und an denen der Anbauten befanden sich Türme aus rotem Backstein. Die Mauern selbst waren ursprünglich weiß angestrichen gewesen, jetzt waren weite Teile bis zum Dach mit Efeu überwuchert. Die Unzahl von Schornsteinen auf dem Dach hatten die Erbauer hinter einer halbhohen Mauer mit Zinnen verdeckt.

Zu der Zeit, als es noch von den Bolkows bewohnt wurde, musste es ein beeindruckendes Schloss gewesen sein. Jetzt machte es einen heruntergekommenen Eindruck. Trotz des allgemeinen Erscheinungsbildes konnte Hendriksen sich sehr wohl vorstellen, dass es sich dank der vielen Zimmer zu einem Hotel umbauen ließ, vorausgesetzt, es standen ausreichend finanzielle Mittel zur Verfügung.

Er schlenderte über das Gelände. Hinter einer ungepflegten Sanddornhecke sah er Scheunen und Stallungen. Nur ein lang gestrecktes Gebäude schien in seiner ursprünglichen Form erhalten geblieben zu sein, sogar in verhältnismäßig gutem Zustand. Die beiden anderen Wirtschaftsgebäude waren in der für die DDR üblichen Plattenbauweise errichtet worden. Nach Hendriksens inkompetenter Meinung musste Petra sie abreißen lassen, wollte sie nicht das Gesamtambiente des Anwesens verschandeln.

Hendriksen ging zur Stalltür der einstigen Scheune und prüfte die im Tor eingelassene Personentür. Sie ließ sich öffnen. Der durchdringende Geruch eines Stalls, in dem Pferde gehalten wurden, schlug ihm entgegen. Auf der rechten Seite eines langen Gangs lag eine geräumige Box. Der Kopf eines Pferdes ragte über den oberen Balken heraus. Neugierig betrachtete es ihn. Er trat langsam näher, hielt dem Pferd den Handrücken vor die Nüstern und streichelte erst dann den Kopf. Es ließ die Liebkosung ohne Abwehrbewegungen zu.

»Tut mir leid, mein Lieber – oder bist eine Liebe? –, ich habe nichts für dich dabei. Hätte ich gewusst, dass du hier stehst, hätte ich eine Mohrrübe aus der Küche gestohlen.«

Etwas zupfte an seiner Hose. Er blickte nach unten und sah ein Pony. Es hatte den Kopf zur Hälfte durch die unteren Balken gestreckt und machte unmissverständlich auf sich aufmerksam. Er beugte sich nach unten und streichelte auch ihm den Kopf.

»Ich werde mich mal umsehen, vielleicht finde ich ja etwas zum Fressen für euch.«

Er wandte sich um. Gegenüber der Pferdebox lag ein Stapel rechteckiger Heuballen. An der linken Seite stand ein geöffneter Futtersack. Hendriksen sah hinein. Er enthielt eine Mischung von verschiedenen Futterarten. Hendriksen nahm zwei Handvoll heraus und ging zur Box zurück. Jedes Tier bekam seinen Teil, der gierig verschlungen wurde.

Er untersuchte die Scheune weiter. Gleich hinter den Pferdeboxen stand ein Anhänger, auf dem eine Feuerwehrspritze montiert war. Im Gegensatz zu dem Rest machten der Hänger und die Spritze einen gepflegten Eindruck. Die dazugehörigen Schläuche lagen sorgfältig aufgeräumt auf der Ladefläche.

Im Rest der Scheune rosteten landwirtschaftliche Maschinen und Geräte vor sich hin. Für ein Heimatmuseum wäre es ein Eldorado gewesen. Auch als landwirtschaftlicher Laie sah er, dass hier Geräte lagerten, die von den Anfängen der mechanisierten Landwirtschaft bis in die Jetztzeit reichten.

Auf dem Rückweg gab er den ihn erwartungsvoll musternden Pferden eine Handvoll Heu. Ein wenig schuldbewusst verließ er den Stall, denn er hatte die Tiere ohne Petras Genehmigung gefüttert.

Hendriksen schlenderte zum Schloss zurück und nahm dabei einen Trampelpfad, der quer über eine Weide zur Südseite führte. Der Anblick war deprimierend. Es gehörte schon eine gehörige Portion Fantasie dazu, sich vorzustellen, wie es einst hier ausgesehen haben mochte. Die Terrasse war zum großen Teil abgebrochen, und die doppelflügelige Tür hatte man mit Brettern vernagelt. Die Fenster in den Türmen an der Ecke waren herausgebrochen und zugemauert. Auf der einstigen Parkanlage wuchs jetzt Raps.

Aus den oberen Räumen hörte Hendriksen Arbeitsgeräusche. Hier schienen die polnischen Arbeiter dabei zu sein, neue Fenster einzusetzen. Jedenfalls schloss er das aus den herausgebrochenen Fensterrahmen, die am Boden lagen.

Er bahnte sich einen Weg durch den Raps und ging in Richtung Neiße. Auf halber Strecke lag im Schatten einer Blutbuche eine verwitterte Kapelle. Sie musste uralt sein. Um hineinzugelangen, musste er sich an den bis zum Boden reichenden Zweigen vorbeidrängen. Eine Tür gab es nicht mehr. Das Kapellenschiff war bis auf ein verwittertes Kreuz leer. Zwei Schwalbenfamilien hatten unter den Resten des Querholms ihre Nester gebaut. Löcher im Dach ließen Licht hineindringen und gaben dem Ganzen einen unheimlichen Anblick. Einfache Gemüter konnten schon auf den Gedanken kommen, dass hier Geister umgingen.

Die Ruinen der alten Burg, des ursprünglichen Stammsitzes der Bolkows, waren nicht weit weg vom Ufer der Neiße. Da Schloss und Burg auf einem flachen Höhenrücken lagen, machte die Neiße hier einen Bogen. Die Ruine war dadurch an drei Seiten vom Fluss umschlossen. Eine ideale Lage, dachte Hendriksen, leicht zu verteidigen.

Er stöberte durch die Ruine, ohne ein bestimmtes Ziel zu verfolgen. Viel war sowieso nicht zu sehen, da die Reste der Mauern von Brombeerhecken überwuchert waren. Nur der ehemalige Wehrturm ragte in den Himmel. Im Gegensatz zum Rest der Anlage schien die Zisterne recht gut erhalten. Er nahm einen Stein und ließ ihn in den Brunnen fallen. Wenige Sekunden später hörte er, wie der Stein auf hartem

Boden aufschlug. Der Brunnen schien nicht zerfallen zu sein. *Erstaunlich, wenn man bedenkt, dass er vor tausend Jahren angelegt worden ist*, dachte er. Er folgte einem Trampelpfad und gelangte durch ein Weidengebüsch zur Neiße. Der Pfad endete bei einem Steg, der ein Stück weit in die Neiße hineinragte. Zu Hendriksen Erstaunen machte er einen gepflegten Eindruck. Farblich unterschiedliche Bretter deuteten darauf hin, dass man schadhafte Stellen ausgebessert hatte. Als er zurückging, fiel ihm auf, dass Weidenzweige umgeknickt waren. Er schaute sich die Bruchstellen an. Nach seiner Schätzung waren sie etwa eine Woche alt. *Die Burg scheint bei Touristen doch bekannt zu sein*, folgerte er.

Eine Weile bummelte er noch durch die Anlage. Schließlich suchte er sich einen sonnigen Platz, von dem aus er durch eine Lücke in den Weiden auf den Fluss und auf die einst deutsche, jetzt polnische Seite blicken konnte. Mit dem Rücken an einen Mauerrest gelehnt, stellte er sich vor, wie es früher hier wohl ausgesehen haben mochte, wie die Menschen gelebt hatten und ob die Burg jemals von feindlichen Horden eingenommen worden war. Die wohlige Wärme, der Geruch des sommerlichen Grases und die ziellos umherwandernden Gedanken ließen ihn einnicken.

Im Halbschlaf träumte er von Rittern, Kämpfen, Burgfräulein, Turnieren. Er war der Mittelpunkt des Geschehens, und alle stürmten auf ihn ein. Dem tödlichen Stoß einer Lanze entging er nur durch ein Geräusch, das ihn hochfahren ließ. Ein paar Sekunden benötigte er, um die Todesangst zu überwinden und zu realisieren, wo er sich befand. Dann vernahm er das Geräusch wieder. Es klang, als würde etwas an einer Mauer schaben. Dank seiner geringen Größe gab ihm der

Mauerrest genügend Deckung. Sehen konnte man ihn nur, wenn man um die Mauer herumkam. Alle Sinne gespannt, lauschte er, doch das schabende Geräusch kam nicht wieder. Dafür vernahm er das Knirschen von Sand. Es klang wie Schritte. Vorsichtig legte er sich auf die Erde, kroch zum Ende der Mauer und schaute, den Kopf auf den Boden gepresst, zwischen Grashalmen hindurch in Richtung der Schritte – und sah gerade noch, wie jemand hinter der Wehrturmruine verschwand.

Er erhob sich und schlich zum Wehrturm, neugierig, wer sich an diesem abgelegenen Ort herumtrieb. Obwohl all seine Sinne angespannt waren, musste er grinsen. Völlig idiotisch, aber ihm fiel Karl May, der Lieblingsschriftsteller seiner Jugend, ein. Im *Spion von Ortry* schlich der Gute dem Bösen in einer Burgruine hinterher, so wie er jetzt gerade.

Hendriksen spähte vorsichtig um die Ecke des Wehrturms und sah einen mittelgroßen, breitschultrigen Mann, der gerade die Landzunge zwischen den beiden Schlaufen der Neiße passierte. Er trug Jeans, einen blauen Windbreaker und schwarze Halbschuhe. Mehr konnte er von ihm nicht sehen.

Da der Weg bis zu der alten Kapelle keine Deckung bot, wartete Hendriksen, bis der Mann aus seinem Blickfeld verschwunden war, dann folgte er ihm, immer darauf bedacht, nicht entdeckt zu werden. Als er die Kapelle erreichte, sah er, wie der Mann in Richtung Schlosseingang verschwand. Er zog sein Handy aus der Tasche und wählte Lizzis Nummer.

»Was gibt's?«

»Bei euch muss in diesem Augenblick ein Mann – blaue Jeans, blauer Windbreaker, schwarze Schuhe – auftauchen.

Finde heraus, wer es ist und was er hier will. Ich wäre bei der Burgruine fast mit ihm zusammengestoßen.«

»Etwa ein Meter fünfundsiebzig, um die sechzig, kräftig?«

»Stimmt. Alter konnte ich nicht schätzen, da ich ihn nur von hinten gesehen habe.«

»Das ist Herr Brüning-Bolkow, Petras Stiefvater. Der ist hier angekommen, kurz nachdem du gegangen warst.«

»Was will er hier? Ich denke, Stiefvater und Stieftochter stehen nicht auf gutem Fuß.«

»Tun sie offensichtlich auch nicht. Zwischen beiden herrscht Eiszeit, was eindeutig von Petra ausgeht. Er würde das Verhältnis gerne auf eine freundlichere Ebene heben, jedenfalls versuchte er es.«

»Ohne Erfolg?«

»Absolut! Petra schottet jede Annäherung ab.«

»Interessant. Versuch den Grund dafür herauszufinden.«

»Werde ich. Ich glaube aber nicht, dass ich Erfolg haben werde. Noch etwas?«

»Ja, halte heute Nacht deine Ohren auf. Wenn du ungewöhnliche Geräusche hörst, versuche herauszufinden, woher sie kommen. Aber sei vorsichtig. Begib dich nicht in Gefahr.«

»Okay, mach ich. Um mich brauchst du dir keine Sorgen zu machen. Im Gegensatz zu dir bin ich im Nahkampf ausgebildet.«

»Gegen einen Hinterhalt nützt dir deine ganze Ausbildung nichts. Also sei vorsichtig. Dies ist eine Arbeitsanweisung.«

»Ja, Papi.«

Lizzi legte auf, und Hendriksen ging zu seinem Quartier im *Wilden Keiler* zurück. Ihm war nicht wohl bei der Sache, und hinterher machte er sich Vorwürfe, Lizzi mit den Nachforschungen beauftragt zu haben. Aber sie würde sich nicht von dem Vorhaben abbringen lassen. Er versuchte seine Gedanken damit zu beruhigen, dass sie genau wusste, was zu tun war, und er ihr vertrauen konnte. Als er den Gasthof erreichte, stach ihm ein Mercedes-Cabrio ins Auge. *Wie kommt denn so eine Luxuskarosse in diese verlassene Gegend?*, fragte er sich. Er hatte kein Interesse an Autos, aber der Wagen weckte seine Neugier. Seine Leidenschaft war das Fahrrad. Autos waren für ihn reine Transportmittel. Ob sie zwanzig Jahre alt waren oder nagelneu, war ihm egal, Hauptsache, sie brachten ihn an sein Ziel.

Er betrat den Gastraum. Ein Herr in weißer Leinenhose und rotem Hemd winkte ihm zu. Hendriksen erkannte ihn sofort. Es war Krupinski, der ihnen eben auf Schloss Bolkow das Investment-Projekt vorgestellt hatte. Nur widerwillig folgte er der einladenden Handbewegung.

»Herr Dr. Hendriksen, bitte nehmen Sie doch Platz.« Krupinski schob mit einem Fuß einen Stuhl unter dem Tisch hervor. »Erlauben Sie mir, Sie zu einem Drink und einem Essen einzuladen, sofern es hier etwas Genießbares gibt.«

»Gerne«, sagte Hendriksen reserviert. Er war gespannt, was der Geck von ihm wollte.

Er brauchte nicht lange auf eine Erklärung zu warten. Noch bevor die Bedienung am Tisch erschien, sagte Krupinski: »Ich habe auf Sie gewartet. Ich dachte, es wäre gut, wenn wir beide uns einmal privat unterhalten.«

»Sie verblüffen mich. Ich habe beim besten Willen keine Ahnung, worüber wir uns unterhalten könnten. Es sei denn, Sie interessieren sich für paranormale Forschung.«

Krupinski lachte. »Nein, wirklich nicht! Oder sehe ich so aus, als würde ich an solche Kindereien glauben? Ich bin überzeugt, Ihnen geht es ähnlich. Ich habe mich inzwischen über Sie erkundigt. Sie sind weit davon entfernt, ein Gespensterforscher zu sein. Wie man mir mitteilte, sind Sie ein Hamburger Privatdetektiv, der eine renommierte Agentur leitet. Mir ist allerdings nicht klar, warum Sie hier diesen Mumpitz von paranormalem Dingsda verbreiten.«

Hendriksen bemühte sich, seine Überraschung nicht zu zeigen. »Sie scheinen Ihre Hausaufgaben gemacht zu haben. Aber warum das Interesse an meiner Person? Ich sehe keine Berührungspunkte zwischen uns.«

»Ich denke doch …« Krupinski schwieg, da die Bedienung an den Tisch getreten war.

»Möchten Sie etwas zu trinken?«, fragte die Bedienung – diesmal war es eine junge Frau.

»Da Sie sicherlich noch immer keinen Pfefferminztee haben, bringen Sie mir bitte ein Bier.«

»Pils?«

»Ja, bitte.«

»Bringen Sie mir ebenfalls noch eines. Dann brauchen Sie nicht zweimal zu rennen. Und bringen Sie uns bitte die Speisekarte«, forderte Krupinski.

»Wir haben keine Speisekarte. Heute können Sie eine Erbsensuppe, Bockwurst mit Kartoffelsalat oder Schweineschnitzel mit Pommes oder Kartoffelsalat bekommen. Die Schweineschnitzel gibt es als Jäger- oder Zigeunerschnitzel.«

»Verdammt große Auswahl«, meinte Krupinski herablassend. Er ließ die Frau warten, während er nachdachte. »Gibt es bei Ihnen auch kalte Platten?«

»Jawohl. Sie können eine Käse-, eine Wurst-, eine Schinken- oder eine gemischte Platte bekommen. Dazu servieren wir drei Scheiben Bauernbrot.«

»Na gut, dann bringen Sie mir eine gemischte Platte.«

»Ich hätte gerne eine Terrine Erbsensuppe«, fügte Hendriksen mit einem freundlichen Lächeln hinzu.

»Das ist vielleicht eine Klitsche! In Düsseldorf wäre sie in zwei Tagen pleite.«

»Ich nehme an, der Wirt weiß das und hat deshalb genau hier seine Gastwirtschaft aufgemacht. Die Neiße ist halt kein Gewässer, in dem man Austern und Stör züchten kann. Dafür gibt es hier deftige Hausmannskost. Für mich ein Genuss nach all dem Kaviar, den ich in Hamburg esse.«

Ein irritierter Blick traf Hendriksen. Der tat so, als bemerke er ihn nicht. Gleichmütig fügte er hinzu: »Wie heißt es so schön: andere Länder, andere Sitten.«

Krupinski ging nicht auf die Bemerkung ein. Er bemühte sich, seine Verärgerung über Hendriksens Zurechtweisung nicht zu zeigen.

»Stimmt es, wenn ich annehme, dass Ihr Aufenthalt hier etwas mit dem Schloss zu tun hat?«

»Im weitesten Sinne schon.«

»Vielleicht könnten wir unsere Interessen bündeln.«

»Ich verstehe nicht ganz, wie das vonstatten gehen könnte.«

»Ich habe bemerkt, dass Sie mit Frau Bolkow auf gutem Fuß stehen. Sie scheint sehr viel auf Ihre Meinung zu geben.«

»Das bezweifle ich. Ich kenne sie kaum.«

Krupinski sah ihn nachsichtig lächelnd an. »Ich glaube schon. Sie haben einen mächtigen Eindruck auf sie gemacht, so wie …«

»Was meinten Sie mit Interessen bündeln?«, unterbrach ihn Hendriksen, der keine Neigung verspürte, sich über Petra zu unterhalten oder aushorchen zu lassen.

»Sie wissen, was ich vorhabe. Bei der Wertschätzung, die Frau Bolkow für Sie empfindet, wäre es schön, wenn Sie mein Anliegen bei ihr unterstützen würden. Es soll selbstverständlich Ihr Nachteil nicht sein. Wenn es zu einem Abschluss kommt, werde ich mich Ihnen gegenüber sehr erkenntlich zeigen.«

Hendriksen lehnte sich zurück und trank sein Bier aus. Langsam stellte er das Glas auf den Tisch zurück, während Krupinski ihn erwartungsvoll ansah.

»Ich glaube, Sie haben mich falsch eingeschätzt«, sagte er in einem eisigen Ton. »Ich lehne Ihr Angebot selbstverständlich ab. Ich halte es für moralisch verwerflich, und es disqualifiziert Sie als Geschäftsmann, und mit unseriösen Geschäftsleuten will ich nichts zu tun haben. Ich hoffe, ich habe mich deutlich genug ausgedrückt.«

Er griff in die Tasche, zog seine Geldbörse hervor und warf einen Schein auf den Tisch. Dann erhob er sich und ging, ohne den verblüfften Krupinski weiter zu beachten.

Der brauchte einige Augenblicke, um seines Jähzorns Herr zu werden. »Das werden wir noch sehen«, stieß er zwischen den Zähnen hervor.

Kapitel 7

Am nächsten Morgen wachte Hendriksen auf, weil ihm die Sonne in die Augen schien. Er sah auf die Uhr: kurz vor sieben. Sein zweiter Blick galt dem Handy. Angerufen hatte niemand. Offenbar war im Schloss nichts Außergewöhnliches passiert. Erleichtert sprang er aus dem Bett, duschte ausgiebig und ging hinunter zum Frühstück. Der Gastraum war leer. Obwohl die Fenster zum Lüften geöffnet waren, roch es noch nach schalem Bier und Zigarettenrauch.

Hendriksen setzte sich an den Tisch, an dem für eine Person gedeckt war. Eine lokale Tageszeitung lag neben seinem Teller. Er setzte sich und überflog die Überschriften. Keine ungewöhnlichen Meldungen. Als er die Zeitung zusammenfaltete, trat die Bedienung ein – die junge Frau, die ihn auch gestern bedient hatte. In der einen Hand trug sie einen Korb mit Brötchen und einen Teller mit Aufschnitt und in der anderen eine Thermoskanne mit Kaffee. Sie wünschte ihm freundlich einen guten Morgen.

»Sie haben gestern viel zu viel Geld auf dem Tisch liegen lassen und die Erbsensuppe noch nicht einmal bekommen«, sagte sie, stellte das Frühstück auf den Tisch, langte in die Tasche ihrer Schürze und zog eine Handvoll Münzen hervor, die sie vor Hendriksen hinlegte. »Ich habe nur das Bier abgezogen. Da die Erbsensuppe noch nicht serviert war, brauchen Sie sie nicht zu bezahlen.«

Hendriksen sah sie mit einem charmanten Lächeln an. »Sie sind ein Schatz. Der erste Mensch, der mir hier freundlich begegnet. Haben Sie vielen Dank.« Er schob ihr das Geld zu. »Das ist für Sie. Dadurch, dass ich vor dem Essen den Gasthof verlassen habe, sollen Sie nicht um Ihr Trinkgeld kommen. Ist der Mann, der mich an seinen Tisch gebeten hatte, noch lange geblieben?«

Hendriksen hatte bewusst die Bezeichnung »Herr« vermieden, denn Krupinski war ihm widerwärtig.

Die Bedienung verzog das Gesicht und schnaubte verärgert. »Der ist gleich nach Ihnen aus dem Gastraum gestürmt. Nicht einmal sein Bier hat er bezahlt. Nun muss ich für den Schaden aufkommen.«

Hendriksen zog seine Geldbörse aus der Hosentasche, nahm einen Zwanzig-Euro-Schein heraus und legte ihn zum Trinkgeld. »Ich glaube, das müsste für seine Bestellung reichen.«

»Das kann ich nicht annehmen. Es war doch nicht Ihre Schuld, dass er nicht bezahlt hat.«

»Ist schon in Ordnung. Ich hole es mir von ihm wieder, wenn ich ihn das nächste Mal treffe.«

Die Augen der Bedienung strahlten. »Vielen, vielen Dank. Ich kann das Geld gut gebrauchen.«

»Schon gut. Jetzt will ich aber frühstücken, sonst wird der Kaffee kalt.«

»Guten Appetit.«

Die Bedienung ging zurück hinter den Tresen und begann zu putzen, während sich Hendriksen im Gefühl, ein gutes Werk getan zu haben, über die reichhaltige Aufschnittplatte hermachte.

Nach dem Frühstück rief er als erstes Lizzi an. Ihre Stimme klang verschlafen, anscheinend war sie gerade erst aufgestanden.

»Bei euch reißt wohl ein Lotterleben ein«, sagte Hendriksen, nachdem er ihr einen guten Morgen gewünscht hatte.

»Was heißt hier Lotterleben?«, kam es bissig zurück. »Während du geschlafen hast, habe ich die halbe Nacht Geister gejagt.«

»In diesem Fall entschuldige ich mich. Was war los? Wieder Schritte?«

»Nein, keine Schritte. Diesmal hörte es sich an, als wenn jemand im ersten Stock einen Stuhl umgekippt hätte oder dagegen gelaufen wäre. Ich rannte sofort nach oben, konnte aber nichts entdecken, nicht einmal einen umgekippten Stuhl. Ich lag kaum im Bett, da hörte ich erneut das Geräusch aus dem gleichen Zimmer. Wieder hoch, wieder nichts. Ich habe das Licht eingeschaltet und den Raum und den Flur gründlich abgesucht – nichts, nicht der Hauch einer Spur. Wenn ich nicht wüsste, dass es keine Geister gibt, könnte es einem schon Angst machen.«

»Wie hat Petra es aufgenommen?«

»Ich weiß nicht. Sie gibt sich tough, aber ich glaube, das ist nur gespielt.«

Hendriksen dachte eine Weile nach.

»Bist du noch dran?«, fragte Lizzi.

»Ja, ich habe es mir überlegt, ich werde zu euch umziehen. Es ist besser, wenn ich vor Ort bin. Zwei sehen mehr als einer. Sprich du mit Petra und kläre sie über uns auf.«

»Okay, mach ich. Hast du heute etwas Bestimmtes vor?«

»Ja, heute Morgen werde ich eine Show abziehen und

meine Geräte zum Aufspüren von Geistern um das Schloss herum aufbauen. Die Dorfbewohner sollen mich weiterhin für den spinnerten Geisterjäger halten.«

»Okay, ich warte auf dich.«

»Sieh dich noch einmal in dem Spukzimmer um. Vielleicht entdeckst du bei Tageslicht etwas.«

»Was meinst du wohl, was ich vorhabe?«

Hendriksen grinste. Er wusste, dass Lizzi es nicht leiden konnte, wenn er sie auf das Naheliegende aufmerksam machte, aber er konnte es sich einfach nicht verkneifen, sie zu necken.

Sein zweiter Anruf galt dem Büro in Hamburg. Als sich Dörte meldete, beauftragte er sie, Erkundigungen über Krupinski einzuholen. Er gab ihr das amtliche Fahrzeugkennzeichen durch, damit sie eine Halterabfrage machen konnte. Hendriksen benutzte dazu einen Studienfreund, der in Hamburg als Rechtsanwalt und Strafverteidiger tätig war.

Sein Plan, zum Schloss zu fahren und die Geräte aufzubauen, sollte sich erheblich verzögern. Als er zum Van, der im Hof geparkt war, kam, sah er, dass beide Hinterreifen platt waren. Fluchend bückte er sich und kontrollierte die Reifen. Er konnte keinen Nagel im Profil finden, andere Beschädigungen auch nicht.

Er zog sein Handy aus der Tasche und wählte Lizzis Nummer. »Ich brauche deine Hilfe. Der Van hat zwei platte Reifen. Kannst du mich abholen?«

»Natürlich. Wo bist du?«

»Auf dem Hof des Gasthauses.«

»Was ist mit deinem Geisterjagd-Equipment?«

»Müssen wir in deinem Wagen verstauen. Wahrscheinlich müssen wir zweimal fahren.«

»Okay, ich bin in einer halben Stunde bei dir.«

Hendriksen hatte gerade das Handy weggesteckt, als die Bedienung mit zwei gelben Säcken voller Plastikmüll aus dem Haus trat.

»Was ist Ihnen denn passiert?«

Ihr schien sofort aufgefallen zu sein, dass der Van hinten herunterhing.

»Reifenpanne.«

Sie brachte die Müllsäcke zu einer Gelben Tonne und kam zu ihm. »Gleich beide?«, fragte sie erstaunt.

»Leider. Und ich habe nur ein Reserverad.«

»Und nun?«

Hendriksen zuckte mit den Schultern.

»Mein Vater repariert Reifen«, sagte sie.

»Super, und wo finde ich ihn?«

»Am Ende des Dorfes. Wenn Sie einverstanden sind, rufe ich ihn an.«

»Das ist lieb von Ihnen. Ich könnte aber auch vorbeigehen.«

»Besser, ich rufe ihn an, dann kommt er gleich. Sonst könnte es passieren, dass Sie lange warten müssen, denn er hat immer viel zu tun.«

»Dann wäre ich Ihnen dankbar, wenn Sie so lieb sind und Ihren Vater anrufen.«

»Mach ich sofort.«

Sie drehte sich um und verschwand im Haus. Kurze Zeit später streckte sie den Kopf aus der Tür. »Mein Vater kommt gleich.«

»Danke.«

Eine knappe halbe Stunde musste er warten, dann fuhren kurz hintereinander zwei Pick-ups auf den Hof. Der erste hatte einen Kran auf der Ladefläche montiert, *Georg Krantz – Kfz-Reparaturen* stand auf der Seite. Im zweiten Wagen saß Lizzi am Steuer. Hendriksen winkte ihr zu, während er den großen, breitschultrigen Mann im fleckigen Overall begrüßte.

»Ach, Sie sind der Gespensterspin-, äh, -jäger«, sagte der Breitschultrige.

Hendriksen quittierte die Bemerkung mit einem Lächeln.

»Na, dann lassen Sie mal sehen, was Sie für Ärger haben.«

Der Monteur untersuchte die Reifen. Nach einiger Zeit richtete er sich auf und grinste Hendriksen an.

»Ich möchte wetten, das waren Gespenster, die die Luft rausgelassen haben.«

Er ging zu seinem Pick-up, holte einen Kompressor von der Ladefläche, schloss ihn an das Ventil des ersten Reifens an und ließ Pressluft hineinschießen. Nachdem er auch den zweiten aufgeblasen hatte, sagte: »Fahren Sie mal ein Stückchen hin und her und kommen dann wieder.«

Hendriksen stieg in den Van, ließ ihn an und fuhr vom Hof. Nach einem Kilometer drehte er um und fuhr zurück. Der Monteur trat an den Van und überprüfte den Reifendruck.

»Alles okay. Die Reifen haben keine Luft verloren. Wahrscheinlich sind Felix und seine Clique dafür verantwortlich.«

»Felix?«

»Mein Sohn. Der Kerl hat nur Unsinn im Kopf.«

»Jungs!«, sagte Hendriksen mit einem verständnisvollen Lächeln. Er zog seine Geldbörse heraus und fragte: »Was bin ich Ihnen schuldig, Herr Krantz?«

Der winkte ab. »Lassen Sie Ihr Geld stecken. Alles, was Sie bekommen haben, ist gute Bolkower Luft, und die ist gratis.«

Hendriksen nahm einen Fünf-Euro-Schein heraus. »Für die Kaffeekasse, und vielen Dank. Sagen Sie Ihrem Sohn, er soll mit seinen Streichen vorsichtig sein, sonst erwischt ihn noch ein Poltergeist.«

»Keine Sorge, ich werde ihm die Ohren lang ziehen. Er wird Sie nicht mehr ärgern – versprochen.«

»Seien Sie nicht zu streng mit ihm. Wenn Jungs keinen Unsinn anstellen, dann sind sie nicht gesund.«

Hendriksen stieg in den Van, winkte Lizzi zu, ihm zu folgen, fuhr vom Hof und bog gleich darauf in die Lindenallee ein. Er parkte neben dem Eingangsportal und stieg aus. Lizzi fuhr den Pick-up neben seinen Wagen. Hendriksen ging an die Fahrerseite und öffnete ihr galant die Tür. Lizzi sprang heraus.

»Komm, wir gehen ein Stück. Braucht ja niemand zu hören, was wir besprechen«, sagte er, fasste sie am Arm und führte sie zurück zur Lindenallee. Im Schatten der Baumkronen schlenderten sie in Richtung Dorf.

»Hast du Petra über uns aufgeklärt?«

»Habe ich, und nach den Erlebnissen der Nacht ist sie heilfroh, dass du auch ins Schloss ziehen willst.«

»Gut, jetzt erzähle mir noch mal, was genau letzte Nacht passiert ist.«

Lizzi wiederholte, was sie ihm schon am Handy gesagt hatte, diesmal allerdings mit allen Details. Hendriksen hörte aufmerksam zu, ohne sie zu unterbrechen.

»Was ich nicht verstehe, ist, warum ihr Hund nicht angeschlagen hat.«

»Der ist leider schon vierzehn Jahre alt, halb blind und fast taub. Der ist froh, wenn man ihn nicht stört, der Arme.«

»War noch jemand im Schloss außer den beiden Merzigs?«

»Nur noch die vier polnischen Arbeiter. Sie haben zwei Zimmer im Ostanbau. Die nutzen sie aber nur als Aufenthaltsraum während des Tages und als Lagerplatz für ihre Arbeitsgeräte. Sie gehören zu den wenigen Räumen, die abschließbar sind. Abends und nachts halten sie sich in ihren Wohnwagen auf.«

»Können wir sie als Geister ausschließen?«

»Ich denke, ja. Was sollten sie für ein Motiv haben? Wenn Sie Petra vergraulen würden, wären sie ihre Arbeit los. Die Renovierung des Schlosses erscheint mir fast wie eine Lebensaufgabe. Als Täter ergeben sie keinen Sinn. Sie würden sich doch nicht den Ast absägen, auf dem sie sitzen.«

»Sehe ich genauso. Was ist mit Petras Vater?«

»Der ist noch vor dem Abendessen weggefahren.«

»Was hältst du von ihm?«

Lizzi zuckte mit den Schultern. »Weiß nicht. Auf mich machte er keinen schlechten Eindruck. Zu mir war er sehr höflich. Petra behandelte ihn jedoch eisig. Irgendetwas Dramatisches muss zwischen beiden vorgefallen sein.«

»Hast du eine Ahnung, was es sein könnte?«

»Nein, ich will sie auch nicht fragen. Könnte unser freundschaftliches Verhältnis zerstören. Schließlich kennen wir uns erst seit kurzer Zeit, und ihre privaten Angelegenheiten gehen mich nichts an.«

»Schon klar. Ich dachte, sie hätte vielleicht etwas erwähnt.«

»Nein, hat sie nicht.«

»Was anderes: Was, denkst du, soll mit den Vorfällen bezweckt werden? Dass es keine Geister sind, die das verursachen, darüber sind wir uns wohl einig.«

»Darüber habe ich mir auch schon Gedanken gemacht. Es gibt nur einen Grund: Man will Petra aus dem Schloss ekeln.«

»Auch meine Meinung. Aber warum? Wer profitiert davon, wenn sie ihre Pläne aufgibt?«

»Ich habe nicht die leiseste Ahnung. Sie weiß es auch nicht. Allerdings denke ich manchmal, dass sie den Gedanken an Geister und Gespenster nicht gänzlich ausschließt. Bei der Geschichte des Schlosses nach dem Krieg gibt es genügend Gründe, warum die Seelen der von den Sowjets oder der Stasi gequälten Gefangenen hier spuken könnten.«

»Hältst du das etwa für möglich?«

»Natürlich nicht!«

Sie sprach das in einem so überzeugenden Tonfall aus, dass Hendriksen erleichtert aufatmete.

»Zurück zur Frage: Wer profitiert davon, wenn sie alles hinwirft?«

Lizzi dachte nach. »Keine Ahnung.«

»Einen gäbe es meiner Meinung nach. Krupinski.«

»Glaub ich nicht. Er ist zwar ein Mistkerl, aber für so fies halte ich ihn nun doch nicht.«

»Ich glaube, du wirst deine Meinung gleich ändern.«

Hendriksen erzählte ihr, was er am Abend zuvor mit ihm erlebt hatte.

»Ich sagte ja, er ist ein Mistkerl, aber ich sehe nicht, welche Vorteile er davon haben könnte, wenn er Petra von hier vertreibt. Es gibt doch genügend verfallene und verlassene Herrenhäuser, die er für einen Appel und ein Ei erwerben kann und die sich besser für seine Pläne eignen.«

Hendriksen musste zugeben, dass Lizzi recht haben könnte, und doch sagte ihm sein Bauchgefühl, dass mit Krupinski etwas nicht stimmte. Es musste einen Grund geben, warum er ihn anheuern wollte, um seine Interessen bei Petra zu vertreten. Und diesen Grund galt es herausfinden. Zu Lizzi sagte er: »Möglicherweise stimmt das, doch mein Bauch sagt mir etwas anderes.«

Mittlerweile waren sie wieder beim Schloss angekommen. Petra musste sie gesehen haben, denn sie trat aus dem Eingang und begrüßte Hendriksen herzlich.

»Ich freue mich, dass du als Schutzengel bei mir einziehen möchtest, um die bösen Vorfälle der letzten Tage aufzuklären. Wann immer ich dir helfen kann, werde ich es tun.«

»Ich bin sicher, zusammen werden wir dem Spuk bald ein Ende machen. Zunächst will ich jedoch meine Tarnung aufbauen, wenn ich darf.«

»Selbstverständlich. Du und Lizzi könnt machen, was ihr für notwendig haltet. Kein Grund, mich jedes Mal um Erlaubnis zu fragen.«

»Soll ich dir helfen?«, fragte Lizzi.

»Besser nicht. Die Dörfler sollen nicht wissen, dass wir zusammenarbeiten.«

Hendriksen nickte den beiden Damen zu und ging zum Van. Er entnahm ihm ein Bündel isolierter Eisenstangen, wie man sie im Garten zum Stabilisieren von Sträuchern benutzt, eine große Rolle Eisendraht und einen Beitel zum Einschlagen der Stangen. Er legte das Material am Rand des Rondells ab. Als er alles ausgeladen hatte, nahm er vier Stangen und steckte auf dem Rondell ein Viereck mit einer Seitenlänge von fünf Metern ab. An den Eckpunkten schlug er die Stangen ein. Anschließend umwickelte er das Viereck mit Draht. Die beiden Enden schloss er an eine Kunststoffbox an. Die Antenne, die auf der Kunststoffbox montiert war, richtete er zum Schloss hin aus.

Er war gerade dabei, eine ähnliche Antennenanlage auch am westlichen Seitenflügel aufzubauen, als drei Jungen und ein Mädchen auftauchten. Die Jungen mochten um die acht Jahre alt sein, das Mädchen war etwas älter. Einer der Jungen kam zögernd auf ihn zu.

»Mein Papa sagt, ich soll mich bei dir entschuldigen, dass ich die Luft rausgelassen habe«, stammelte er.

»Dann bist du sicher Felix.«

»Ja.«

»Entschuldigung angenommen. Habt ihr Lust, mir bei der Arbeit zu helfen?«

»O ja«, rief Felix, und die anderen stimmten begeistert ein.

»Dann zeige ich euch, was ihr machen müsst.«

Hendriksen erklärte ihnen mit todernstem Gesicht, dass sie Antennen aufbauen sollten, um die Anwesenheit von Geistern festzustellen. Die Jungen waren begeistert bei der Arbeit und bauten insgesamt drei Antennen auf, so dass an jeder Schlossseite eine stand. Das Mädchen sah nur zu.

Es dauerte nicht lange und zwei Frauen erschienen. Sie begrüßten Hendriksen mit einem zaghaften guten Tag. Drei weitere Frauen erschienen wenig später, und eine Stunde danach ließen sich auch Männer blicken.

Während Hendriksen ihnen die Funktion der Antennen und die Methode, wie er damit Geister aufspüren wollte, erklärte, versorgten Petra und Lizzi die Erwachsenen mit Bier und die Kinder mit Limonade.

Vielleicht lag es an der Wärme, am Bier oder an dem Geschrei der Kinder, die von Petra die Erlaubnis hatten, überall herumzutollen, dass sich immer mehr Dorfbewohner einfanden. Schließlich waren es so viele, dass die spärlichen Biervorräte nicht mehr ausreichten, um die Besucher zu versorgen. Hendriksen, der das Problem kommen sah, winkte dem Wirt zu und ging mit ihm zu Monteur Georg Krantz.

»Das Schloss hat, wie ich sehe, keine Getränke mehr. Was halten Sie davon, wenn wir die ausgelassene Stimmung nutzen und ein Dorffest arrangieren? Ich zahle, wenn Sie für Getränke, Speisen und einen Grill sorgen.«

Die beiden Männer sahen sich an und stimmten spontan zu. Sie machten sich sofort auf den Weg, um das Notwendige zu besorgen, während Hendriksen Petra mit dem Gedanken eines Volksfests vertraut machte. Es bedurfte keiner Überredung. Petra war sofort Feuer und Flamme für die Idee, erkannte sie doch die Möglichkeit, in ein freundschaftliches Verhältnis mit dem Dorf zu kommen.

Eine halbe Stunde später war ein großer Schwenkgrill aufgebaut, dazu ein Tisch als Tresen für ein Fünfzig-Liter-Fass Bier und ein weiterer für das Geschirr.

Lizzi hatte inzwischen die Anwesenden dazu motiviert, Stühle und Tische aus dem Schloss zu holen.

Es wurde ein ausgelassenes Fest, wozu auch Maria Krantz, die Bedienung des Gasthofs, beitrug, die mit ihrem Akkordeon die Frauen und Männer zum Mitsingen alter Volkslieder und Schlager animierte.

Während des Abends verkündete Petra, dass von nun an jedes Jahr im Juni ein Dorffest auf dem Schloss stattfinden würde, das für die Dorfbewohner kostenfrei sein sollte. Diese

Botschaft wurde mit großem Hallo begrüßt. Als die Gäste sich gegen acht Uhr abends verabschiedeten, bedankten sie sich, und fast jeder versicherte ihr, wenn sie Hilfe brauche, könne sie sich jederzeit an sie wenden.

Das Eis zwischen Schlossbesitzerin und Dorfgemeinschaft war gebrochen.

Der Wirt und einige Männer aus dem Dorf hatten die Utensilien auf einen Pick-up geladen und die Wiese aufgeräumt, als ein Golf vor dem Schloss vorfuhr. Zu Hendriksens Überraschung stieg Tina aus, seine Bekanntschaft vom Autobahnparkplatz. In der Hand hielt sie ein Paket.

»Ich bringe dir die Sachen, die du mir geliehen hast – gewaschen und gebügelt. Ich möchte mich …«

»Hör bloß mit der Dankerei auf. Wenn ich in deiner Lage gewesen wäre, hättest du mir doch auch geholfen.«

»Aber sicher. Schon allein, um zu sehen, wie dir BH und Höschen stehen«, sagte sie mit einem Lächeln auf den Lippen.

Hendriksen musste lachen. »Komm mit rein. Ich stelle dich der Schlossherrin vor.«

»Tut mir leid, ich muss sofort wieder los. Die Arbeit ruft. Durch den Umweg hierher bin ich schon etwas spät dran«, sagte sie im Tonfall des Bedauerns und stieg wieder in den Wagen.

»Schade«, antwortete Hendriksen im gleichen Ton.

Als er später das Einwickelpapier, in dem seine Kleidung war, öffnete, lag eine große Schachtel von Niederegger auf der Wäsche. Sie war gefüllt mit Herzen aus Marzipan.

Kapitel 8

Die Nacht war ruhig verlaufen. Nur das Nagen der Ratten an den Holzvertäfelungen war zu hören gewesen. Inzwischen zehrte dieses Geräusch gewaltig an Petras Nerven. Lizzi ignorierte es, Hendriksen hatte es gar nicht wahrgenommen, und das Hausmeisterehepaar hatte sich nie darüber beklagt.

Um acht Uhr trafen sich die fünf Bewohner in der Küche im Tiefgeschoss zum Frühstück. Die Unterhaltung drehte sich um das spontane Dorffest am gestrigen Tag. Wieder und wieder dankte Petra Hendriksen für seinen Einfall, der die Animositäten zwischen ihr und dem Dorf beendet hatte. Hendriksen, dem die Dankbarkeit lästig wurde, wechselte das Thema. Solange das Ehepaar Merzig anwesend war, unterhielt er die Runde mit seinen Erlebnissen beim Aufspüren von Geistern, und er tat es so anschaulich, dass jeder glauben musste, es sei sein Spezialgebiet. Lizzi verließ die Küche, damit die anderen ihren Lachanfall nicht mitbekamen.

Nachdem die Merzigs gegangen waren, um ihren hauswirtschaftlichen Pflichten nachzugehen, kam Hendriksen auf das eigentliche Thema zu sprechen. Ohne Umschweife fragte er Petra: »Wer profitiert davon, wenn du deine Pläne hinwirfst und abreist?«

»Diese Frage habe ich mir natürlich auch schon gestellt. Doch ich kann sie nicht beantworten. Ich weiß es nicht. Das Schloss hat meine Mutter geerbt, und sie ist diejenige, an die es zurückfällt. Genau genommen gehört es weiterhin ihr. Mir hat sie nur erlaubt, meine Vorstellungen hier zu verwirklichen.«

»Nehmen wir an, du beendest das Projekt, was würde deine Mutter mit dem Schloss machen? Würde sie hier auch ein Hotel errichten, ähnlich dem in Mecklenburg?«

»Nein!«, rief Petra spontan. »Das kann ich mir beim besten Willen nicht vorstellen. Dazu fehlen ihr auch die finanziellen Mittel.«

Hendriksen und auch Lizzi sahen sie verständnislos an.

»Finanziert deine Mutter denn dein Projekt nicht?«, wollte Hendriksen wissen. »Ich ging bis jetzt davon aus, du wärst in finanzieller Hinsicht von deiner Mutter abhängig. Schließlich war sie es, die uns beauftragt hat, die Vorfälle zu untersuchen und für deine Sicherheit zu sorgen.«

»Die Liebe, immer besorgt um mich. Kann sich einfach nicht daran gewöhnen, dass ich erwachsen bin und meinen eigenen Weg gehen will.«

»Noch einmal für die Dummen: Wenn nicht deine Mutter, wer finanziert dann dein Projekt? Dein Stiefvater doch bestimmt nicht. So weit kenne ich eure Familienverhältnisse schon.«

»Von dem würde ich nicht einmal einen Cent annehmen. Zu deiner Information: Die Verhältnisse liegen genau anders herum. Mutter gehört zwar das Schloss, aber ich habe das Geld.«

»Schön für dich, aber du erwartest nicht, dass ich das verstehe«, warf Lizzi ein.

»Dabei ist es ganz einfach. Als mein Vater starb, vererbte er mir all seine Anteile an einer gut gehenden, international operierenden Firma. Sie stellt medizinisches Verbrauchsmaterial her. An dieser Firma besitze ich einundfünfzig Prozent und Vaters Juniorpartner vierzig Prozent, und die restlichen neun Prozent gingen an verdiente Mitarbeiter. Dazu kam noch sein nicht in der Firma gebundenes Vermögen, das zwischen meiner Mutter und mir aufgeteilt wurde. Ihr seht, ich finanziere mich selbst, und mir gehört dazu noch ein Drittel vom Hotel meiner Mutter.«

»Jetzt wird es interessant.« Hendriksen musterte Petra. »Was passiert, wenn dir etwas zustoßen würde?«

»Du meinst, wenn ich tot bin?«

»Ja, nur wollte ich es nicht so krass ausdrücken.«

»Dann würde meine Mutter eine reiche Frau, denn solange ich nicht verheiratet bin oder Kinder habe, fallen zwei Drittel an meine Mutter und ein Drittel an ihren Mann.«

»Deinen Stiefvater?«

»Ja, leider. Ich kann es auch nicht ändern. Hat mein Vater so festgelegt. Was er sich dabei gedacht hat, wissen die Götter. Ich habe meine Mutter gefragt, aber die konnte es mir auch nicht erklären.«

»Das bedeutet«, sagte Lizzi, »wir müssen Petra jetzt an einem sicheren, nicht zugänglichen Ort verstecken, bis der Fall gelöst ist.«

»Du spinnst wohl! Das wäre doch verkehrte Welt. Die Bösen, wenn es sie denn gibt, laufen frei herum, während ich auf einer muffigen Matratze in einem feuchten Kellerloch sitze. Das kommt nicht in Frage.«

Auch wenn die Worte scherzhaft gemeint waren, trafen sie doch den Kern der Lage.

Hendriksen relativierte, was Lizzi gesagt hatte. »So brutal

sind wir nun auch wieder nicht. Eine trockene Matratze würden wir dir schon in den Keller legen. Doch Spaß beiseite, wärst du bereit, noch drei Gäste und einen Hund aufzunehmen?«

»Was hast du vor?«, wollte Lizzi wissen.

»Ich denke an Jeremias Voss' Rentnergang und an Nero. Zusammen sind sie ein unschlagbares Team. Sie könnten sich um Petras Sicherheit kümmern, während wir beide den Rücken frei hätten und uns um die Geister und deren Obergeister kümmern.«

»Ein super Gedanke.«

»Augenblick mal, habe ich dazu auch etwas zu sagen?«

»Nein«, riefen Hendriksen und Lizzi gleichzeitig.

Petra tat, als wäre sie empört. Ihr Blick sagte jedoch das Gegenteil.

Einige Augenblicke später erwiderte sie: »Na gut, wenn ihr es für erforderlich haltet, dann lasst eure Truppe kommen. Sehr komfortabel werden sie es nicht haben, wie ihr ja am eigenen Leib erlebt.«

»Das ist auch nicht nötig. Die Kerle kommen mit allem zurecht. Wichtig ist, dass sich Nero, der Hund, im Schloss aufhalten kann. Und da stellt sich die Frage, könnte es mit deinem Labrador Probleme geben?«

»Das halte ich für ausgeschlossen. Hektor ist zu alt und zu träge. Außerdem werde ich die Tür zu meinem Zimmer geschlossen halten. Dann kann er nicht raus und euer Hund nicht rein. Also Problem ausgeschlossen.«

Hendriksen nickte zustimmend und wandte sich an Lizzi. »Mach mal einen Rundgang und schaue, ob wir unbeobachtet sind. Ich möchte noch eine heikle Sache ansprechen.«

Lizzi erhob sich sofort und verließ die Küche. Nach zehn Minuten war sie zurück. »Alles im grünen Bereich. Niemand ist zu sehen, auch nicht vor dem Fenster und an der Hintertür zur Küche.«

»Okay, danke. Eine Frage beschäftigt mich schon seit einiger Zeit. Wie gut kennst du die Merzigs?«

»Willst du etwa sagen, sie könnten für die Vorfälle verantwortlich sein? Unmöglich!« Petra schüttelte energisch den Kopf. »Sie sind zurückhaltend, drängen sich nicht auf und haben ein Gespür dafür, wenn ich allein sein will. Du hast sie doch selbst erlebt. Kannst du dir vorstellen, sie könnten etwas Böses tun?«

»Ganz mit der Ruhe. Ich unterstelle niemanden etwas, und ich verdächtige auch keinen. Trotzdem müssen wir jeden überprüfen, um sicherzugehen, dass wir keine Möglichkeit außer Acht gelassen haben. Also, noch mal zu meiner Frage: Wie lange kennst du die Merzigs schon?«

»Sie sind eine Woche nach mir gekommen«, antwortete Petra leicht verärgert.

»Hast du sie angeworben, oder sind sie einfach so vorbeigekommen?«

»Meine Mutter hat sie mir empfohlen.«

»Weißt du, woher deine Mutter sie kennt?«

»Geht die Fragerei nicht ein bisschen weit? Und übrigens, woher soll ich das wissen?«

»Bitte, Petra, wir sind uns doch darüber einig, dass wir es nicht mit Geistern zu tun haben, sondern mit Menschen aus Fleisch und Blut, und die können nicht durch verschlossene Türen oder Wände gehen. Folglich müssen sie irgendwie ins Schloss gelangen oder sich im Schloss aufhalten. Das bedeutet, wir müssen nach geheimen Zugängen suchen. Wenn wir keine finden, müssen wir die Bewohner des Schlosses unter die Lupe nehmen, und das sind, ob du es nun magst oder nicht, die Merzigs. Also sei nicht beleidigt, sondern hilf mit, die Übeltäter zu finden, bevor noch etwas Schreckliches passiert.«

Petra beugte sich vor und legte ihre rechte Hand auf Hendriksens Arm. »Entschuldige, ich war wohl etwas zickig. Ich weiß es schon zu schätzen, dass ihr so um meine Sicherheit besorgt seid.«

»Schon gut, ich kann deine Haltung verstehen. Selbst auf die Gefahr hin, dass ich dich nerve: Hast du eine Ahnung, woher deine Mutter sie kennt?«

»Ich weiß nur, dass sie das Schloss betreuten, bis meine Mutter es erbte. Danach sind sie weggegangen. Wohin? Ich habe keine Ahnung. Aber ich glaube, mein Stiefvater hat meine Mutter auf das Ehepaar Merzig aufmerksam gemacht und ihr auch deren Anschrift besorgt. Ich habe mich nicht weiter darum gekümmert. Ich war viel zu froh, jemanden zu haben, der mir half, Ordnung zu schaffen.«

»Kann ich gut verstehen. Nur noch eine Frage. Wann ist der Baumeister tödlich verunglückt? Bevor die Merzigs kamen oder danach?«

Petra dachte nach. »Das war ein paar Tage danach«, antwortete sie zögerlich.

»Das …« Sein Handy klingelte. »Entschuldigt.« Er drückte auf den Empfangsknopf und meldete sich. Eine Weile hörte er schweigend zu, dann sagte er: »Das geht in Ordnung, besten Dank. Sie haben uns einen großen Gefallen erwiesen.«

Nachdem er das Handy ausgeschaltet und weggesteckt

hatte, sah er Lizzi an. »Du kannst doch gut mit Hunden umgehen. Ab sofort ernenne ich dich zur Kammerjägerin.«

»Spinnst du?«

»Natürlich nicht. Du kennst mich doch.«

»Ebendrum«, warf Lizzi ein.

Hendriksen überging die Bemerkung. »Heute Nachmittag kommt der Rattenfänger mit seinen Hunden. Vielleicht braucht er Unterstützung. Ich wäre dir dankbar, wenn du dich darum kümmern würdest.«

»Ach so, geht klar. Und was machst du?«

»Ich werde jetzt ins Dorf fahren und mich mit der Putzfrau unterhalten, die sich hier das Bein gebrochen hat. Ihr könnt inzwischen versuchen, einen geheimen Zugang zum Schloss zu finden.«

Hendriksen ließ sich den Weg zu Frau Hentschke beschreiben und fuhr ins Dorf. Normalerweise hätte er sich vorher telefonisch angemeldet, doch in ihrem Fall wollte er verhindern, dass sie sich ihre Aussage vorher überlegte. Ihm kam es auf das an, was sie spontan zu sagen hatte.

Bevor er jedoch mit dem Van losfuhr, rief er Hermann, den Kopf der Rentnergang, an. Er ließ es klingeln, bis sich die Mailbox meldete.

»Hermann, hier Marten, ruf bitte zurück. Ich brauche dringend dich und deine Mannen.«

Er steckte das Smartphone weg, stieg in den Van und fuhr los.

Er parkte vor Frau Hentschkes Haus. Es war das vorletzte an der rechten Seite, wenn man von der Lindenallee nach rechts auf die Landstraße einbog. Das Haus war winzig – im Erdgeschoss hatten höchstens ein Zimmer und die Küche

Platz –, aber es sah adrett aus. Die Fensterrahmen waren mit grüner Farbe gestrichen, genauso die Tür, und auch für den Holzzaun hatte die Farbe noch gereicht.

Hendriksen öffnete die Gartenpforte und ging über einen welligen Weg aus roten Backsteinen zur Haustür. Auf beiden Seiten begrenzten Tagetespflanzen den Weg. Sie standen in voller Blüte und verbreiteten einen intensiven Duft. Nirgendwo in dem kleinen Vorgarten war Unkraut zu sehen.

Bevor er klingeln konnte, öffnete sich die Eingangstür. Eine korpulente Frau um die Fünfzig stand im Türrahmen. Die Haare waren grau und im Nacken zu einem Pferdeschwanz zusammengebunden. Die linke Hand und der Arm waren mit einer elastischen Binde umwickelt. Am rechten Bein war ein Gipsverband.

»Guten Tag, Herr Doktor«, begrüßte sie ihn mit einem freundlichen Lächeln. Sie war auf dem Dorffest gewesen und wusste daher, wer er war. »Sie kommen sicher, um mich über meine Erlebnisse mit dem Gespenst zu befragen.«

»Richtig, doch zunächst wünsche ich Ihnen einen guten Tag und hoffe, dass es Ihnen den Umständen entsprechend gut geht.« Er zeigte auf ihren verbundenen Arm.

»Na ja, geht so – muss gehen. Leider fühle ich mich mit nur einem brauchbaren Arm wie ein halber Mensch. Doch kommen Sie rein.« Sie trat zur Seite, damit er in den kleinen Flur kommen konnte. »Möchten Sie einen Kaffee?«

»Liebend gern. Darf ich Ihnen dabei behilflich sein?«

»Aber nein, das schaff ich schon. Gehen Sie mal geradeaus durch die Tür und machen Sie es sich bequem. Ich bin gleich bei Ihnen.«

Frau Hentschke drehte sich um und öffnete die Tür, die dem Wohnzimmer gegenüberlag. Anstatt der Anweisung zu folgen, trat er hinter ihr in die Küche und war erstaunt, wie geräumig sie war. Es war noch eine Wohnküche, wie er sie von seiner Großmutter her kannte. Er setzte sich auf die Eckbank am Fenster.

»Lassen Sie uns doch den Kaffee hier trinken. Hier ist es schön gemütlich. Erinnert mich an meine Großmutter.«

»Aber, Herr Doktor! Sie können doch unmöglich in der Küche sitzen wollen. Das geht doch nicht.«

»Und ob das geht. Und nun zeigen Sie mir erst einmal Ihren Arm. Dieses Gewurschtel, das Sie da als Verband tragen, kann man ja nicht mitansehen.«

»Um Himmels willen, nein, das geht nun wirklich nicht.« Sie versteckte den Arm hinter dem Rücken.

»Ruhe! Setzen Sie sich!«, befahl Hendriksen mit einer Nachdrücklichkeit, die man seiner schmächtigen Gestalt nicht zugetraut hätte. »Sie brauchen keine Angst zu haben, ich bin Arzt.«

Frau Hentschke blickte ihn erschrocken an, setzte sich dann aber gehorsam.

Hendriksen wickelte den Verband ab und erkundigte sich dabei, was denn passiert war.

»Ich habe mir beim Hinfallen das Handgelenk verstaucht.«

»Waren Sie beim Arzt?«

»Nur wegen des gebrochenen Beins.«

»Dann wollen wir uns das Handgelenk mal ansehen.«

Sie zog ihm die Hand weg. »Ich habe aber kein Geld, um Sie zu bezahlen.«

»Hab ich etwas von Bezahlung gesagt?«

»Nein.«

»Na also. Und nun her mit der Hand!«

Hendriksen befühlte sie von allen Seiten, drückte das Handgelenk und drehte es vorsichtig, wobei er immer wieder die Miene der Frau beobachtete. Sowie sie ihr Gesicht verzog, hielt er in seiner Bewegung inne.

»Ihre Hand ist zum Glück nicht gebrochen. Sie haben eine Sehnenzerrung. Dauert etwas, aber wird wieder. Ich werde Ihnen das Gelenk jetzt neu verbinden. Haben Sie eine neue Binde?«

Sie schüttelte den Kopf.

»Gut, dann nehmen wir die alte.«

Gekonnt verband er das Handgelenk und ermahnte sie, es soweit wie möglich ruhig zu halten. Als er fertig war, sagte er: »So, jetzt will ich mein Honorar.«

Frau Hentschke erschrak, weil sie den Schalk in seiner Miene übersah. Sie wollte etwas sagen, doch Hendriksen kam ihr zuvor.

»In Form einer schönen Tasse Kaffee.«

Ihre Miene entspannte sich. »Vielen Dank, Herr Doktor, und der Kaffee kommt sofort.«

Als zwei dampfende Becher vor ihnen standen, sagte Hendriksen: »Und nun, Frau Hentschke, erzählen Sie von dem Abend, als das Unglück geschah.«

Frau Hentschke überlegte einige Augenblicke, und dann berichtete sie, dass es an einem Abend passierte, als ein Unwetter aufzog. Frau Bolkow hatte ihr angeboten, im Schloss zu übernachten, doch sie wollte nach Hause. Durch die dunklen Wolken war es fast finster. Herr Merzig hatte ihr eine Taschenlampe gegeben, damit sie draußen etwas sehen konnte. Leider war die Batterie der Lampe leer. Um schnell zu Hause zu sein, hatte sie den Weg quer über die Wiesen genommen. Auf halbem Weg fing es an zu donnern. Zwischen den einzelnen Schlägen hörte sie ein Schreien. Es klang, als wäre jemand in Todesangst. Sie drehte sich um, um zu schauen, ob sie helfen konnte, doch sie entdeckte niemanden. Und dann plötzlich sah sie im Schein eines Blitzes ein riesiges Gespenst. Es schwankte im Sturm hin und her und kam dabei immer näher. Es hatte die Arme ausgebreitet und wirkte wie eine weiße Wand. Im ersten Moment habe sie gedacht, sie würde einen Herzschlag bekommen. Doch dann fand sie die Kraft, sich umzudrehen und nach Hause zu rennen. Inzwischen hatte es angefangen zu gießen. Innerhalb von Minuten war sie völlig durchnässt. Sie hatte sich nicht darum gekümmert, sondern war weitergelaufen, denn sie hatte weiter das Kreischen und dazwischen ein teuflisches Lachen gehört. Kurz vor ihrer Gartenpforte war sie dann gestürzt. Sie hatte sich bis ins Haus geschleppt und von dort den Notarzt angerufen. Der hatte ein gebrochenes Bein festgestellt und sie ins Krankenhaus gebracht.

»Jetzt denken Sie sicher, ich bin übergeschnappt, aber ich weiß, was ich gesehen habe, und Rolf Wallmann hat das Gespenst auch gesehen.« Die letzten Worte sprach sie trotzig aus, so als wollte sie beweisen, dass sie keine hysterische alte Frau sei.

Hendriksen hatte aufmerksam zugehört und gespürt, dass Frau Hentschke während der Erzählung innerlich vor Angst zitterte.

»Wo denken Sie hin, Frau Hentschke? Natürlich denke ich so etwas nicht. Im Gegenteil, ich halte Sie für jemanden, der eine gute Beobachtungsgabe hat. Reden Sie sich nur nicht solche Sachen ein.« Hendriksen tätschelte beruhigend ihren Arm, während er fragte: »Wer ist Rolf Wallmann?«

»Das ist der Fahrer, der mit einer ganzen Ladung neuer Fenster verunglückt ist, weil auch er das Gespenst gesehen hat.«

»Wissen Sie, wo er wohnt?«

»In Steinbach. Die Adresse kenne ich nicht, aber das ist ein kleiner Ort, da kennt jeder jeden.«

Hendriksen wechselte das Thema und erzählte einige erfundene humorvolle Geschichten über seine Erlebnisse mit Geistern. Als er Frau Hentschke so weit gebracht hatte, dass sie über seine Gespenstererlebnisse lachte, bedankte er sich für den Kaffee und die Informationen und ging.

Für die fünf Kilometer nach Steinbach benötigte er knappe zehn Minuten. Im Ort fragte er einen Passanten, ob er Rolf Wallmann kenne. Er kannte ihn und beschrieb den Weg zu dessen Wohnung. Sie lag in einem Haus mit sechs Parteien. Wallmann wohnte im Parterre rechts. Als er an der Wohnungstür klingelte, öffnete ihm ein Mann, den er auf Mitte dreißig schätzte.

Hendriksen stellte sich vor und erklärte Wallmann, dass er ihn wegen seines Unfalls und dem Erlebnis mit dem Geist befragen wolle. Wallmann bat ihn in seine Wohnung und führte ihn in die Wohnstube. Sie sah unaufgeräumt aus, so wie man es bei Junggesellen erwartet. Hendriksen lehnte eine Erfrischung ab und bat Wallmann, von seinem Erlebnis zu erzählen. Dieser schien nur darauf gewartet zu haben, dass ihn jemand danach fragte, denn er sprudelte sofort los. Der Kern seines Berichts war, dass er an besagtem Abend auf der

Landstraße Richtung Bolkow fuhr, als er plötzlich geblendet wurde und in einiger Entfernung eine große, ganz weiße Gestalt sah, die aussah wie eine riesige Fledermaus und hin und her schwankte. Ein Gesicht konnte er nicht erkennen, da ihn das Licht blendete. Nur Sekunden später wurde er von einer Helligkeit geblendet, die so stark war, dass seine Augen schmerzten. Weil er absolut nichts außer dem Licht sehen konnte, geriet er in Panik. Dabei musste er das Steuerrad herumgerissen haben und war in den Straßengraben gestürzt. Der Wagen hatte sich samt Ladung überschlagen. Wenn er nicht angeschnallt gewesen wäre, hätte er den Unfall nicht überlebt.

Hendriksen bedankte sich bei ihm und fuhr zum Schloss zurück.

Kapitel 9

In einem Feinschmeckerlokal gut vierhundert Kilometer von Schloss Bolkow entfernt saßen zwei Männer beim Essen. Der eine war mittelgroß und kräftig, der andere groß und dürr. Beide waren in maßgeschneiderte Anzüge gekleidet und beachteten die von einem Zwei-Sterne-Koch zubereitete Speise nicht. Der stechende Blick aus den stahlgrauen Augen des Dünnen lag wütend auf seinem Tischnachbarn.

»Ich bin es satt, mir jedes Mal Ihre Entschuldigungen anzuhören. Auch ich habe Verpflichtungen. Meine Abnehmer sitzen mir im Nacken. Wenn ich nicht pünktlich liefere, komme ich in Teufels Küche. Und ich garantiere Ihnen, wenn ich Probleme kriege, dann bekommen Sie sie ebenfalls, und zwar mit Zins und Zinseszins. Wenn Sie Ihre Verträge nicht einhalten können, dann werde ich mir einen anderen Zulieferer suchen.«

Sein stämmiges Gegenüber gab sich gelassen, obwohl er innerlich kochte – nicht weil ihm der Geschäftspartner drohte, sondern weil er wusste, dass der andere recht hatte. Die Androhung, sich andere Lieferanten zu suchen, hielt er allerdings für lächerlich, denn er würde niemanden finden, der in der Lage wäre, innerhalb kurzer Zeit die gleiche Produktpalette im bisherigen Umfang zu liefern. Was ihm hingegen Sorgen machte, waren die Gewaltmaßnahmen, die der andere unverhohlen ansprach. Hierin lag für ihn die eigentliche Gefahr. In einem Geschäft, wie er es betrieb, war der Tod die einzige Konsequenz für Nichteinhalten von Versprechungen. Davor konnte er sich nicht schützen, egal wie viel Personenschützer er einstellte. Ein Schuss aus dem Gewehr eines Profi-Killers bedeutete den sicheren Tod. Bei den heutigen Präzisionswaffen und Zielvorrichtungen konnte ein guter Schütze sein Opfer noch aus einer Entfernung von tausend Metern töten.

All diese Gedanken wirbelten ihm durch den Kopf, während er auf einem Bissen kaute, ohne überhaupt wahrzunehmen, was er aß. Er tat es lediglich, um Zeit für eine Antwort zu gewinnen.

»Ich bin mir selbstverständlich der Misere bewusst, in der ich mich befinde, und ich werde sie zu unser beider Zufriedenheit lösen«, sagte er gespielt ruhig. »Ich mache Ihnen folgenden Vorschlag: Ich werde Ihnen von heute an gerechnet in sieben Tagen vierzig Prozent der vereinbarten Menge liefern und vierzehn Tage später die restlichen sechzig Prozent. Von da an laufen die Lieferungen wieder wie abgesprochen.«

Der andere musterte ihn mit einem starren, kalten Blick. »Kann ich mich darauf verlassen?«

»Natürlich, sonst würde ich es nicht vorschlagen.«

Der Mann schwieg. Offenbar überlegte er, ob die Konditionen in seinen Geschäftsplan passten. Erst nach einer ganzen Weile antwortete er: »Okay, ich kann damit leben. Allerdings werde ich für die Lieferung zwanzig Prozent weniger bezahlen, um die Unkosten, die durch Ihre Verzögerungen entstehen, abzudecken.«

Er wollte aufbegehren, doch der andere winkte ab.

»Die zwanzig Prozent sind nicht verhandlungsfähig. Ich muss meinen Abnehmern einen günstigeren Preis anbieten, wenn ich sie dazu bewegen will, auf Ihren Vorschlag einzugehen.«

Er zögerte noch eine Weile und stimmte dann zu. Ob und wie er seinen Vorschlag einhalten konnte, war ihm schleierhaft. Ihm ging es nur darum, Zeit zu gewinnen.

»Sie wissen, was Ihnen und Ihrer Familie droht, wenn Sie nicht wie abgemacht liefern?«

»Natürlich, nur sollten auch Sie nicht vergessen, in welcher Situation Sie sich befinden. Sie sind genauso wenig unangreifbar wie ich. Ja, Sie sind sogar in einer schlechteren Position, denn ich weiß eher als Sie, ob ich meine Verpflichtungen einhalten kann oder nicht, und kann deshalb früher als Sie Schutzmaßnahmen ergreifen. Also lassen wir das unnötige Drohen.« Er stand auf. »Ich glaube, es ist alles gesagt, was gesagt werden muss, und ich darf mich verabschieden. Auf Wiedersehen.«

Er verließ mit sicheren Schritten das Feinschmeckerlokal, wobei er sich dazu zwingen musste, Selbstsicherheit zu zeigen. Im Grunde hatte er höllische Angst davor, was passieren würde, wenn er seiner gerade eingegangenen Verpflichtung nicht nachkommen würde. Seine markigen Worte waren nichts anderes als eine leere Drohung gewesen.

Auf dem Weg nach Hause hielt er bei einem Aldi-Laden an und parkte weitab von den anderen Kunden. Er wählte eine Nummer in Bolkow. Sein Gesprächspartner meldete sich schon nach dem zweiten Klingeln.

»Ich kann jetzt nicht sprechen, rufe gleich zurück«, flüsterte dieser.

Der Anrufer fluchte. Es blieb ihm jedoch nichts anderes übrig, als zu warten. Ein paar Minuten später rief sein Gesprächspartner zurück.

»Sorg dafür, dass die Produktion wieder aufgenommen wird.«

»Aber, das ist unmöglich. Wir …«

»Quatsch! Tu, was ich sage. Trommle deine Leute zusammen. In einer Woche müssen vierzig Prozent unserer ursprünglichen Lieferung bereitstehen und zwei Wochen später die restlichen.«

»Das kann nicht Ihr Ernst sein. Wie soll ich die Leute ungesehen an den Arbeitsplatz bekommen?«

»Das ist dein Bier. Wenn du es nicht schaffst, bist du ein toter Mann.«

»Aber die Leute im …«

»Vergiss sie. Schalt sie aus – bring sie um, aber lass es wie Unfälle aussehen. Wie, ist deine Sache. Du bekommst dafür, dass du die Probleme vor Ort löst, schließlich genug bezahlt. Ich schick dir Unterstützung.«

Ohne eine Antwort abzuwarten, unterbrach er das Gespräch.

Petra und Lizzi begannen, wie Hendriksen vorgeschlagen hatte, mit der Suche nach geheimen Eingängen in das Schloss. Sie diskutierten, was sinnvoller sei, innerhalb oder außerhalb mit der Suche zu beginnen. Schließlich entschieden sie sich für die Suche von außen. Sie waren bereits nach draußen gegangen, als Petra stehen blieb und sich mit der flachen Hand gegen die Stirn schlug.

»Ich bin vielleicht dumm«, rief sie.

Lizzi, die bereits ein Stück weitergegangen war, drehte sich zu ihr um. »Was ist los?«

»Komm, wir gehen wieder rein. Ich habe doch eine Kopie der Baupläne. Die sollten wir zunächst studieren, vielleicht erhalten wir da einen Hinweis auf Geheimtüren oder Ähnliches.«

»Guter Gedanke, auf jeden Fall besser, als durch die Büsche zu kriechen und uns die Kleidung zu zerreißen.«

Zusammen gingen sie zurück ins Schloss.

»Wo hast du sie?«

»In meinem Schlafzimmer. Ich dachte, da wären sie am sichersten. Warte hier, ich hole sie schnell, und dann gehen wir in die Küche. Dort haben wir einen großen Tisch.«

»Ich geh schon mal vor und setze Kaffee auf.«

Das Wasser war gerade heiß, als Petra mit einer Rolle unter dem Arm die Küche betrat. Lizzi füllte Kaffee in einen antiken Filter und goss heißes Wasser darüber. Petra breitete unterdessen einen Plan auf dem Tisch aus. Damit er sich nicht zusammenrollte, beschwerte sie die Enden mit Schüsseln aus dem Küchenschrank.

»Milch und Zucker?«

»Schwarz! Muss ja auf meine Schönheit achten.«

»Genau wie ich.«

Lizzi reichte Petra einen Becher und sah sich an, was vor ihnen lag.

»Die sind ja uralt. Hast du keine neueren Pläne?«, fragte sie, während sie das Wirrwarr von Strichen und Zahlen betrachtete. »Wirst du daraus schlau?«

»Ich habe neue, konnte sie auf die Schnelle nur nicht finden. Muss sie irgendwo liegengelassen haben. Ich suche später nach Ihnen. Lass uns sehen, was wir diesen entnehmen können.«

Petra beugte sich nun ebenfalls über den ausgerollten Plan und studierte wortlos die verblassten Striche. Nach einer endlos erscheinenden Minute sagte sie schließlich: »Komm, wir versuchen es von außen, aber erst trinken wir unseren Kaffee aus.«

Nachdem Lizzi die Tassen und den Filter in den Geschirrspüler geräumt hatte, gingen sie nach draußen.

»Links oder rechts?«, fragte Lizzi am Fuß der Freitreppe.

»Rechts. Da haben wir am meisten Schatten.«

Die Frauen sahen mit Widerwillen auf das Gestrüpp, das zwischen dem Schotterweg und der Schlossmauer wucherte. Sie sahen sich an. Lizzi verdrehte die Augen, Petra nickte zustimmend.

»Nützt ja nichts«, sagte sie, und sie drängten sich durch den drei Meter breiten Streifen aus hüfthohem Gras, Disteln und Gestrüpp. Sie kämpften sich, ohne eine Pause einzulegen, Meter für Meter voran. Eine hielt die Zweige zurück, damit die andere die Mauer und den Boden untersuchen konnte. Sie hatten fast das ganze Schloss umrundet, als Frau Merzig meldete, das Abendbrot sei in einer halben Stunde fertig. Im Eifer der Arbeit hatten sie nicht bemerkt, dass es schon so spät war und dass sie ohne Unterbrechung mehrere Stunden gearbeitet hatten. Einen geheimen Zugang zum Schloss hatten sie nicht gefunden, dafür zwei ganz offizielle Eingänge mit verrosteten Metalltüren, die man problemlos öffnen konnte, und vier Fenster bei denen die Scheiben herausgeschlagen waren. Durch sie konnte eine schlanke Person ins Schloss gelangen. Auch die Tür, die von der Garage in den

Wirtschaftstrakt führte, war nicht abschließbar. Dass ihr das bis jetzt nicht aufgefallen war, konnte Petra nicht verstehen.

»Du solltest gleich nach dem Abendessen Merzig oder die Polen beauftragen, die offenen Zugänge zu verrammeln«, schlug Lizzi vor.

»Worauf du dich verlassen kannst. Doch jetzt gehe ich erst mal duschen. Ich habe das Gefühl, als wenn mir Tausende von Läusen den Rücken rauf und runter krabbeln.«

»Dann sollten wir um die Wette laufen, denn mir geht es genauso.«

Zum Abendessen war Hendriksen wieder zurück. Während des Essens berichteten Petra und Lizzi von ihrem Einsatz und dass sie keine Geheimtür gefunden hatten, dafür aber mehrere andere Möglichkeiten, unbemerkt ins Schloss zu kommen.

Hendriksen wartete mit seinem Bericht, bis die Eheleute Merzig gegangen waren. Das, was er von Frau Hentschke und dem Kraftfahrer Wallmann erfahren hatte, wurde von den Frauen unterschiedlich aufgenommen. Petra erweckte eher den Eindruck, als tendiere sie dazu, den Gespenstergeschichten zu glauben, während Lizzi fragte, wie solche Erscheinungen möglich sein könnten. Hendriksen versuchte darauf eine logische Antwort zu geben, doch die war so schwammig, dass sie zumindest Petra nicht glaubwürdig erschien. Bevor er sich weiter darüber auslassen konnte, wurde er durch das Klingeln seines Handys unterbrochen. Der Rattenfänger entschuldigte sich, dass er es nicht geschafft hatte, wie versprochen vorbeizukommen. Er hatte einen Auftrag von der Stadt bekommen, den er unmöglich ablehnen konnte.

»Kein Grund, sich zu entschuldigen. Die Ratten danken es Ihnen.«

Hendriksen hörte, wie der Mann lachte.

»Ich könnte übermorgen zu Ihnen kommen, aber erst so gegen acht Uhr abends. Würde es Ihnen passen?«

»Natürlich. Sie haben die Hunde, also sagen Sie, wann Sie Zeit haben. Uns ist jeder Termin recht.«

»Gut, dann bleibt es bei übermorgen, und danke für Ihr Verständnis.«

»Da nicht für, wie die Hamburger sagen.«

Nach dem Abendessen ging Petra zu den polnischen Handwerkern, um sie zu beauftragen, die offenen Zugänge zum Schloss mit Brettern zu vernageln. Lizzi und Hendriksen machten währenddessen einen Rundgang um das Gebäude.

»Was mir eigenartig erscheint«, sagte Lizzi, »ist, dass Petra ein Wellness-Hotel mit entsprechenden Freizeitangeboten aufbauen will. Ich habe jedoch noch keine Unterlagen darüber gesehen. Als wir heute nach Geheimzugängen suchen wollten, holte sie Blaupausen vom Schloss. Die waren bestimmt schon zig Jahre alt. Jedenfalls waren sie sehr vergilbt und mürbe. Neueres war nicht dabei – keine Pläne von ihrem Projekt, nicht einmal ein Prospekt.«

»Ist schon sonderbar«, pflichtete Hendriksen bei. »Hast du sie mal darauf angesprochen?«

»Hab ich nicht, aber sie sagte, sie hätte welche, nur könnte sie sie nicht finden. Ich bin nicht weiter in sie gedrungen. Wollte nicht zu neugierig erscheinen, denn schließlich geht es mich ja nichts an.«

»Fragen wir sie doch einfach. Bin gespannt, was sie uns erzählt.«

»Im Moment ist mir das scheißegal.« Lizzi klatschte sich mit der flachen Hand auf die Wange. »Ich will nur noch ins Haus. Die Mücken machen mich narrisch.«

»Hast halt süßes Blut.«

»Dann genieß du die schwüle Abendluft. Ich renn ins Haus.«

Sie spurtete los. Auch Hendriksen beschleunigte seine Schritte. Am Ostflügel gab es besonders viele blutgierige Mücken. Wahrscheinlich lag es daran, dass auf dieser Seite die Neiße vorbeifloss.

Lizzi musste ihr Vorhaben geändert haben, denn als Hendriksen um die Ecke des Ostflügels kam, sah er, wie sie die Freitreppe wieder hinuntersprang.

»Was ist los?« rief er.

»Komm, da hat jemand geschrien.«

Petra, schoss es Hendriksen durch den Kopf. *Sie wollte zu den Polen.* Er sprintete los und holte Lizzi ein, als sie den Weg zu den Scheunen einschlug.

»Wo?«

»Muss ganz in der Nähe sein.«

Sie zwängten sich zwischen zwei Sanddornbüschen hindurch und sahen Petra am Boden liegen. Ein Mann hatte sich über sie gebeugt. Da er ihnen den Rücken zugekehrt hatte, konnten sie ihn nicht erkennen.

»Halt, was machen Sie da?« Hendriksen war mit zwei Sprüngen bei ihm, packte ihn an der Schulter und riss ihn von Petra weg.

»Lassen Sie mich los!«, rief Eduard Merzig und befreite sich aus Hendriksens Händen. »Frau Bolkow ist gestolpert und scheint sich verletzt zu haben.«

»Gehen Sie weg. Lassen Sie mich sehen.«

Wenn Hendriksen erstaunt war, Merzig hier zu sehen, dann zeigte er es nicht. Er schob ihn zur Seite und beugte sich über Petra. Die schien bei Bewusstsein zu sein und versuchte sich aufzurichten.

»Lizzi, stütz sie ab und halt sie in der sitzenden Position.«

Er hatte dort, wo sie mit dem Kopf gelegen hatte, trotz des Dämmerlichts einen Stein entdeckt, an dem eine dunkle Flüssigkeit zu kleben schien. Wahrscheinlich Blut, nahm er an.

»Haben Sie eine Taschenlampe bei sich?« Hendriksen drehte sich zu Merzig um.

»Ja.«

Er reichte ihm die Taschenlampe, und Hendriksen beleuchtete den Stein. Tatsächlich Blut. Dann untersuchte er Petras Kopf. Die Haut war oberhalb der Schläfe aufgeplatzt, der Schädelknochen jedoch nicht gebrochen. Aus der Wunde rann noch immer Blut.

»Hast du ein sauberes Taschentuch?«, fragte er Lizzi.

»Hab ich.«

Sie griff in die Hosentasche und zog eine noch nicht angebrochene Packung Papiertaschentücher heraus.

»Gib mir am besten zwei.«

Er legte die Taschentücher auf die Wunde.

»Kannst du sie mit deiner Hand fest auf die Wunde pressen?«, fragte er Petra. Die nickte und legte ihre Finger auf die Taschentücher.

Hendriksen öffnete seinen Gürtel und zog ihn aus den Schlaufen der Jeans.

»Das ist ein Notverband«, sagte er zu Petra. »Er wird am

Kinn etwas unangenehm sein, aber ich habe nichts anderes, um die Taschentücher zu befestigen.«

Er legte Petra den Gürtel über den Kopf und zog ihn unter dem Hals fest. Dazu musste er zuvor mit seinem Taschenmesser ein neues Loch für den Dorn in den Gürtel bohren.

»Kannst du aufstehen?«

Wieder nickte Petra.

Hendriksen und Lizzi halfen ihr vorsichtig hoch, doch sobald sie ihren rechten Fuß belastete, schrie sie auf und wäre zusammengesackt, hätten Lizzi und Hendriksen sie nicht gestützt.

»Dein Fuß?«

»Der rechte. Wenn ich auftrete, tut er höllisch weh.«

»Kannst du auf dem gesunden Fuß einen Augenblick stehen bleiben, wenn Lizzi dich stützt, oder möchtest du dich lieber setzen?«

»Ich bleib lieber stehen.«

»Okay, ich lass sie jetzt los, Lizzi, halt sie gut fest.«

»Ich hab sie.«

Hendriksen kniete sich nieder und untersuchte den Fuß. Nach einer Weile richtete er sich auf.

»Die gute Nachricht: Es ist nichts gebrochen. Die schlechte: Du hast eine Sehnenzerrung. Das bekommen wir mit Kühlen wieder hin, aber du musst den Fuß ruhig halten. Wir bringen dich jetzt ins Schloss. Dort verarzte ich dich weiter. Leg jetzt deine Arme auf unsere Schultern. Wir bringen dich nach Hause.«

Von beiden gestützt, humpelte Petra auf einem Bein zum Schloss zurück. Hendriksen und Lizzi brachten sie auf ihr Zimmer im ersten Stock, wobei das Treppensteigen ihr Probleme bereitete und es nicht ohne Schmerzensschreie abging. In ihrem Zimmer untersuchte Hendriksen sie gründlicher. Seine erste Diagnose bestätigte sich. Lizzi schickte er nach unten, um Eis zum Kühlen zu holen.

»Kannst du dich daran erinnern, wie es zu dem Sturz gekommen ist?«

»Ja, sogar sehr genau. Ich war bei den Polen und habe sie beauftragt, morgen als Erstes die offenen Fenster und Türen zu verrammeln. Danach haben wir noch einen Wodka getrunken. Anschließend bin ich auf dem gleichen Weg zurückgekehrt. Kurz vor den Büschen, bei denen ihr mich gefunden habt, bin ich mit dem rechten Fuß an irgendetwas hängengeblieben. Bevor ich mich befreien konnte, erhielt ich einen Stoß in den Rücken. Ich stürzte hin, verspürte einen heftigen Schmerz, und danach war alles schwarz um mich. Das Nächste, was ich sah, war dein Gesicht. Den Rest kennst du.«

»Hast du sonst etwas bemerkt? Ich meine, bevor du gestürzt bist. Schritte oder so etwas?«

Petra schüttelte den Kopf. »Nein, nichts. Ich habe auch nicht darauf geachtet, sondern ein Lied gesummt.«

»Dann hast du Eduard Merzig auch nicht gesehen?«

»Nein, warum?«

»Er war als Erster bei dir.«

»Komisch, ich habe ihn erst gesehen, als ich auch Lizzi und dich sah. Ich dachte, er wäre mit euch gekommen. Hat das etwas zu bedeuten?«

»Nein, mach dir keine Sorgen. Er war wohl zufällig in der Gegend und hat dich gehört. Ich werde ihn nachher fragen. Wie fühlst du dich? Ist dir übel, oder hast du das Gefühl, du müsstest dich übergeben?«

»Nein, bis auf den blöden Fuß geht es mir gut.«

»Wunderbar, denn das bedeutet, dass du keine Gehirnerschütterung hast. Ich werde jetzt die Kopfwunde säubern und verbinden. Danach legst du dich hin und ruhst dich ein paar Stunden aus. Lizzi wird dir eine kühle Kompresse am Fuß anlegen. Morgen früh kannst du aufstehen. Solltest du noch nicht auftreten können, ruf Lizzi. Sie wird dich beim Duschen und so unterstützen. Sollte dir in der Nacht oder wenn du aufstehst schwindlig werden, oder solltest du einen Brechreiz verspüren, ruf mich per Handy an.«

»Darf ich nicht einmal auf die Toilette?«

»Natürlich, nur warte, bis Lizzi kommt. Ich werde jetzt mein Verbandszeug holen.«

Als er aus der Tür trat, kam Lizzi mit einem Beutel Eis und Handtüchern die Treppe hoch. Er gab ihr ein paar Anweisungen und holte dann seinen Arztkoffer.

Nachdem er Petra einen Kopfverband angelegt hatte, suchte er Lizzi auf.

»Ich weiß nicht, was ich von dem Unfall halten soll«, sagte er, als er sich neben sie auf eine zweisitzige Couch gesetzt hatte. »Was mich besonders beunruhigt, ist Merzigs plötzliches Auftauchen. Bis wir herausgefunden haben, was hinter dem Unfall steckt, sollten wir Petra im Auge behalten. Wir werden deshalb heute Nacht abwechselnd vor ihrer Tür Wache schieben. Alle zwei Stunden wechseln wir uns ab. Einverstanden?«

»Na klar, das weißt du doch.«

»Gut, du fängst an. Ich will noch mal mit Merzig sprechen.«

Kapitel 10

Hendriksen hatte sich entschieden, Merzig erst am nächsten Morgen zu befragen. Würde er es heute noch tun, hätte es zu offiziell gewirkt. Er hätte ihn in seiner Wohnung aufsuchen müssen, was Merzig höchstwahrscheinlich als Zumutung aufgefasst hätte. Anstatt Fragen zu beantworten, hätte er ihn der Wohnung verwiesen. Wichtiger erschien es ihm, sich den Unfallort genauer anzusehen. Ihn interessierte, worüber Petra da gestolpert war. Er stellte die Arzttasche in sein Zimmer und steckte eine Taschenlampe ein. Als er aus dem Schloss trat, kam Merzig gerade die Freitreppe hoch. Hendriksen erwartete ihn auf dem Podest.

»So spät noch unterwegs?«, fragte er.

Merzig knurrte eine unhöfliche Bemerkung, bevor er ärgerlich fragte: »Spionieren Sie mir nach?«

»Wie kommen Sie auf so einen Unsinn?«

Merzig ging auf die Frage nicht ein. »Ich bin über Ihr Verhalten empört, Herr Dr. Hendriksen. Ich bin es nicht gewohnt, dass man mich hochreißt und beiseite schiebt, als wäre ich ein lästiger Zuschauer. Ich bin hier Hausmeister und als solcher auch für Frau Bolkow verantwortlich. Es war meine Aufgabe, mich um sie zu kümmern, und nicht Ihre.«

Hendriksen verbarg seine Verblüffung hinter einer lächelnden Miene und der Frage: »Spielen Sie auf Frau Bolkows Unfall an?«

»Auf was sonst? Und auf Ihre Art, wie Sie sich an Frau Bolkow heranschmeißen.«

»Sie vergessen, dass ich Arzt bin, und als solcher war es meine und nicht Ihre Pflicht, mich um die Verletzte zu kümmern. Sollte ich Ihnen dabei auf die Füße getreten sein, dann bitte ich um Entschuldigung. Sehen Sie mein Verhalten als Sorge um Frau Bolkow an. Zu Ihrem zweiten Vorwurf brauche ich wohl nichts zu sagen. Er ist einfach unsinnig. Aber weil wir uns gerade so nett unterhalten, eine Frage: Wie kam es, dass Sie so schnell am Unfallort waren? Als ich Sie so über Frau Bolkow gebeugt sah, dachte ich, es sei eines dieser mörderischen Bolkower Gespenster. Deshalb auch mein rabiates Eingreifen.«

»Es geht Sie zwar nichts an, aber da Sie mich offenbar für verdächtig halten: Ich war Frau Bolkow gefolgt. Nach den Vorfällen in der letzten Zeit hielt ich es für notwendig, für ihre Sicherheit zu sorgen.«

»Und dies mussten Sie heimlich tun? Wäre es nicht angemessener gewesen, sie offiziell zu begleiten, als sie möglicherweise zu erschrecken, wenn sie Sie bemerkt hätte?«

»Was geht Sie das Ganze eigentlich an? Aber da Sie so wissbegierig sind: Frau Bolkow lässt sich nicht *begleiten*. Sie hat sogar die persönlichen Bewacher, die ihre Mutter für sie engagieren wollte, abgelehnt.« Ohne ein weiteres Wort zu sagen, wandte er sich ab und ging ins Schloss.

Was war denn das?, fragte sich Hendriksen. Außer bei Petras Unfall hatte er Merzig immer freundlich behandelt, so wie er es mit jedem Fremden tat. Der Unfall war eine Ausnahmesituation. Es gab keinen Grund, so auszurasten. Was also steckte dahinter? Sollten er und Lizzi enttarnt worden sein? Wenn ja, woher oder woran hatte der Hausmeister es gemerkt? In seiner Gegenwart hatten weder Petra noch Lizzi und schon gar nicht er über etwas anderes als Gespensterjagd gesprochen.

Hendriksen schob die Gedanken beiseite und konzentrierte sich auf das, was er vorhatte. Er ging zum Van, öffnete eine Tüte mit getrockneten Erbsen und füllte je eine Handvoll in seine Hosentaschen. Die Erbsen waren dazu gedacht, Gespenster in lebende Personen zu verwandeln. In der Nacht auf Dielen oder Läufern ausgebracht, würde jeder, der auf sie trat, Geräusche verursachen. Ein heimliches Anschleichen wäre unmöglich.

Hendriksen folgte dem Weg zur Unfallstelle. Ein Stück davor streute er Erbsen auf den Weg. Das Gleiche tat er auf der anderen Seite des Weges. Dann ging er zur Unfallstelle zurück, kroch unter die Büsche, was bei seiner schmächtigen Figur kein Problem war, und wartete.

Es dauerte eine ganze Weile, bevor er ein Geräusch aus Richtung Schloss vernahm. Es klang, als wäre jemand ausgerutscht. Gleich darauf hörte er das gleiche Geräusch und Sekunden später noch einmal. Dann Schritte. Er hielt die Taschenlampe bereit, um den nächtlichen Wanderer zu blenden. Doch die Schritte kamen nicht näher, sondern entfernten sich. Offenbar hatte die Person gemerkt, dass sie in eine Falle geraten war.

»Mist!«, murmelte Hendriksen.

Er blieb noch eine halbe Stunde in seinem Versteck. Als er bis dahin nichts weiter gehört hatte, krabbelte er unter den Sträuchern hervor und begann die Unfallstelle abzusuchen. Er schirmte dabei das Licht der Taschenlampe so ab, dass sie nur einen kleinen Bereich ausleuchtete. Immer wieder hielt er inne und lauschte. Doch nur die üblichen nächtlichen Geräusche waren zu hören. Nachdem er die Unfallstelle abgesucht hatte, schlich er in Richtung Polenunterkunft. Er brauchte nur drei Schritte zu gehen, dann sah er am Abdruck im Schotter, wo Petra gestrauchelt war. Einen Ast oder etwas Ähnliches, was dazu geführt hatte, konnte er nicht entdecken. Bis auf das Unkraut, das auf dem Schotter wuchs, war der Weg eben. Ein Gedanke, der ihm schon gekommen war, als er Petra untersuchte, ließ ihn niederknien und die Sträucher betrachten. An einem Busch sah er eine blanke Stelle im Holz, eine Handbreit über dem Boden. Er ging über den Weg auf die andere Seite. Auch hier gab es eine ähnliche abgeschabte Stelle. Zufrieden richtete er sich auf. Er war sich sicher, dass die Abschürfungen durch einen Draht, der um die Stämme gewickelt war, verursacht worden waren. An diesem Draht oder Seil war Petra hängen geblieben. Der Täter hatte ihr dann einen Schlag ins Kreuz gegeben, um sicher zu gehen, dass sie auch wirklich stürzte. Sie danach zu töten, wäre ein Leichtes gewesen, und alles hätte später wie ein Unfall ausgesehen. Sicher wäre das auch passiert, wenn nicht Merzig oder er und Lizzi so schnell am Unfallort gewesen wären. Wer auch immer der Täter war, er musste gute Nerven haben, denn während Hendriksen Petra im Schloss versorgte, war er zur Unfallstelle zurückgegangen und hatte den Draht abmontiert. Damit gab es keinen Hinweis auf Fremdverschulden – außer jemand fand die Montagespuren.

Hendriksen ging zurück ins Schloss und berichtete Lizzi, was sich ereignet und was er gefunden hatte. Sie saß auf einem Stuhl vor Petras Tür und wollte Fragen stellen.

»Nicht jetzt«, flüsterte Hendriksen. »Morgen.«

Die Nacht verlief ruhig, und da sie sich alle zwei Stunden ablösten und beide fähig waren, schnell einzuschlafen, fühlten sie sich am nächsten Morgen noch nicht einmal zerschlagen.

Um acht Uhr suchten sie Petra auf – Lizzi, um ihr bei der Morgentoilette zu helfen, und Hendriksen, um nach seiner Patientin zu sehen. Die Wunde am Kopf schien sich nicht entzündet zu haben, und dem Fuß ging es dank des Kühlens bereits besser. Hendriksen erneuerte den Verband und überließ Lizzi die weitere Betreuung. Er selbst ging in die Küche, um zu frühstücken. Die Merzigs saßen bereits am Tisch.

Sobald Hendriksen die Küche betrat, stand Eduard Merzig auf und entschuldigte sich für sein gestriges Verhalten.

»Ich weiß auch nicht, was in mich gefahren ist«, sagte er mit einem entschuldigenden Lächeln. »Normalerweise rege ich mich nicht so auf. Es war wohl die Sorge um Frau Bolkow, die mich ausrasten ließ.«

»Entschuldigung angenommen. Es war eben eine außergewöhnliche Situation. Schwamm drüber.«

Hendriksen war mit dem Frühstück fast fertig, als Petra gestützt von Lizzi in die Küche humpelte. Sie sah mit dem Kopfverband und der elastischen Binde, mit der er den Fuß ruhiggestellt hatte, aus wie das Opfer eines Autounfalls.

Hilde Merzig eilte Petra entgegen und umarmte sie. »Meine liebe Frau Bolkow, das ist ja schrecklich, was Ihnen passiert ist, und was noch alles hätte geschehen können, wenn Eduard nicht zur Stelle gewesen wäre«, sagte sie mit feuchten Augen. »Kommen Sie, setzen Sie sich. Ich bring Ihnen sofort einen starken Kaffee.«

»Du vergisst, dass auch Frau Lambert und Herr Dr. Hendriksen hinzukamen«, verbesserte Eduard Merzig seine Frau.

»Oh, natürlich, ich wollte Ihren Beitrag nicht herabsetzen, aber mein Mann war der Erste, der sich um Frau Bolkow kümmerte«, sagte sie zu Hendriksen gewandt.

»Schon gut, Frau Merzig. Sie haben völlig recht«, antwortete Hendriksen und machte eine Geste, die so viel besagte wie: Alles nicht der Rede wert.

Lizzi hatte bei Hilde Merzigs Worten die Augen verdreht und grinste. Sie wandte sich an Petra: »Komm, setz dich.«

Mit ihrer Hilfe ließ sich Petra auf der Eckbank nieder.

»Ich danke Ihnen, Frau Merzig, für Ihre mitfühlenden Worte und Ihnen, Herr Merzig, für Ihre tatkräftige Hilfe«, sagte Petra.

»War doch selbstverständlich«, antwortete der Hausmeister großzügig.

Nachdem sie Petra mit allem, was sie zum Frühstück liebte, versorgt hatten, verließen die Eheleute gemeinsam die Küche.

Sobald sie die Tür hinter sich geschlossen hatten, wandte sich Lizzi an Hendriksen.

»Was ich nicht verstehe …«

Bevor sie den Satz beenden konnte, legte Hendriksen den Finger auf die Lippen zum Zeichen, dass sie schweigen sollte.

Lizzi sah ihn erstaunt an, während er aufstand, zur Tür ging und nachschaute, ob jemand lauschte. Niemand befand sich im Gang. Trotzdem ging er zum Waschbecken und drehte den Wasserhahn weit auf. Das Rauschen des Wassers würde jedes gesprochene Wort übertönen.

Petra und Lizzi sahen ihn verwundert an.

Hendriksen setzte sich neben sie, beugte den Kopf nach vorne und flüsterte: »Wir sollten vorsichtig sein mit dem, was wir sagen. Ich habe mir schon seit gestern den Kopf darüber zerbrochen, woher Merzig wissen konnte, dass du zu den Polen wolltest. Wir haben es nicht im Beisein der Merzigs erwähnt.«

»Genau das wollte ich fragen«, flüsterte Lizzi zurück.

»Ihr wollt doch nicht andeuten, er stecke hinter dem Anschlag«, begehrte Petra auf. »Unmöglich! Ich habe volles Vertrauen zu den beiden.« In ihrer Erregung hatte sie laut gesprochen.

»Psst, nicht so laut. Das mag sein, doch die Frage bleibt. Vielleicht ist er dir tatsächlich gefolgt, um dich zu beschützen, wie er sagt. Dann wundert es mich allerdings, warum du ihn nicht gehört hast. Der Weg ist nicht gerade geeignet, um hinter jemandem herzuschleichen. Seine Ausrede, dass du keinen Schutz haben wolltest, halte ich für dürftig.«

»Es ist aber so. Hätte ich ihn bemerkt, hätte ich ihn zurückgeschickt«, sagte Petra.

»Trotzdem, als du geschrien hast, rannten wir beide sofort los. Die Entfernung vom Schloss zur Unfallstelle beträgt nicht mehr als fünfzig Meter. Wir waren also wenige Sekunden später vor Ort. Als wir ankamen, kniete er über dir, und ich hatte den Eindruck, dass er beide Hände um deinen Hals gelegt hatte. Ich mag mich irren, denn die Sicht war schlecht.«

»Mir kam es auch so vor«, warf Lizzi ein.

»Ich habe einen weiteren Punkt, und der wiegt noch schwerer. Wie gesagt, Petra, wir waren Sekunden später vor Ort. Zu diesem Zeitpunkt kniete er bereits über dir. Du aber hast gesagt, als du mit deinem Fuß an etwas hängen bliebst, hast du einen Stoß in den Rücken bekommen. Nun frage ich mich, wie es möglich ist, dass er denjenigen, der dich gestoßen hat, nicht gesehen hat. Wenn wir davon ausgehen, dass wir höchstens zehn Sekunden für die fünfzig Meter benötigt haben, dann muss in diesen zehn Sekunden Folgendes passiert sein: Du hast geschrien. Der Angreifer wurde gestört, entweder durch Lizzi und mich oder durch Merzig. In jedem Fall wäre er in die entgegengesetzte Richtung verschwunden und damit einem von uns in die Arme gelaufen. Das hat er offenbar nicht getan, sondern sich durch die dichten Büsche gezwängt, was so viel Lärm verursacht hätte, dass wir es gehört hätten. Haben wir aber nicht! Und jetzt stellt euch Merzig vor. Er muss so weit entfernt gewesen sein, dass ihn der Täter nicht bemerkte, und wiederum so dicht dran, dass er über Petra gebeugt sein konnte, als wir kamen, und das alles, ohne den Täter zu sehen. Um das innerhalb von zehn Sekunden zu schaffen, muss er ein Geist sein. Und jetzt noch ein wichtiger Gedanke: Woher sollte der Täter wissen, was Petra vorhatte, um rechtzeitig seine Falle planen und sich auf die Lauer legen zu können? Wenn ich sage Falle, dann meine ich damit, dass er einen Draht über den Weg gespannt hatte. Ich hoffe, Petra, ich habe dich überzeugt, dass dein Hausmeister sehr verdächtig ist.«

Petra schwieg eine ganze Weile. Schließlich sagte sie: »Ich kann's nicht glauben. Beide haben sich immer um mich bemüht, mir meine Bedürfnisse fast von den Augen abgelesen. Ihr habt sie ja selbst erlebt und gesehen, wie aufmerksam sie waren. Sie hatten auch ein Gespür dafür, wann wir allein sein wollten. Es fällt mir schwer zu glauben, dass sie mir Schaden zufügen wollten, und doch kann ich mich deiner Argumentation nicht verschließen.« Zwei Tränen rannen über ihre Wange.

Lizzi nahm sie in die Arme und drückte sie schweigend. »Ich bring dich auf dein Zimmer. Du brauchst jetzt Ruhe und Zeit, um über Martens Worte nachzudenken. Komm.«

Hendriksen stand auf, stellte den Wasserhahn ab und setzte sich wieder. Ihn beschäftigte der Gedanke, woher Merzig gewusst hatte, was Petra an dem Abend vorhatte. Als er darauf keine Antwort fand, verließ er die Küche, ging in den ersten Stock und klopfte an Petras Tür. Lizzi öffnete. Er bat sie leise nach draußen.

»Lass sie nicht aus den Augen und sei vorsichtig, wenn du die Tür öffnest. Ich fahr jetzt nach Bad Muskau, um ein Paar Krücken für Petra zu besorgen.«

»Ich hatte es mir schon selbst vorgenommen. Hast du etwas von Hermann gehört? Wir könnten Verstärkung gebrauchen.«

»Leider nein, aber ich werde ihn erneut anrufen.« Er nickte ihr zum Abschied zu.

Kapitel 11

Während Hendriksen ins rund fünfundzwanzig Kilometer entfernten Bad Muskau unterwegs war, betraten zwei Männer den *Wilden Keiler*. Sie trugen die typische Zimmermannskleidung: eine schwere Trenkerkordhose mit breitem Schlag, eine Weste und Jacke aus dem gleichen Stoff, dazu einen breitkrempigen, schwarzen Hut. Über ihrer linken Schulter hing an einem Lederriemen ein zugebundener Stoffbeutel. In den Händen hielten sie mit geschnitzten Symbolen verzierte Wanderstöcke.

»Guten Morgen«, grüßte der Ältere der beiden.

Maria erwiderte den Gruß, ohne sich bei der Reinigung des Tresens stören zu lassen, musterte die beiden aber neugierig. Noch nie hatte sie so sonderbar gekleidete Männer gesehen. Für Wandergesellen auf der Walz war diese abgelegene Gegend nicht interessant.

»Wir würden gerne den Wirt sprechen.«

»Einen Augenblick, ich schau mal, ob er da ist.«

Maria verschwand hinter der Tür, um gleich darauf mit dem Wirt zurückzukommen.

»Ihr wollt mich sprechen?« Er duzte die Wandergesellen gleich.

»Ja, wir sind Zimmermannsgesellen auf der Walz und suchen Arbeit. In Niesky hat man uns gesagt, hier gäbe es ein Schloss Bolkow, wo Handwerker gesucht würden. Kannst du uns sagen, wie wir es finden?«

Bei der Erwähnung des Ortes Niesky horchte der Wirt auf. »Ihr seid fast da. Ihr braucht nur die Lindenallee gegenüber hochzugehen, dann stoßt ihr auf das Schloss. Wo kommt ihr denn her?«

»Jetzt aus Löbau.«

Der Wirt musterte die Wanderburschen interessiert. »Dann könnt ihr wohl ein Frühstück vertragen.«

»Das können wir immer. Wandern macht hungrig und durstig.«

»Maria, mach den Herren ein kräftiges Frühstück. Geht aufs Haus. Möchtet ihr Kaffee oder lieber ein Bier?«

»Ein Bier löscht unseren Durst besser, und wir danken recht schön für die Gastfreundschaft.«

»Schon gut. Geh du in die Küche«, wies er Maria an. »Ich zapfe das Bier.«

Während des Frühstücks setzte er sich zu ihnen. Sie unterhielten sich über dieses und jenes, wobei der Wirt erfuhr, dass sie ab kommendem Montag noch zwei Jahre auf Wanderschaft sein würden. Dann wären sie genau drei Jahre unterwegs, wie es die Satzung für Wandergesellen vorschrieb. Nach einigen Anekdoten aus dem Wanderleben und zwei weiteren halben Litern Freibier, brachen sie auf, um im Schloss Bolkow um Arbeit nachzusuchen.

Hendriksen parkte den Van an der Görlitzer Straße Ecke Clara-Zetkin-Straße. Von hier führte eine Brücke auf die polnische Seite der Neiße. Er war gerade ausgestiegen, als sein Smartphone klingelte. Auf dem Display sah er, dass Dörte Hauser anrief.

»Guten Morgen, Dörte«, begrüßte er sie fröhlich. »Was gibt's Neues? Schon etwas über Krupinski herausgefunden?«

»Moin, Marten, deswegen rufe ich an. Im Internet gibt es einiges über ihn. Die meisten Informationen habe ich aus seinen Blogs. Er ist ein eifriger Blogger. Soll ich dir sagen, was ich herausgefunden habe, oder soll ich es dir per E-Mail schicken?«

»Gib mir das Wichtigste in Stichworten durch, den Rest kannst du mir dann senden.«

»Okay. Also, Krupinski kommt aus Düsseldorf und ist als Investmentmakler bekannt. Er ist fünfundfünfzig Jahre alt. Soweit ich herausgefunden habe, ist er einmal wegen Betrugs bestraft worden, das liegt aber schon zwölf Jahre zurück. Hat damals eine Haftstrafe verbüßt. Er gehört der rechten Szene an, und wenn du seine Blogs liest, dann fühlst du dich ins Dritte Reich versetzt. Lässt sich mit NPD-Größen im Internet abbilden. Es gibt Anzeichen, dass er Mitglied der AfD ist. Dies konnte ich allerdings noch nicht verifizieren. Offiziell ist er bei denen noch nicht in Erscheinung getreten. Soweit das Wesentliche.«

»Gut gemacht, Dörte. Die Infos reichen mir. Du brauchst sie mir nicht noch einmal als Mail zu schicken. Leg aber eine Aktennotiz an. Gibt es sonst etwas Neues?«

»Nein, hier ist alles ruhig, zu ruhig. Wird Zeit, dass ihr zurückkommt. Wie läuft's bei euch?«

»Aufregend, aber wir haben noch keinen Erfolg gehabt. Wird also noch etwas dauern, bis wir wieder in Hamburg sind. Mach's gut.«

»Mach's besser, tschüss.«

Hendriksen schaltete das Gerät aus und steckte es in die

Hosentasche. *So, so, ein Rechtsradikaler*, dachte er. *Was will der mit einem Objekt anfangen, das mitten in der Walachei liegt?*

Der Polenmarkt lag gleich hinter der Brücke. Obwohl er erst um acht Uhr aufgemacht hatte, herrschte schon Betrieb. Hendriksen schlängelte sich durch das Gewühl. Die meisten schienen Touristen zu sein, wie er ihrem Gehabe entnahm. Nach einigem Suchen fand er den ersten Stand mit elektronischen Geräten. Leider führte er nicht das, was er brauchte. Er versuchte es bei den weiteren Ständen, aber ohne Erfolg. Er wollte die Suche schon aufgeben, als er doch noch Glück hatte. Zwar sah der Stand nicht sehr vertrauenerweckend aus, doch das war ihm egal, wichtig war nur, dass er das gewünschte Gerät bekam. Nach einigem Feilschen wurden sie handelseinig. Zwar hatte das Gerät einige Kratzer und die Verpackung fehlte auch, doch das störte ihn nicht. Er nahm sowieso an, dass es gestohlen war und er es wieder in sein Heimatland zurückbringen würde.

Als Nächstes suchte er einen Stand auf, der Gehhilfen anbot. Er kaufte zwei, die nagelneu aussahen. Danach ging er über die Brücke zurück auf die deutsche Seite, lud die Einkäufe im Van ab und schlenderte anschließend zum nahegelegenen Marktplatz. Er suchte ein Café mit Tischen im Freien auf. Im Schatten eines Sonnenschirms nahm er Platz, bestellte einen Pfefferminztee und zwei Marmeladenbrötchen. Den Tee genießend, ließ er seinen Blick über den Platz schweifen. Ein weißes Mercedes-Cabrio fiel ihm auf. Es parkte ordnungsgemäß in der Mitte des Marktplatzes, das Verdeck war heruntergeklappt, so dass er die roten Sitze erkennen konnte. *Was treibt denn Krupinski hier?*, fragte er sich.

Er wollte gerade aufstehen und zahlen, um sich das Cabrio näher anzusehen, als sein Smartphone klingelte.

»Moin, Chef, Hermann hier. Du wolltest mit mi schnacken?«

»Dir auch einen guten Morgen. Ich hatte schon gedacht, du hättest mich vergessen.«

»Wo denkst du hin, Chef, ick heff wat für den Käp'n tun müssen.«

Hermann hatte seine Eigenarten. So nannte er den Besitzer der Detektivagentur, Jeremias Voss, nur Käpt'n und ihn als Geschäftsführer der Agentur Chef. Das klang zwar komisch, weil sie sich in der Agentur alle duzten, doch das war Hermann, wie er sagte, piepegal.

Die Rentnergang, wie Jeremias Voss sie getauft hatte, bestand aus Hermann und seinen beiden Gefährten Hinnerk und Kuddel. Sie hatten ihr ganzes Arbeitsleben im Hamburger Hafen verbracht. Es gab keinen Bereich im alten Hamburg und dem Kiez, den sie nicht wie ihre Westentasche kannten. Für Hendriksen und Lizzi waren diese Kenntnisse von unschätzbarem Wert. Alle drei waren Rentner und verfluchten das Nichtstun. Ein weiterer Vorteil für Hendriksen, denn sie standen jederzeit für Aufträge zur Verfügung. Und noch etwas war wertvoll: Die Männer hatten als Schauerleute im Hafen gearbeitet, und das war Schwerstarbeit gewesen. Auch später, als die Schauerleute mehr und mehr durch die Containerschifffahrt verdrängt wurden, wechselten sie zu Berufen, in denen körperlich gearbeitet werden musste. Dementsprechend waren sie auch als Oldies noch eine schlagkräftige Truppe, die sich vor keiner Schlägerei fürchtete.

»Okay, ich hätte einen Auftrag für euch. Habt ihr Zeit?«

»Du meenst Hinnerk, Kuddel und mich?«

»Genau, euch drei. Wenn irgend möglich wäre es gut, wenn ihr Nero mitbringen würdet. Kannst du ihn von Herrn Voss ausleihen?«

»Kein Problem, ich habe ihn gerade in Pflege. Wat schall wi doon?«

»Sprich Hochdeutsch, wenn ich dich verstehen soll.«

»Dat mook ich doch.«

»Vergiss es. Ihr sollt Gespenster jagen.«

»Is dat een Scherz?«

»Nein, das ist mein voller Ernst.«

Hendriksen erklärte ihm die Aufgabe, damit er seine Kumpel einweisen konnte, und gab ihm die Adresse des Schlosses durch.

»Heute ward dat aber nichts mehr. Hinnerk und Kuddel sind auf Fehmarn. Wi künnt morgen kommen. Is dat okay?«

»Muss, wenn es nicht anders geht. Kommt so schnell wie möglich.«

»Mook wi.«

Hendriksen zahlte, ging über die Straße und prüfte das Nummernschild des Cabrios. Es war Krupinski. Er schlenderte durch den Ort in der Hoffnung, den Düsseldorfer zu finden. Als ihm das nicht gelang, setzte er sich wieder in das Straßencafé und wartete.

Zwei Stunden waren verstrichen und der fünfte Pfefferminztee ausgetrunken, als Krupinski in Begleitung eines Herrn erschien. Beide trugen trotz der beginnenden Hitze Krawatten. Die Jacken hingen lose über ihren Schultern.

Hendriksen zahlte und ging ebenfalls zur Parkzone. Die

Männer waren so in ihr Gespräch vertieft, dass sie ihn nicht bemerkten. Er zog sein Smartphone aus der Tasche und fotografierte die beiden unauffällig. Dann schlenderte er auf sie zu.

»Einen schönen guten Morgen, die Herren.«

Beide sahen erstaunt auf. Krupinskis Miene verriet, dass er alles andere als erfreut war, ihn zu sehen.

»Kennst du den Mann?«, fragte der Unbekannte.

»Ich bin ihm mal begegnet.«

Hendriksen grinste. »Warum so zurückhaltend, Herr Krupinski, wo Sie mich doch als Geschäftspartner gewinnen wollten?«

»Davon hast du mir nichts gesagt.«

Der Unbekannte sah Krupinski verärgert an. Der schüttelte schnell den Kopf. »Eine ganz nebensächliche Sache. Nicht der Rede wert. Es ist auch zu keiner Einigung gekommen. Es ging um das Objekt, von dem ich dir erzählt habe. Ich wollte ihn dafür gewinnen, mich beim Erwerb zu unterstützen.«

»Das ist sehr diplomatisch ausgedrückt. Aus meiner Sicht sollte ich bei einem kleinen Betrug helfen.« Hendriksen wandte sich an den Unbekannten, der ihn mit starrem Blick musterte. »Da können Sie mal wieder sehen, wie unterschiedlich man ein und dieselbe Sache betrachten kann. Doch da wir uns nicht kennen, möchte ich mich vorstellen. So viel Höflichkeit muss sein. Mein Name ist Dr. Marten Hendriksen, Sachverständiger für paranormale Ereignisse. Sollten Sie jemals von bösen Geistern verfolgt werden«, Hendriksen blickte zu Krupinski, »dann bin ich Ihr Mann.«

»Dr. Norbert Steiner, Rechtsanwalt«, erwiderte der Angesprochene.

»Wenn Sie uns jetzt entschuldigen, Dr. Hendriksen, wir haben etwas Geschäftliches zu besprechen«, sagte Krupinski und drehte Hendriksen demonstrativ den Rücken zu.

»Einen schönen Tag noch und viel Erfolg beim Geschäft.« Auch Hendriksen drehte sich um und schlenderte über den Marktplatz zurück zu dem Café.

»Sie schon wieder«, begrüßte ihn die Bedienung, die vor kurzem erst ein großzügiges Trinkgeld bekommen hatte. »Sie wollen doch nicht schon wieder einen Pfefferminztee trinken?«

Hendriksen lächelte die junge Frau an. »Diesmal nicht. Diesmal möchte ich eine heiße Schokolade mit viel Sahne.«

»Kommt sofort.«

Während er wartete, beobachtete er die beiden Männer. Sie schienen in einem ziemlich erregten Gespräch zu sein, wie er aus ihren Gesten schloss.

»So einen Arbeitstag möchte ich auch haben. Einfach faul in der Sonne sitzen.«

Hendriksen lief ein heißer Schauer über den Rücken. Er drehte sich um und sah in das lachende Gesicht von Tina. Entsprechend der Hitze trug sie nur Shorts und ein Top. Er fand, sie sah fantastisch aus.

»Welch eine freudige Überraschung. Was treibt dich denn hierher?«

»Das sollte ich eher dich fragen, denn ich wohne hier, wie du wissen solltest.«

»Moment mal! Woher soll ich das wissen? Du hast mir nie deine Adresse gegeben. Ich habe nur deine Handynummer.«

»Ich habe dir meine Anschrift nicht gegeben?«

»Nein, hast du nicht. Hattest wohl Angst, ich überfalle dich.«

»Na so was.« Tina setzte sich ihm gegenüber. »Hast du einen Kugelschreiber?«

Hendriksen zog einen aus der Brusttasche seines Hemds und reichte ihn ihr.

Sie griff nach einer Serviette, schrieb ihre Adresse darauf und gab sie ihm. »Nun zufrieden?«

»Nein – glücklich.«

»Spinner!«

»Was anderes: Kennst du die beiden Herren, die sich da drüben bei dem Mercedes streiten?«

»Nur den, der gerade telefoniert. Er heißt Steiner und ist Rechtsanwalt hier in Bad Muskau. Ist eine rechte Socke. Verteidigt hauptsächlich Möchtegern-Nazis, ich meine diese Kerle, die mit Glatze, Lederjacken und Schnürstiefel herumlaufen.«

»Du scheinst sie nicht zu mögen.«

»Mit Sicherheit nicht. Machen nur Ärger und schrecken die Kurgäste ab.«

Krupinski und Steiner verabschiedeten sich.

Es dauerte nicht lange, dann fuhren drei Motorräder auf den Marktplatz. Die Fahrer steckten in Ledermonturen, die überall mit Nieten verziert waren. Schwarze Helme und Schuhe vervollkommneten ihr gewalttätiges Aussehen.

»Oh-oh, da kommt Ärger«, sagte Tina.

»Wieso?«, fragte Hendriksen, obwohl er ahnte, dass niemand anderes als er das Ziel der Aufmerksamkeit dieser Kerle war. Sie starrten ihn vom Marktplatz her bereits an. Wahrscheinlich hatte Steiner sie ihm mit dem Telefongespräch auf den Hals gehetzt.

»Du scheinst hier nicht gerade beliebt zu sein«, bemerkte Tina, die die drei intensiv beobachtete. »Ich glaube, ich werde dem Spuk ein Ende bereiten.«

Sie wollte aufstehen, aber Hendriksen hielt sie am Handgelenk fest.

»Danke für das Angebot, doch ich lasse dich doch nicht die Kastanien für mich aus dem Feuer holen. Ich werde sie fragen, was ich für sie tun kann.«

»Um Himmels willen, tu das nicht. Das sind stadtbekannte Schläger.«

»Schon gut. Sag den anderen Gästen, sie sollen sich nicht beunruhigen. Die wollen nur mit mir reden.«

Hendriksen sprach so laut, dass die in der Nähe sitzenden Gäste ihn hören konnten. Er selbst war alles andere als ruhig, denn die Motorradfahrer hatten inzwischen die Helme abgenommen und sahen nach Krawall aus. Mit seiner Statur war er für sie kein Match. Ein gezielter Faustschlag konnte ihn problemlos ins Jenseits befördern.

Die Bedienung hatte den aufziehenden Ärger bemerkt, kam herausgeeilt und bot ihm an, durch die Hintertür zu entfliehen. Vielleicht hätte er das auch getan, wenn Tina nicht am Tisch gesessen hätte. Vor ihren Augen wollte er nicht als Feigling dastehen.

Er benötigte nur wenige Sekunden, um die Lage einzuschätzen. Die große freie Fläche auf dem Marktplatz war für ihn von Vorteil. Hier konnte er seine Schnelligkeit und Wendigkeit ausnutzen. Die Rocker hingegen würden in ihrer schweren Lederbekleidung und den Stiefeln ziemlich unbeweglich sein. Außerdem sprachen ihre dicken Bäuche nicht gerade für eine gute Kondition. Und dann gab es viele Zeugen, die die Auseinandersetzung gespannt beobachten würden, was den Schlägern Zurückhaltung aufzwang. Höchstwahrscheinlich hatte jemand inzwischen auch die Polizei gerufen. Es galt also, bis zu deren Eintreffen die Rocker mit Schnelligkeit, Witz und Einfallsreichtum hinzuhalten.

Tina wollte ihn überreden zu verschwinden. Doch je mehr sie ihn beschwor, desto unnachgiebiger wurde er. Er stand auf, schraubte von den Pfeffer- und Salzstreuern die Verschlüsse ab und steckte sie in die Hosentasche. Dann ging er zum Nebentisch.

»Sie gestatten«, sagte er mit einem entschuldigenden Lächeln, während er den Pfefferstreuer vom Tisch nahm, den Deckel abschraubte und das Gefäß in seiner Hosentasche verstaute.

Scheinbar gelassen ging er auf den Marktplatz. Es war von Vorteil, bei Gefahr ruhig zu bleiben und präzise denken zu können. Er hatte sich diese Fähigkeiten auf seinen vielen Abenteuerurlauben antrainiert, und sie hatten ihm in manch gefährlicher Situation geholfen. Er überzeugte sich, dass das Springmesser griffbereit war. Es war eine Art Talisman. Seit seinem ersten Abenteuerurlaub trug er es immer bei sich. Es hatte ihm schon wertvolle Dienste geleistet.

Während er auf die drei Schläger zuschlenderte, taxierte er die Gefahr, die von ihnen ausging. Wenn er es schaffen würde, einzeln mit ihnen zu kämpfen, rechnete er sich eine faire Chance aus.

Die Schläger behielten ihre nietenbesetzten Jacken an. Ein Vorteil für ihn, denn dadurch würden sie bei der Hitze schnell ins Schwitzen kommen. Wenn es ihm nicht gelang, sofort einen entscheidenden Vorteil zu gewinnen, musste er den Kampf so lange ausdehnen, bis die Gegner Schwäche zeigten.

Als er in einigen Metern Entfernung stehen blieb, stand sein Schlachtplan fest. Er zog die rechte Hand aus der Hosentasche. In der Handfläche lag das Taschenmesser. Er hielt die Hand so am Körper, dass die Schläger es nicht sehen konnten.

»Guten Tag, die Herren. Ich nehme an, euer Chef hat euch eine Botschaft für mich aufgegeben. Was hat euch Dr. Steiner denn gesagt?«

»Woher weißt du, dass …«

»Halt die Fresse!«, fuhr ihn der Dickste der drei an.

»Aber, er konnte es …«

»Schnauze! Kannst du nicht einmal deine Fresse halten, du verdammter Idiot?«

Der ohnehin nicht intelligente Gesichtsausdruck des Angesprochenen wurde noch eine Spur dümmer.

»Ist schon schwierig, heutzutage brauchbares Personal zu bekommen«, sagte Hendriksen mitfühlend.

»Hast du was gesagt, du Zwerg?«, blaffte ihn der Dicke an.

Das war zwar nur eine rhetorische Frage, dennoch antwortete Hendriksen: »Ich habe nur mein Mitgefühl mit Ihnen ausgedrückt. Trotz aller Anteilnahme wäre ich dankbar, wenn Sie sich dazu aufraffen könnten, mir meine Frage zu beantworten. Ich habe schließlich nicht den ganzen Tag Zeit, darauf zu warten, dass sich einer von Ihnen darauf besinnt.«

Er sprach bewusst gespreizt, um sie zu provozieren, denn ein wütender Gegner war ein schlechter Gegner.

»Pass auf, dass ich dich nicht gleich wegblase, du Würstchen.«

Der Dicke drehte und bückte sich, offenbar um zu zeigen, womit er Hendriksen wegblasen wollte. Seine Kumpel lachten.

»Sehe schon, euer Sprachschatz ist begrenzt, das ist verständlich, denn wo Stroh steckt, passen keine Worte rein. Ich will euch deshalb sagen, was euer Chef euch aufgetragen hat. Ich sollt mich überreden, von hier zu verschwinden, und dabei sollt ihr mir ein paar Knochen brechen. So, nun wiederhole das, was ich gesagt habe. Ich meine den Fettwanst, der hier das große Wort führt.«

Hendriksen hatte sich so gedreht, dass er den Wind und die Sonne im Rücken hatte.

»Du Arschloch, wart's ab, bis wir mit dir fertig sind. Mal sehen, ob du dann immer noch eine große Fresse hast.«

Die Schläger machten Anstalten, sich auf Hendriksen zu stürzen.

»Halt!«, befahl Hendriksen scharf.

Wie er angenommen hatte, reagierten die Hohlköpfe automatisch auf einen Befehl.

»Denkt dran, ihr habt eine Menge Zeugen. Es sieht schlecht aus, wenn ihr euch zu dritt auf einen Zwerg stürzt. Die Leute werden euch für Feiglinge halten, die sich nicht trauen, einzeln gegen mich zu kämpfen.«

»Was? Du glaubst wohl, du kannst uns verarschen? Dich mach ich mit dem kleinen Finger meiner linken Hand kalt.«

Hendriksen sah ihn erstaunt an. »Weißt du denn schon, was rechts und links ist und welcher dein kleiner Finger ist?«

Der Dicke war so rot im Gesicht geworden, dass Hendriksen schon befürchtete, er würde einen Schlaganfall bekommen. Er stürmte auf Hendriksen zu, holte zu einem gewaltigen Schwinger aus und schlug zu. Im nächsten Moment schrie er auf und sackte zu Boden.

Hendriksen hatte vorausgesehen, wie der Dicke angreifen würde, und sich darauf eingestellt. Als der Mann zum Schwinger ausholte, hatte er die Klinge aus dem Messer schnellen lassen. Dann hatte er sich blitzschnell zu Boden sacken lassen, so dass der Schlag ins Leere ging. Noch bevor der Dicke begriff, dass er nicht getroffen hatte, rammte Hendriksen ihm die Klinge in den Schuh. Das scharfe Messer drang durch das Leder in den Fuß. Das Messer um neunzig Grad zu drehen, es herauszuziehen und in den Griff zurückschnellen zu lassen, war fast eine Bewegung.

Bevor die anderen beiden begriffen, was geschehen war, stand Hendriksen wieder auf den Beinen und sprang ein paar Schritte zurück.

Zwischen seinen Schmerzensschreien fluchte der Dicke: »Macht ihn kalt, ihr Arschlöcher, macht ihn kalt.«

Die beiden stürzten sich auf Hendriksen, das heißt, sie wollten es. Denn ehe sie ihn erreichten, hatte er einen der Pfefferbehälter aus der Hosentasche gezogen und den Inhalt in Richtung ihrer Köpfe geschleudert. Der Wind sorgte dafür, dass das scharfe Gewürz auf den Gesichtern verteilt wurde. Ihr Fluchen und Husten erfüllte den Marktplatz und übertönte fast das Martinshorn der Polizei.

Hendriksen ging zum Café zurück. Die Gäste waren aufgestanden und klatschten. Er stellte die Pfeffer- und Salzstreuer auf einen Tisch.

Zu der Bedienung, die das Ganze von der Eingangstür beobachtet hatte, sagte er: »Jetzt würde ich gerne auf Ihren Vorschlag zurückkommen und durch die Hintertür verschwinden. Den halben Tag auf dem Polizeirevier zu verbringen, dazu ist das Wetter zu schön. Kommst du mit?« Die letzten Worte waren an Tina gerichtet.

»Würde ich gerne, doch ich muss mich um das kümmern, was du angerichtet hast.«

»Wieso das?«

»Ich bin Kriminaloberkommissarin. Und jetzt hau ab, sonst muss ich dich festnehmen.«

Kapitel 12

Auf der Rückfahrt zum Schloss war Hendriksen in Gedanken bei Tina. Seine Verblüffung darüber, dass sie Kriminalbeamtin war, hatte er noch nicht überwunden, genau so wenig wie den Ärger, dass er sich klammheimlich durch die Hintertür abgesetzt hatte. Was sollte sie nur von ihm denken? Oder war es ihr recht gewesen, dass er von der Polizei nicht wegen Körperverletzung vernommen werden konnte? Seine zwiespältigen Gedanken verblassten erst, als er Bolkow erreichte. Er hielt vor dem *Wilden Keiler*. Obwohl die Gastwirtschaft um die Zeit geschlossen war, versuchte er trotzdem den Wirt zu sprechen. Die Tür zum Gastraum war abgeschlossen. Hendriksen ging um das Gebäude herum und versuchte es beim Hintereingang. Hier hatte er Glück. Er klopfte. Als niemand kam, trat er ein.

»Ist hier jemand?«, rief er.

»Wir haben geschlossen!«, antwortete eine männliche Stimme erbost. Soweit er es beurteilen konnte, gehörte sie dem Wirt. Hendriksen folgte der Stimme und betrat die Küche. Der Wirt war dabei, Bohnen zu putzen.

»Guten Tag, Herr Delling, ich bitte die Störung zu entschuldigen. Ich habe nur eine Frage, dann sind Sie mich wieder los.«

»Ach, Sie sind es, Herr Doktor. Sie kommen mir gerade recht.« Er schob Hendriksen eine Schüssel mit Kartoffeln hinüber. »In der Schublade ist ein Küchenmesser, neben dem Waschbecken steht ein Eimer. Wasser ist schon drin, und nun brauchen Sie nur noch die Kartoffeln zu schälen, während ich Ihre Frage beantworte.«

Hendriksen sah ihn verblüfft an. »Das ist ein Scherz, oder?«

»Nicht wenn Sie wollen, dass ich Ihre Fragen beantworte.«

Hendriksen musste lachen. »Das ist mir auch noch nicht passiert, dass ich für eine kleine Antwort einen Berg Kartoffeln schälen muss.«

»Tscha, nur der Tod ist umsonst.«

»Sofern man von den Beerdigungskosten absieht. Also gut.«

Hendriksen holte ein Kartoffelschälmesser und stellte den Eimer neben sich auf den Tisch. Bevor er mit dem Schälen begann, zog er sein Smartphone aus der Tasche, scannte das Bild auf, das er auf dem Marktplatz in Bad Muskau aufgenommen hatte, und legte es vor Delling hin.

»Kennen Sie den Mann, der neben dem im weißen Leinenanzug steht?«

Delling nickte.

»Und?«

»Erst mit dem Schälen anfangen. Sonst lassen Sie, sobald Sie die Antwort haben, alles stehen und liegen und hauen ab.«

»Sind Sie immer so misstrauisch?«

Delling grinste. »Sicher ist sicher.«

Hendriksen nahm eine Kartoffel aus der Schüssel und begann zu schälen. »Nun zufrieden?«

»Sogar sehr. Sie scheinen so etwas nicht zum ersten Mal zu machen. So dünn wie Sie schäle ja nicht einmal ich.«

»Bin Junggeselle. Aber nun wäre ich dankbar, wenn Sie sich von den Kartoffeln dem Foto zuwenden würden. Falls es Ihnen entfallen sein sollte, ich bin deswegen hergekommen.«

»Den kennt hier jeder. Das ist Dr. Steiner, Rechtsanwalt aus Bad Muskau. Er ist der Vorsitzende der DfD.«

»DfD? Nie davon gehört.«

»Sie sind ja auch nicht von hier. DfD steht für die Partei Deppen für Deutsche.«

Hendriksen grinste. »Ich nehme an, dass der Name zutreffend ist.«

Auch der Wirt grinste. »Anstelle von Deppen müssen Sie nur Deutschland setzen.«

»Ich nehme an, dass ist eine gewisse ausländerfeindliche Partei.«

»Das ist sehr milde ausgedrückt. Das sind Nazis reinsten Wassers. Die stehen rechts von rechts. Haben hier viel Zulauf. Sie träumen vom Deutschen Reich, was sie bei den Polen auf der anderen Seite der Neiße sehr unbeliebt macht.« Delling beugte sich über Hendriksens Smartphone, um sich das Bild genauer anzusehen. »Haben Sie nicht mit dem Mann in Weiß hier im Lokal gesprochen?«

»Stimmt, oder besser gesagt, er wollte mich sprechen. Scheint auch eine zwielichtige Figur zu sein. Er wollte mich überreden, seine Interessen bei Frau Bolkow zu vertreten. Offenbar hatte er die Absicht, das Schloss zu kaufen.«

»Ach nee, hätte ich mir denken können, jetzt, wo ich die beiden zusammen sehe. Der will bestimmt das Schloss für Steiner kaufen.«

»Was will der denn mit dem Kasten?«

»Weiß ich nicht, jedenfalls nicht genau. Man munkelt, dass

Steiner eine größere Immobilie sucht. Hat vor, eine Kaderschule für seine Partei aufzubauen. Hat er sich offenbar von den Nazis abgeguckt. Die hatten auch solche Schulen.«

Hendriksen sah den Wirt ungläubig an. »Erscheint mir zu utopisch. So einen Kasten wie Schloss Bolkow herzurichten, kostet doch Unsummen.«

»Keine Ahnung. Ich meine, das mit dem Geld stimmt natürlich. Ich könnte mir vorstellen, dass er reiche Geldgeber hat.«

»Eine ganz andere Frage. Hat er eine Schlägertruppe? Ich meine so einen Haufen Möchtegern-Machos auf schweren Motorrädern.«

»Ja, die hat er. Und Möchtegern-Machos sind das nicht, das sind üble Schlägertypen. Die fackeln nicht lange, sondern schlagen sofort zu. Es gibt einige, die ein Lied davon singen können. Mussten ihre Knochenbrüche im Krankenhaus behandeln lassen.«

Hendriksen lächelte. »Mich haben Sie nicht sonderlich überzeugt. Ich habe sie eher als Typen mit einem großen Maul, dickem Bauch und hohlem Kopf erlebt.«

Hendriksen erzählte sein Erlebnis mit den Schlägern. Er tat es nicht, um sich als Held darzustellen, sondern um den Ruf der Motorradgang zu untergraben. Er nahm an, dass der Wirt diese Geschichte bei jeder Gelegenheit weitererzählen würde. Die Zuhörer täten dann das Gleiche, wobei sie sie noch dramatisieren und in kürzester Zeit weiterverbreiten würden.

»Ach du Scheiße«, sagte der Wirt. »Das wird Ärger geben. Die werden das nicht auf sich sitzen lassen. Wissen die, wo Sie wohnen?«

»Das denke ich. Jedenfalls der Mann in Weiß weiß es.«

Der Wirt schwieg eine Weile. »Sie sollten die Polen, die auf dem Schloss arbeiten, wegschicken. Man ist schlecht auf sie zu sprechen, weil sie den Einheimischen die Arbeit wegnehmen. Ich möchte wetten, die Schlägertruppe wird sich die als Erste vorknöpfen, bevor sie sich um Sie kümmern.«

»Meinen Sie wirklich?«

Die Frage war mehr rhetorisch, da Hendriksen die Logik der Bemerkung erkannte. Er entschloss sich deshalb, so schnell wie möglich zum Schloss zu fahren. Er wollte aufstehen, doch Delling hielt ihn zurück.

»Nicht so schnell, erst werden die Kartoffeln fertiggeschält.«

»Ich muss zum Schloss!«

Delling schob ihm das Smartphone hinüber. »Rufen Sie an. Das geht schneller, als wenn Sie fahren. Ich denke, Sie sind ein ganz Schlauer.«

»Und Sie sind ganz schön auf Ihren Vorteil bedacht.«

Hendriksen wählte Petras Nummer und berichtete in knappen Worten, was ihm passiert war und was der Wirt vorschlug. Petra war im ersten Moment entsetzt, versprach aber, sich sofort um die Polen zu kümmern.

»Sie könnten noch etwas für mich tun. Allerdings ohne mir dafür eine andere Arbeit aufzuhalsen«, sagte er zum Wirt.

Delling lächelte. »Kommt auf den Wunsch an.«

»Hören Sie sich mal um, ob Dorfbewohner Interesse haben, für Frau Bolkow zu arbeiten. Wenn sie ihr Konzept verwirklichen kann, dann werden hier etliche feste Arbeitsplätze geschaffen. Könnte fürs Dorf nur von Vorteil sein.«

»Dafür brauchen Sie nicht zu arbeiten. Das mache ich

gerne. Ich könnte mir vorstellen, dass sich nach dem Dorffest einige melden werden.«

Der Wirt hatte seine Bohnen inzwischen zu Ende geputzt. Er stand auf und kam mit zwei Flaschen Bier zurück.

»Auf gute Zusammenarbeit«, sagte er.

»Darauf trinke ich im Namen von Frau Bolkow, denn ich werde schon bald nicht mehr hier sein.«

»Haben Sie denn Ihre Geister gefangen?«

»Noch nicht, aber sie entgehen mir nicht.«

Der Wirt begleitete ihn zu seinem Van. Als er einstieg, hatte er das Gefühl, als wenn Delling noch etwas sagen wollte. Hendriksen sah ihn aufmunternd an. »Sie machen ein Gesicht, als hätten Sie noch etwas auf dem Herzen.«

»Ich weiß nicht so recht, ob ich darüber sprechen soll oder besser meine Klappe halte.«

»Sagen Sie es, wenn Sie nicht wollen, dass ich vor Neugier sterbe.«

»Na gut, aber ich kann mich irren. Heute Morgen waren zwei Wandergesellen bei mir. Zwei Zimmerleute. Sie haben gefragt, ob es auf dem Schloss Arbeit gibt. Ich hab sie zu Frau Bolkow weitergeschickt.«

»Das ist doch okay. Ich bin sicher, Frau Bolkow hat für sie Arbeit genug.«

»Darum geht es nicht. Wenn ich es mir im Nachhinein überlege, so kamen sie mir eigenartig vor. Ihre Kleidung war wie geleckt, so als wäre sie frisch von der Stange und nicht so, als wenn sie damit schon ein Jahr unterwegs waren, wie sie sagten. Ich konnte keine Spuren von Arbeit erkennen. Und dann noch etwas: Sie sagten, sie wären drei Jahre unterwegs. Wenn ich mich richtig erinnere, sagten sie, *genau* drei Jahre.

Soweit ich weiß, müssen Wandergesellen jedoch drei Jahre und einen Tag unterwegs sein. Ich werde das Gefühl nicht los, dass das keine richtigen Gesellen sind. Sie sollten sie sich auf jeden Fall mal genauer ansehen. Ich meine, bei den Vorfällen auf dem Schloss …«

»Ich habe schon verstanden. Vielen Dank für den Tipp. Ich werde sie unter die Lupe nehmen.«

Als Hendriksen den Van vor dem Schloss parkte, hörte er erregtes Gebell aus den oberen Stockwerken.

»Was ist denn hier los?«, fragte er Lizzi, die an der Vorderfront des Tiefgeschosses die Arbeit der Polen begutachtete. Als sie den Van gesehen hatte, war sie ihm entgegengegangen.

»Der Rattenjäger ist mit seinen Hunden angekommen. Sie sind bereits sehr aktiv, wie du hören kannst.«

In der Tat hörte Hendriksen zorniges Gebell aus dem obersten Stockwerk und dazwischen das Quieken von Ratten.

»Einundzwanzig«, sagte Lizzi.

»Was heißt einundzwanzig?«

»So viele Ratten haben sie bis jetzt erledigt. Zorniges Bellen, dann ein Quieken heißt: Eine Ratte ist in den Rattenhimmel gereist.«

»Wie hat sich Merzig verhalten?«

»Ganz normal. Höflich, humorvoll. Ich könnte mir vorstellen, dass wir uns bei ihm geirrt haben.«

»Wir werden sehen. Aber darüber unterhalten wir uns drinnen. Kein Grund, unnötig in der Hitze zu stehen.«

Hendriksen nahm die neu gekauften Krücken und steckte die Blackbox vom Polenmarkt in die Hosentasche.

»Wie geht's Petra?«, fragte er, während sie zusammen die Freitreppe zur Beletage emporstiegen.

Lizzi hielt den Daumen nach oben. »Alles im grünen Bereich. Ich habe sie im Salon zurückgelassen. Sie muss ihren Fuß kühlen. Ist ganz schön angeschwollen.«

»Kann ich mir denken. Ist zu viel herumgesprungen, aber das bekommen wir schon wieder hin. Bei solchen Verletzungen ist Ruhighalten die beste Medizin.«

Der sogenannte Salon ging rechts von der Eingangshalle ab. Er war mit Teppichboden ausgelegt und mit modernen Möbeln eingerichtet. Allerdings sah man ihnen an, dass sie aus einem Kaufhaus stammten. Petra hatte ihnen erklärt, dass sie es, solange im Haus gebaut würde, allemal tun würden. Wenn alles fertig war, sollte eine Innenarchitektin die Ausstattung übernehmen.

Petra lag auf dem Sofa. Unter das verletzte Bein hatte Lizzi zwei Kissen geschoben und darüber ein Handtuch gebreitet. Darauf befand sich ein Plastikbeutel mit Eiswürfeln.

»Gut, dass du kommst.« Petras Augen leuchteten freudig auf, als Hendriksen mit Lizzi in den Salon trat. »Du musst mich aufklären, was du mit den Rockern und Polen meintest. Verstanden habe ich nichts.«

»Alles erledigt. Die Polen reisen vorerst ab. Sie hatten es sehr eilig, als ich ihnen sagte, was uns hier erwarten könnte«, bestätigte Lizzi.

»Sehr gut.«

Auch wenn Hendriksen es nicht zeigte, war er erleichtert. Er wandte sich an Petra und hielt dabei die Gehhilfen hoch. »Damit du beweglicher bist und deinen Fuß nicht belastest.

Renn damit nicht durchs Haus. Der Fuß braucht auch mit Gehhilfen Schonung.«

»Herzlichen Dank, Marten. Du bist wirklich lieb.«

Petra wollte aufstehen und die Gehhilfen gleich ausprobieren, doch Hendriksen drückte sie auf die Couch zurück.

»Bleib liegen. Ich will euch berichten, was ich auf meiner Fahrt erlebt habe. Sie war ganz unterhaltsam und könnte uns noch Ärger bringen. Doch zuvor, denke ich, könnte Lizzi für euch Kaffee und für mich einen Pfefferminztee aufbrühen.«

Lizzi wandte sich ab, um in die Küche zu gehen, doch Hendriksen tippte ihr auf die Schulter und gab ihr ein Zeichen zu bleiben.

»Ich glaube, ich komme besser mit. Du kannst doch nicht alles tragen«, sagte er laut, ging zur Tür, öffnete sie und schlug sie geräuschvoll von innen wieder zu.

Er holte die Blackbox aus der Tasche, legte vier Mignonbatterien in das Batteriefach und schaltete sie ein. Ein grünes Licht leuchtete auf. Er legte den Zeigefinger auf die Lippen, zum Zeichen, dass die Frauen ruhig sein sollten, und begann die Möbel und Wände mit dem Gerät abzufahren. Bei der Bücherwand leuchtete plötzlich ein rotes Lämpchen auf. Hendriksen kreiste langsam den Standort des Verursachers ein. Auf dem bis zur Decke reichenden Regal lag ein Gegenstand von der Größe einer Streichholzschachtel. Er nahm ihn herunter und hielt ihn hoch, damit Petra und Lizzi ihn sehen konnten. Er kletterte von dem Stuhl, den er sich als Tritt zurechtgestellt hatte, ging zum Sofa, nahm eine der beiden Krücken und stampfte damit laut auf dem Boden auf. Dann schaltete er den Fernseher ein, wählte den QVC-Sender und stellte ihn laut. Dann tapste er mit den Krücken zum

Sofa zurück. Er winkte Lizzi und ging mit ihr zur Tür, die er leise öffnete. Auf dem Flur wollte Lizzi etwas sagen, doch Hendriksen hielt sie mit einer herrischen Geste davon ab. Sie gingen in die Küche, brühten schweigend die Getränke auf und gingen in den Salon zurück.

Nachdem sie sich gesetzt hatten und Lizzi für Petra und sich Kaffee eingeschenkt hatte, flüsterte Hendriksen: »Wie ich mir dachte. Die Zimmer sind verwanzt. Dadurch wissen die – wer immer sie sind –, über was wir uns unterhalten, und daher wusste auch der Täter, wann du zu den Polen gehen würdest.«

»Und du meinst, sie haben alles mitgehört? Seit wann denn?«

»Ja, sie haben! Seit wann? Keine Ahnung.«

»Das ist ja furchtbar.«

»Nicht mehr, denn wie heißt es so schön: Erkannter Feind ist halber Feind.«

»Und? Was machen wir jetzt? Wo können wir uns denn ungestört unterhalten?«, fragte Petra voller Sorge.

»Ich werde nachher alle unsere Zimmer untersuchen. Aber vorher will ich euch berichten, was ich auf meinem Ausflug erlebt habe.«

Er berichtete von Krupinski und dem Rechtsanwalt und was er vom Wirt gehört hatte. Seine Auseinandersetzung mit den Schlägern spielte er so weit es ging herunter. Die Reaktion der beiden Frauen war entgegengesetzt. Petra fand die Auseinandersetzung schrecklich, Lizzi hingegen super, nicht nur weil Hendriksen sich behauptet hatte, sondern weil es ein Beweis für das war, was sie ihrem Chef immer predigte.

»Was tun wir, wenn die Schläger hierher kommen? Ich hoffe nur, dass dann die Polen schon weg sind.«

»Nur keine Sorge, Petra, bis dahin fällt uns schon was ein. Vorbereiten können wir uns nicht, da wir nicht wissen, wann sie kommen und was sie vorhaben.«

»Man gut, dass wir die beiden Zimmerleute im Haus haben. So haben wir wenigstens etwas Verstärkung. Ach, das habe ich dir noch nicht erzählt. Wir haben zwei Wandergesellen im Haus. Sie haben heute Vormittag nach Arbeit gefragt. Sie kamen mir gerade recht. Sie sollen den Dachstuhl überprüfen und alle schadhaften Teile austauschen.«

Ob die eine Hilfe sind, wird sich erst herausstellen, dachte Hendriksen.

»Wo hast du die untergebracht?«

»Im Ostflügel. Der Hausmeister kümmert sich um sie. Er soll auch ihre Arbeit überwachen.«

»Hast du etwas dagegen, wenn ich sie mir mal ansehe?«

»Absolut nicht. Mir ist das sogar sehr lieb, denn du hast sicher eine bessere Menschenkenntnis als ich.«

»Okay, dann kannst du den Fernseher wieder ausschalten. Lizzi bleibt bei dir, während ich auf Wanzenjagd gehe.«

Kapitel 13

Die Suche nach den Abhörgeräten ergab, dass alle drei Schlafzimmer und die Küche verwanzt waren. Zur Sicherheit untersuchte Hendriksen auch noch die angrenzenden Räume, doch die waren sauber. Er hatte es auch nicht anders erwartet. Er setzte sich auf eine Fensterbank und überdachte die Lage. Wie lange Petras Räume schon abgehört wurden, konnte er nicht einschätzen. Was Lizzi und ihn betraf, waren die Geräte jedoch erst seit kurzer Zeit angebracht. Das sprach dafür, dass der Verantwortliche im Schloss wohnte. Nur so konnte er wissen, wann sie beide nicht in ihren Räumen gewesen waren. Was bedeutete, dass der Hausmeister der Täter sein musste. Diese Annahme passte in das Bild von Eduard Merzig, das er sich seit dem Anschlag auf Petra gemacht hatte. Leider konnte er ihm nichts nachweisen, solange er die Empfängerstation nicht gefunden hatte. Er war sich zwar sicher, dass sie in den Räumen des Ehepaars Merzig lag, doch wie sollte er diese Räume unbemerkt durchsuchen? Bevor er etwas in diese Richtung unternahm, wollte er zunächst mit Petra sprechen.

Er ging zum Salon. Petra hatte ihr Smartphone am Ohr.

»Wunderbar, kommen Sie vorbei, wann immer es Ihnen passt. Von mir aus auch gleich«, hörte er sie sagen. Für einen Augenblick herrschte Stille, dann antwortete Petra: »Bringen Sie ihn doch gleich mit.«

Sie nahm das Smartphone vom Ohr und sah Hendriksen strahlend an. »Ratet mal, wer angerufen hat.«

Hendriksen zuckte mit den Schultern. »Keine Ahnung.«

»Es haben sich zwei Männer aus dem Dorf gemeldet, die hier arbeiten möchten. Ist das nicht wunderbar? Sie sagten, ich kann sie für alle Arbeiten einsetzen.«

»Super, besser geht es nicht. Es werden auch nicht die letzten sein, die sich melden. Wenn dein Konzept erst einmal steht, dann kannst du das ganze Dorf beschäftigen.«

Lizzi umarmte Petra, um ihre Freude auszudrücken, was ihm ein wenig übertrieben erschien. Doch er war ja kein Frauenkenner.

Hendriksen ging zum Fernseher und schaltete ihn wieder ein. Im Flüsterton berichtete er von den Ergebnissen seiner Suche.

Petra und Lizzi waren empört.

»Kein Grund, sich aufzuregen«, beruhigte er sie. »Ich habe mir überlegt, dass wir unsere Zimmer wechseln sollten. Überleg mal, Petra, ob es hier drei zusammenliegende Zimmer gibt. Am besten welche mit Verbindungstüren, dann können wir uns besprechen, ohne dass jemand es mitbekommt.«

»Da brauche ich nicht lange zu überlegen«, antwortete Petra. »An der Galerie gegenüber dem Eingang liegt die sogenannte Kaisersuite. Hier sollen der sächsische König, der Kaiser und die Prominenz der Nazis übernachtet haben. Das Herzstück ist der Salon. Er liegt in der Mitte zwischen den beiden Treppenaufgängen. Links davon lagen die Gemächer, die für die Kaiserin reserviert waren, und rechts die des Kaisers. Die Gemächer bestanden jeweils aus einem Empfangszimmer, einem Schlafgemach mit Bad und dem Zimmer für die Zofe oder den Kammerdiener. Die Räume wurden nach dem Krieg nicht umgebaut und befinden sich noch in einem einigermaßen brauchbaren Zustand.«

»Dann schlage ich vor, wir ziehen dahin um. Du und Lizzi, ihr zieht in die Gemächer der Kaiserin, und ich spiele den Kaiser. Haben die überhaupt mal hier gewohnt?«

»Soweit ich aus einer Chronik ersehen konnte, haben sie sich hier einmal eine Woche lang zur Jagdsaison aufgehalten. Das soll ausgereicht haben, um den damaligen Besitzer an den Rand des Ruins zu bringen.«

»Dann lass uns die Ärmel hochkrempeln und an die Arbeit gehen. Dass ich als Privatdetektivin nun als Putzfrau arbeiten muss, das verlangt nach einer Lohnerhöhung«, sagte Lizzi.

»Halt, das siehst du völlig falsch«, entgegnete Hendriksen mit todernster Miene. »Dass du so vielseitig arbeiten darfst und nicht Tag für Tag hinter einem Schreibtisch sitzen und stumpfsinnige Briefe in Umschläge eintüten musst, ist geradezu ein Privileg unseres Berufs. Das müsste, wenn man es genau nimmt, bei der Berechnung des Lohns als Malus berücksichtigt werden.«

Lizzi wollte antworten, wurde jedoch von Getrampel auf der Treppe unterbrochen. Alle drei traten auf den Flur, um nach der Ursache des Lärms zu sehen.

Der Hausmeister kam auf sie zugelaufen.

»Einer der Zimmerleute ist von der Leiter gestürzt«, rief er, noch bevor er sie erreicht hatte. »Ich glaube, er braucht einen Arzt.«

»Einen Moment, ich hole nur meine Arzttasche«, rief Hendriksen und fügte hinzu: »Lizzi, du bleibst bei Petra.«

»Schon klar.«

Als sie die Treppe zum Dachstuhl hochstiegen, wollte Hendriksen genau wissen, was passiert war, doch Merzig eilte so schnell nach oben, dass sich keine Gelegenheit für ein Gespräch ergab.

Auf dem Dachboden eilte er zum Ostflügel. Am äußersten Ende lag ein Mann am Boden. Ein zweiter kniete neben ihm. Vom Stockwerk unter ihnen hörte er das heisere Gebell der Rattenfängerhunde.

Hendriksen eilte zu den Männern und stellte sich als Arzt vor. Am linken Bein des einen war die Cordhose hochgeschoben und der Strumpf ausgezogen worden. Ein Blick auf den Fuß sagte ihm, dass nichts Schlimmes passiert sein konnte. Er war weder angeschwollen, noch zeigte er auf den ersten Blick Spuren von Verletzungen. Ein komisches Gefühl überkam ihm. *Eine Falle*, schoss es ihm durch den Kopf. Wenn ja, müsste der Hausmeister mit ihnen unter einer Decke stecken. Er verscheuchte den Gedanken als unsinnig. Wie sollte Merzig die Fremden innerhalb der kurzen Zeit, die sie im Schloss waren, als Komplizen gewonnen haben? Trotzdem war er so vorsichtig, alle drei im Auge zu behalten. Damit ihm das besser gelingen konnte, musste er sie beschäftigen. Noch bevor er sich zum Verletzten hinunterbeugte, bat er Merzig, den Kopf des Verletzten anzuheben.

»Am besten, Sie knien sich dazu hin und legen ihn in Ihren Schoß. Da ich nicht weiß, ob er innere Verletzungen hat, ist es besser, dass das Blut nicht ins Gehirn strömt.«

Die Begründung war zwar unsinnig, aber sie klang wenigstens auf den ersten Blick glaubwürdig.

Den unverletzten Zimmermann bat er, sich ebenfalls hinzuknien und das Bein fest auf seine Schenkel gepresst zu halten, damit der Verletzte es nicht bewegen konnte, wenn er ihn untersuchte.

»Ich möchte verhindern, dass sich ein eventueller Bruch weiter verschlimmert, wenn er plötzlich das Bein bewegt«, sagte er.

Als die beiden Männer beschäftigt waren, begann er den Verletzten zu untersuchen. »Haben Sie Schmerzen?«

Der Mann stöhnte: »Ja.«

»Wo?«

»Im Fuß, am Knöchel.«

Hendriksen tastete ihn vorsichtig ab, konnte aber weder eine Zerrung noch eine andere Verletzung ertasten.

»Wie ist das passiert?«

»Ich bin von der Leiter gestürzt. Eine Sprosse ist abgebrochen, und ich bin gestürzt.«

»Sie scheinen Glück im Unglück gehabt zu haben. Ihr Fuß ist nicht ernsthaft verletzt. Ich werde Ihnen jetzt einen elastischen Verband anlegen, und danach werden der Hausmeister und Ihr Gefährte Sie in Ihre Unterkunft bringen. Für heute sollten Sie Ihrem Fuß Ruhe gönnen. Am besten kühlen Sie ihn mit kaltem Wasser. Machen Sie ein Handtuch nass, legen Sie eine Plastiktüte über den Fuß und darauf das nasse Handtuch. Das Bein halten Sie bis morgen ruhig. Wenn Sie dann noch nicht wieder schmerzfrei gehen können, rufen Sie mich. Ich denke jedoch, es wird nicht nötig sein.«

Nachdem Hendriksen den Verletzten verbunden hatte, richtete er sich auf.

»Sie können Ihren Kameraden jetzt zu seiner Unterkunft

bringen«, sagte er zu dem älteren Zimmermann. »Herr Merzig wird sicher so nett sein, Ihnen dabei zu helfen.«

»Selbstverständlich«, antwortete dieser nicht gerade begeistert.

Hendriksen fummelte so lange an seiner Arzttasche herum, bis die drei Männer verschwunden waren. Um sicher zu gehen, dass sie ihn nicht beobachteten, schlich er ihnen bis zur Treppe nach. Offenbar befolgten sie seine Anweisung, denn er hörte sie am unteren Ende der Wendeltreppe rumoren.

Er kehrte zum Platz des angeblichen Unfalls zurück. Die Leiter stand noch an dem Balken, an dem die Zimmerleute sie aufgerichtet hatten. Die achte Sprosse fehlte. Sie lag am Fuß der Leiter. Er nahm sie auf und betrachtete sie eingehend. Sie war auf der rechten Seite so weit angesägt worden, dass sie schon bei geringer Belastung brechen musste. Hendriksen grinste selbstzufrieden. Genau, was er erwartet hatte. Die Schnittstelle war frisch. Er hielt die Nase dicht an die Sägestelle. Sie hatte noch den typischen Geruch von frisch gesägtem, trockenem Holz.

»Euer Pech, dass ihr es mit einem Rechtsmediziner zu tun habt. Der ist es gewohnt, auch auf die Kleinigkeiten zu achten«, sagte er zu sich selbst.

Dann sah er sich die andere Seite an. Sie war aus dem Seitenholm der Leiter gebrochen. Er hätte fast laut gelacht. Selbst ein Kind konnte sehen, dass die Bruchstelle nicht durch einen Tritt entstanden sein konnte. Wäre jemand auf die Sprosse getreten, dann wäre die angesägte Seite gebrochen und die Sprosse nach schräg unten gedrückt worden. Das andere Ende hätte dabei splittern müssen und wäre wahrscheinlich am Seitenholm hängen geblieben. An der Bruchstelle war jedoch eindeutig zu sehen, dass die Sprosse hin und her bewegt worden war, um sie herauszubrechen.

Hendriksen machte sich nicht die Mühe, die Leiter hochzuklettern, um die Bruchstellen an den Seitenholmen zu untersuchen. Es stand fest, dass hier Dilettanten einen weiteren Unfall im Schloss vorgetäuscht hatten, etwas, was er schon beim Abtasten des angeblich verletzten Knöchels geahnt hatte.

Sein Hang zur Gründlichkeit verlangte, sich nach dem Ort umzuschauen, an dem die Leiter präpariert worden war. Er brauchte nicht lange zu suchen. Nicht weit von der getürkten Unfallstelle war der Abdruck einer Leiter im Staub des Bodens zu sehen. Kopfschüttelnd blickte er auf ein Häufchen dunklen Sägemehls.

»Dümmer geht es nicht mehr«, sagte er zu sich selbst. Er zog das Smartphone aus der Tasche und fotografierte das Häufchen und den Abdruck der Leiter im Staub. Um einen Beweis gegen die Wanderburschen zu haben, fotografierte er auch die Sprosse und die Abbruchstelle an den Seitenholmen. Danach ging er nach unten.

Die beiden Frauen waren dabei, die Schlafräume zu reinigen. Den Salon wollten sie sich für morgen aufheben. Hendriksen berichtete ihnen, was er gefunden hatte.

»Ich verstehe es nicht. Was veranlasst wildfremde Menschen, so etwas zu tun?«, fragte Petra, und es war ihr deutlich anzuhören, wie entsetzt sie war.

»Keine Ahnung«, antwortete Hendriksen. »Nur eins scheint gewiss: Wandergesellen sind das nicht. Dazu sehen sie viel zu sehr aus dem Ei gepellt aus. Und gearbeitet haben sie auf dem Boden auch nicht, jedenfalls keine der Arbeiten, die du ihnen aufgetragen hast.«

»Was wollen sie denn hier?«, fragte Lizzi.

»Das weiß ich genau so wenig wie du oder Petra, außer sie haben den Auftrag, Petra hier rauszugraulen. Dann haben sie es allerdings saublöd angestellt.«

»Meinst du, die hat dieser Rechtsanwalt, dieser Steiner, geschickt?«

»Unwahrscheinlich, denn die Männer waren schon heute Morgen beim Wirt, zu einer Zeit, als ich erst nach Bad Muskau fuhr. Mein Zusammenstoß mit den Schlägern war viel später. Ich kann mir auch nicht vorstellen, wie sie es anstellen wollten. Die Gespenstermasche ist ausgereizt. Seit Lizzi und ich hier sind, ist ja auch keines mehr aufgetreten. Die Zimmerleute konnten nicht mal damit rechnen, von Petra eingestellt zu werden.«

»Was soll ich jetzt mit den Männern machen? Ich kann sie unmöglich im Schloss behalten.«

»Auf keinen Fall. Sie müssen weg, je eher desto besser.«

»Meinst du, ich muss ihnen den Lohn für einen Tag zahlen?«

»Um Himmels willen, nein, ich habe auf dem Boden nicht gesehen, dass sie gearbeitet haben. Sie sollen froh sein, wenn du sie nicht wegen Vortäuschung falscher Tatsachen anzeigst.«

»Was machen die Polen? Haben sie sich schon abgemeldet?«, fragte Hendriksen Petra.

»Bei mir waren sie nicht.«

»Ihre Wohnwagen sind aber weg«, sagte Lizzi. »Ich habe aus dem Fenster gesehen. Der Platz ist leer.«

»Die bekommen doch noch Geld von mir.«

»Dann werden sie sich schon melden. Ich nehme an, sie wollten erst einmal weg, um nicht mit den Schlägern zusammenzustoßen«, sagte Hendriksen. »Jetzt solltest du dich zunächst darum kümmern, dass du die Zimmerleute loswirst. Danach müssen wir uns überlegen, was wir mit den Merzigs machen.«

»Na gut. Dann bleibt mir ja wohl nichts anderes übrig, als die Männer aufzusuchen.« Hendriksen merkte ihr an, wie unangenehm ihr die Aufgabe war, und bot an, ihr die Last abzunehmen.

Das war jedoch nicht nötig, denn es klopfte an der Tür und der Hausmeister trat ein. Er meldete, dass die Wandergesellen sich entschlossen hatten weiterzuziehen und sie um ihren Lohn für einen Tag baten.

»Bevor du zahlst, lass sie erst einmal zeigen, was sie getan haben.«

»Du hast recht, Marten.« Petra wandte sich an den Hausmeister. »Sie hatten ja die Aufsicht. Haben Sie ihre Arbeit überprüft?«

»Ich habe sie selbstverständlich befragt, denn gesehen hatte ich nichts. Sie haben mir gesagt, dass sie zunächst das Gebälk inspizierten, um festzulegen, was ausgetauscht werden muss.«

»Ich will mich nicht in deine Angelegenheiten einmischen, Petra, aber ich schlage vor, sie wählen zu lassen zwischen Lohn, den sie sich meiner Meinung nicht verdient haben, und einer Anzeige wegen Erschleichung von Arbeit durch Vortäuschung falscher Tatsachen.«

Petra lächelte Hendriksen dankbar an. »Genauso machen

wir das. Sie haben es gehört, Herr Merzig, sagen Sie es den Männern.«

»Wie darf ich das verstehen, Frau Bolkow?«, fragte der Hausmeister verwundert.

»Ist doch ganz einfach«, sagte Hendriksen, bevor Petra antworten konnte. »Fordern sie Lohn, zeigt sie Frau Bolkow an. Verzichten sie auf Lohn, gibt es keine Anzeige.«

»Und das soll ich ihnen ausrichten?«

»Hatte ich schon gesagt, und fügen sie hinzu, ich will sie in einer Stunde nicht mehr im Schloss und auf dem dazugehörigen Gelände sehen«, sagte Petra.

Merzig verbeugte sich knapp vor Frau Bolkow und verließ den Salon.

Keine Viertelstunde später sahen sie, wie die angeblichen Wandergesellen das Schloss verließen.

»Schaut mal, wie der Verletzte laufen kann«, sagte Hendriksen mit einem breiten Grinsen.

Kapitel 14

Unter dem Vorwand, er würde beim Reinigen nur stören, hatten die Frauen Hendriksen weggeschickt. Ihm war das mehr als recht, denn er wollte allein sein, um einige Ungereimtheiten, die ihm seit seinem Aufenthalt auf dem Schloss aufgefallen waren, zu überdenken.

Er nahm den Weg zur Burgruine, um seine Gedanken im Schatten einer Mauer mit Blick auf die Neiße schweifen zu lassen.

Warum hatten die angeblichen Zimmerleute den Unfall vorgetäuscht? Auf diese Frage konnte er keine plausible Antwort finden. Wenn sie keine Wandergesellen waren – und alles sprach dafür –, dann waren sie von jemandem geschickt worden. Für ihn stand fest, dass sie Petra aus dem Schloss vergraulen, im schlimmsten Fall verunglücken lassen sollten. Als Auftraggeber kam Rechtsanwalt Steiner in Frage, der versuchte, Schloss Bolkow in seinen Besitz zu bringen. Warum er so darauf fixiert war, blieb unverständlich. Es dürfte doch genug große Gebäude in abgelegener Lage geben, in denen er eine Kaderschmiede für seine rechten Hohlköpfe aufbauen konnte. Selbst ein Neubau würde um einiges billiger als die Renovierung von Schloss Bolkow. Es musste also noch etwas anderes geben, das das Anwesen so wichtig machte, um selbst Mord in Kauf zu nehmen. Aber was mochte das sein?

Und was war mit den Merzigs? Welche Rolle spielten sie? Dass Eduard Merzig für die Abhöraktion und für Petras Unfall verantwortlich war, stand für Hendriksen fest, obwohl er keine handfesten Beweise dafür hatte. Ob er hingegen etwas mit dem vorgetäuschten Unfall der Zimmerleute zu tun hatte, war fraglich. Natürlich konnte er die Informationen, die er erlauscht hatte, an Steiner weitergegeben haben, doch war er auch in die schmutzige Arbeit der Gesellen eingeweiht? Die Falle, die er Petra auf dem Weg gestellt hatte, zeigte, dass er einfallsreich war. Den fingierten Unfall des Zimmermanns hingegen konnte man nur als stümperhaft bezeichnen.

Erst das Klingeln seines Smartphones riss ihn aus seinen Gedanken. Ohne aufs Display zu schauen, meldete er sich.

»Moin, Chef, wi sünd jetzt in Bolkow. Bi de Wirt *Zum Wilden Keiler*. Wat schüll wi mooken?«

»Hermann, super, dass ihr angekommen seid. Nehmt euch dort ein Zimmer und wartet auf mich. Ich bin in etwa einer Dreiviertelstunde bei euch. Bis gleich.«

Hendriksen atmete erleichtert auf. Jetzt konnte er vernünftige Sicherheitsmaßnahmen für Petra ergreifen. Seine nachdenkliche Stimmung war verflogen. Fröhlich vor sich hin pfeifend, ging er zum Schloss zurück. Er traf Petra und Lizzi noch beim Putzen an.

»Lasst alles liegen, wir fahren zur Gastwirtschaft nach Bolkow. Unsere Rentnergang ist eingetroffen.« Er wandte sich direkt an Petra. »Ich möchte sie dir vorstellen, will sie aber noch nicht ins Schloss kommen lassen.«

»Warte noch eine halbe Stunde, dann sind wir mit dem Gröbsten fertig.« Petra blickte Lizzi an. Die nickte bestätigend.

»In Ordnung. Wir treffen uns in einer halben Stunde beim Van.«

Hendriksen verließ die Frauen und ging hinunter in die Küche, um sich ein Bier zu holen. Hier war Frau Merzig dabei, das Abendessen vorzubereiten. Da er sie heute noch nicht gesehen hatte, begrüßte er sie fröhlich. Die Antwort fiel eisig aus. Hendriksen kümmerte sich nicht darum, sondern nahm die Flasche Bier und ging nach draußen, wo er sich in der Nähe des Vans auf einem Stein niederließ und das kühle Bier genoss.

Die Frauen kamen mit einer Viertelstunde Verspätung. Wie er nicht anders erwartet hatte, waren sie zum Ausgehen gestylt. Hendriksen öffnete ihnen die Tür des Fahrzeugs. Eine Wolke brütender Luft schlug ihnen entgegen.

»Wir nehmen mein Auto«, sagte Petra resolut. »Hier drinnen sind wir durchgeschwitzt, bevor wir noch den *Wilden Keiler* erreichen. Stell deinen Van das nächste Mal in den Schatten.«

Petra drehte sich um und ging zum Keller, der als Garage genutzt wurde.

»Zu Befehl!« antwortete Hendriksen und folgte den Frauen.

In der Garage standen der Pick-up und ein PKW. Petra wählte den PKW. Sie stieg ein, und Lizzi nahm auf dem Beifahrersitz Platz, damit war für den Chef nur die Rückbank übrig. Hendriksen wollte darüber gerade eine Bemerkung machen, als etwas auf dem Garagenboden seine Aufmerksamkeit erregte.

»Warte«, sagte er zu Petra, die gerade den Motor angelassen hatte. Er stieg wieder aus, ging ein Stück zur Seite und beugte sich hinunter. Er befeuchtete die Spitze des Zeigefingers mit der Zunge, drückte sie auf den Boden und hielt sie sich an die Nase.

»Was gibt's?«, fragte Petra neugierig.

»Hat Merzig ein Auto in der Garage stehen?«

»Ja, es steht gewöhnlich dort, wo du dich befindest, ist aber seit drei Tagen in der Werkstatt.«

»Wie kommt dann das Sägemehl von der durchgesägten Sprosse in die Garage?«

»Eeeh?«

Petra und Lizzi stiegen aus. Beide traten zu Hendriksen und sahen auf das Sägemehl am Boden.

»Hat Merzig sich dein Auto ausgeliehen, um die Zimmerleute wegzubringen?«

»Nein.« Petra schüttelte nachdrücklich den Kopf.

»Könnte er ohne dein Wissen mit dem Auto gefahren sein?«

Wieder schüttelte Petra den Kopf. »Der Schlüssel befindet sich immer in meiner Handtasche. Irrst du dich auch nicht? Können die Späne nicht irgendwoher stammen?«

»Ich irre mich nicht. Schließlich habe ich sie mir auf dem Boden gründlich angesehen. Und ihr könnt selbst sehen, dass sie frisch sind. Ich denke, sie sind von der Cordhose eines der Männer abgefallen. Doch was tun sie hier in der Garage? Es gab doch keinen Grund für die Männer, hierher zu kommen, wenn sie nicht mit einem Auto fahren wollten. Ist schon gediegen. Mein Gott, jetzt rede ich schon wie Hermann.« Hendriksen richtete sich auf. »Lassen wir die Späne für eine Weile und fahren zunächst zum *Wilden Keiler*.«

Diesmal scheuchte er Lizzi auf die Rückbank.

Hendriksen betrat als Erster den *Keiler*. Hermann, Hinnerk und Kuddel saßen am Tresen und hatten ein Bier vor sich stehen. Nero saß zu Hermanns Füßen. Als sie Hendriksen sahen, standen die Männer auf und begrüßten ihn und Lizzi herzlich und Petra höflich. Nero hielt es nicht für nötig aufzustehen, ihm reichte es, seine Freude mit einem Schwanzwedeln zu zeigen.

»Freust du dich denn gar nicht, mich zu sehen?«, fragte Lizzi und streichelte seinen mächtigen Schädel, was Nero mit einem wohligen Knurren quittierte.

Hendriksen klopfte ihm auf die breite Schulter.

»Wie war eure Fahrt?«

»Stressig. Überall Baustellen und Staus. Deshalb sin wi ook so spät angekommen.«

»Und Nero?«, fragte Hendriksen, der wusste, wie sehr dem Hund das Autofahren, vor allem das Angeschnalltsein, missfiel.

Hermann grinste. »Du kennst ihn jo. Den heff wi nur mit Leckerlis bi Stimmung halten können.«

»Nehmt euer Bier mit. Wie setzen uns an einen Tisch.«

Da sie sechs Personen waren, schoben Hinnerk und Kuddel zwei Tische zusammen.

»Habt ihr schon was gegessen?«, fragte Hendriksen, nachdem sie sich gesetzt hatten.

»Jo, unterwegs, aber das wor neech so richtig wat. Ick jedenfalls heff Hunger, un ihr?« Hermann sah seine Gefährten an, obwohl er wusste, was sie antworten würden.

»Ick künnt ook wat freten«, sagte Hinnerk.

»Kloor, ick ook«, stimmte Kuddel zu.

»Gut, und wie sieht es mit den Damen aus?«

Beide nickten zustimmend.

Hendriksen winkte Maria heran und fragte sie, was heute auf dem Speiseplan stand.

Nachdem alle bestellt hatten, weihte Hendriksen die Rentnergang in die Situation auf Schloss Bolkow ein. Er berichtete auch von seinem Erlebnis mit den Schlägern und fuhr dann fort: »Etwas macht mir besondere Sorgen, und das ist das Ehepaar Merzig. Ungeschminkt gesagt, ich verdächtige sie, hinter allen Anschlägen auf dem Schloss zu stecken. Inwieweit sie selbst Täter oder nur Informanten sind, ist mir noch nicht klar. Um das herauszufinden, brauche ich euch. Ich habe mir Folgendes gedacht: Lizzi und ich werden heute Abend mit Petra einen Streit inszenieren. Nicht so doll, dass sie uns rauswirft, aber so, dass sie verärgert ist. Petra wird dabei einfließen lassen, dass sie einen Spaziergang machen wird. Lizzi wird sich anbieten, sie zu begleiten, was Petra verärgert ablehnen wird. Sie wird das Schloss durch den Haupteingang verlassen, in Richtung der alten Kapelle und weiter zur Burgruine gehen.« Hendriksen zog einen Kugelschreiber heraus, nahm seine Serviette und skizzierte darauf die Anlage. »Hier ist die Allee, die zum Schloss führt. Hier das Schloss mit dem Haupteingang.« Er zeigte auf die einzelnen Punkte in der Skizze. »Hier die alte Kapelle und dort die Burgruine. Ihr habt drei Stunden, euch mit der Gegend vertraut zu machen. Einer von euch postiert sich in der Nähe des Schlosseingangs und folgt Petra. Der Zweite bezieht seinen Posten an der Kapelle, wartet auf Merzig und folgt ihm. Der Dritte wartet mit Nero bei den Ruinen. Sowie Merzig Anstalten macht, Petra anzugreifen, schaltet ihr ihn aus. Am besten so, dass er erst im Schloss wieder aufwacht. Soweit alles klar?«

»Kloor, Chef, mook wi.«

»Dann lasst uns die Uhren vergleichen.« Hendriksen wartete, bis alle auf ihre Armbanduhren blickten. »In fünf Sekunden ist es fünf Minuten nach sechs.« Er zählte die Sekunden herunter. »Wenn ihr ihn auf frischer Tat ertappt, macht ihn unschädlich und bringt ihn ins Schloss. Ich werde am Eingang auf euch warten. Noch Fragen?«

»Alles kloor, Chef. Du künnst dich op uns verlaten.«

»Ich weiß, Hermann, ich weiß. Schaltet eure Handys auf Konferenzschaltung, damit wir uns untereinander verständigen können, und schaltet vor allem den Klingelton ab.«

»Chef, wi sün doch keene Torfköpp«, empörte sich Hermann.

Hendriksen winkte Maria heran, bat um die Rechnung und bezahlte, wobei er ein großzügiges Trinkgeld hinzufügte.

Petra hob erstaunt die rechte Augenbraue. »Bist du immer so generös?«

Hendriksen lächelte. »Gewöhnlich schon, insbesondere wenn es auf Spesenrechnung geht. In diesem Fall zahlt deine Mutter.«

Auf der Rückfahrt sprach er Petra an. »Du solltest dir etwas überlegen, womit du Frau Merzig aus ihrer Wohnung locken kannst. Du musst sie mindestens fünfzehn Minuten davon abhalten, zurückzukehren.«

»Was hast du vor?«

»Besser, du weißt es nicht.«

»Mit euch bekomme ich noch frühzeitig graue Haare.«

»Besser als für immer einen kalten Kopf.«

»Sag nicht so etwas Gruseliges. Ich glaube, du hast bei deinem Plan etwas nicht berücksichtigt.«

»Und das wäre?«

»Bevor ich gehe, dürfte der Hausmeister noch in seiner Wohnung sein, also hat es keinen Sinn, wenn ich Frau Merzig außerhalb ihrer Wohnung beschäftige. Und wenn ich gegangen bin und er mir folgt, dann kann ich seiner Frau keinen Auftrag geben.«

»Scheiße … entschuldige. Du hast recht. Dann müssen wir zu Plan B übergehen.«

»Was ist Plan B?«, wollte Lizzi wissen. Sie ärgerte sich, dass ihr der Fehler nicht aufgefallen war.

»Keine Ahnung«, antwortete Hendriksen. »Den muss ich mir erst noch überlegen.«

Beim Schloss parkte Hendriksen den Van direkt vor der Freitreppe. Während die Damen die Treppe hochstiegen, ging er in die Garage. Das Sägemehl ließ ihm keine Ruhe. Warum sollten sich die Zimmerleute in der Garage aufgehalten haben? Es gab keinen Grund dafür. Mit der ihm eigenen Gründlichkeit begann er, den Raum nach weiteren Spuren zu untersuchen. Vor der Tür, die Petra von den Polen mit Brettern hatte vernageln lassen, fand er weiteres Sägemehl. Die Männer mussten hier gestanden haben, wobei Späne von ihren schweren Trenkercordhosen abgefallen waren. Aber was hatten sie vor der verrammelten Tür zu suchen gehabt? Eine Weile starrte er nur auf das Sägemehl und sann darüber nach. Aus Interesse fasste er an die Bretter und zog daran. Sie ließen sich wegziehen und gaben den Weg ins Untergeschoss frei.

»Verdammt! Verdammt!«, fluchte er.

Seine Freude, die Männer so elegant losgeworden zu sein, zerstob zu nichts. Die Gefahr, die von ihnen ausging, bestand noch immer, ja sie war größer geworden, da er nicht wusste, wo sie sich aufhielten. Er trat in den Gang und suchte nach weiteren Spuren, doch Sägemehl fand er nicht. Zurück in der Garage, kramte er nach Nägeln oder Schrauben und fand alles, was er brauchte, auf der Werkbank. Er nahm ein paar lange Nägel und einen Hammer und befestigte damit die Bretter am Holz der Türzarge. Anschließend rüttelte er daran. Sie ließen sich nicht bewegen. Er war zufrieden. Ohne Hilfsmittel würde niemand die Tür mehr öffnen können. Sollten die Männer sich im Schloss aufhalten und von ihm entdeckt werden, dann würde der Gang im Tiefgeschoss für sie zur Falle.

Hendriksen verließ die Garage und überprüfte die anderen von den Polen verbarrikadierten Zugänge. Keiner von ihnen ließ sich öffnen.

Er ging auf sein Zimmer. Dort schrieb er seine Entdeckung und die getroffene Sicherheitsmaßnahme auf einen Zettel, den er Lizzi in einem von Petra unbeobachteten Augenblick zustecken wollte. Lizzi sollte über die neue Lage informiert, aber Petra nicht beunruhigt werden. Danach ging er zu den Frauen, die sich damit abmühten, Möbel aus dem verwanzten Salon in den neuen zu schleppen. Hendriksen packte mit an.

Ab acht Uhr begann Lizzi über die Arbeit zu nörgeln. Petra versuchte sie auf humorvolle Weise zu beruhigen, was Lizzi noch mehr aufregte. Kurz vor neun hatte Petra endgültig die Nase voll. Sie schrie Lizzi an, sie solle endlich Ruhe geben, worauf Lizzi noch wütender wurde und Petra mit schriller Stimme schrie: »Dann lass doch alles liegen! Ich brauch dich nicht! Du gehst mir mit deinem ewigen ›Petra, tu dies nicht oder tu das nicht‹ auf den Geist. Von mir aus kannst du sofort wieder gehen. Ich brauche jetzt frische Luft, und komm ja nicht auf den Gedanken, mir zur Burgruine zu folgen. Und du auch nicht, Marten.«

Sie rannte aus dem Salon und schlug die Tür zu.

»Musst du immer so zickig sein?«, fuhr Hendriksen Lizzi an.

»Fang du nicht auch noch an. Du bist nur mein Chef, nicht mein Vater.«

Wieder knallte die Tür.

Hendriksen schlich sich aus dem Salon und ging hinüber in sein eigenes Zimmer. Es lag nach Norden, so dass er von seinem Fenster die Freitreppe beobachten konnte. Er stellte sich so, dass ihn niemand von außen sehen konnte.

Pünktlich um fünf Minuten nach neun Uhr stieg Petra die Treppe hinunter. Trotz der noch immer herrschenden Hitze hatte sie eine Strickjacke über die Schulter gelegt und einen Strohhut aufgesetzt.

»An alle, Petra verlässt das Schloss«, gab er über die Konferenzschaltung durch.

»Ick seh se und bünn achter ran«, meldete Kuddel.

Nach sieben Minuten kam von Hinnerk die Meldung, dass Petra die Kapelle erreicht hatte.

Hendriksen, der nach Merzig Ausschau gehalten hatte, wunderte sich, dass er den Hausmeister noch nicht gesehen hatte. Als nach weiteren fünf Minuten keine neue Meldung von Hinnerk gekommen war, fragte er nach, ob dieser Merzig schon gesichtet hatte.

»Negativ, Chef, ick heff em neech gesehen.«

»Kann er unbemerkt an dir vorbeigekommen sein?«

»Keene Chance.«

Hendriksen fragte bei Hermann an, ob sich Merzig dort vor seiner Ankunft versteckt haben könnte.

»Nee, unmöglich, wi sünn glieks nach di abgefahren un sünn auf unsere Posten gegangen. Ick heff mit Nero tosomen alles afsucht. He is neech hier.«

Wenige Minuten später meldete Hermann: »Petra is glieks hier.«

»Petra, setz dich irgendwo hin und warte.«

»Okay.«

Als nach einer halben Stunde immer noch nichts geschah, blies Hendriksen das Unternehmen ab. Petra sollte auf dem gleichen Weg zurückkommen, und die Männer sollten ihren Rückweg unsichtbar überwachen. Er beobachtete, wie Petra die Halle betrat, die Treppe hochging und in ihrem Zimmer verschwand.

Er schlich hinter ihr her und betrat ohne anzuklopfen ihr Zimmer. Petra sah ihn fragend an. Er zuckte nur mit den Schultern.

Kapitel 15

Die für diese Jahreszeit ungewöhnliche Hitzewelle hatte selbst die dicken Mauern des Schlosses erwärmt und machte den Aufenthalt in den Räumen unangenehm. Sonnenblenden, Rollos oder Markisen vor den Fenstern gab es nicht, und die provisorischen Vorhänge hielten die Hitze nicht ab. Sie sorgten vielmehr dafür, dass die Luftfeuchtigkeit nicht entweichen konnte und die Bewohner schwitzen mussten. Nachts war es noch schlimmer, weil sie sich entscheiden mussten zwischen offenen Fenstern mit etwas Abkühlung und Mückenstichen oder geschlossenen Fenstern ohne Mücken, dafür aber mit schweißtreibend warmer, stickiger Luft. Eine Alternative gab es nicht. Entweder wachliegen und Blutsauger jagen oder sich im eigenen Saft wälzen.

Alle hofften auf ein abkühlendes Gewitter. Und es sah auch danach aus, denn als sie sich eine gute Nacht wünschten, erhellte entferntes Wetterleuchten die Zimmer.

Hendriksen hatte sich vollkommen ausgezogen und nur mit einem Bettlaken zugedeckt. Das Laken hatte er bis über den Kopf gezogen, weil ihn das aggressive Gesumme zweier Mücken nervte, er aber zu faul war, um aufzustehen und auf die Jagd zu gehen.

Lizzi wälzte sich von einer Seite auf die andere. Auch sie hatte als Zudecke nur ein Laken genommen. Allerdings hatte sie ein Fenster geöffnet und die Vorhänge davor zugezogen, in der Hoffnung, so die Mücken davon abzuhalten, sie heimzusuchen. Zur Sicherheit hatte sie sich mit einem Mückenschutzmittel eingerieben. Bislang schien es zu wirken. Trotzdem war ihr Schlaf unruhig.

Petra erging es nicht anders. Aber sie fand deshalb keine Ruhe, weil sie sich über die Zukunft Sorgen machte. Immer häufiger kam ihr der Gedanke, alles hinzuwerfen und fortzuziehen. Ihr Vermögen machte sie unabhängig. Aber sie hatte sich in das Schloss und ihre Pläne verliebt. Auch wollte sie nicht gegenüber ihrer Mutter und schon gar nicht vor ihrem Stiefvater eingestehen, dass sie versagt hatte. Es dauerte lange, bevor sie in einen Halbschlaf fiel, in dem sie von Albträumen geplagt wurde. Ratten liefen über ihren Körper, bissen sie an den Armen, den Beinen, in den Bauch, und eine krabbelte bis zu ihrem Gesicht hoch. Sie schrie, schlug um sich, konnte aufspringen und in einen dunklen Gang stürzen. Als sie sich umblickte, sah sie, wie Ratten hinter ihr her rannten. Sie wollte schneller laufen, doch sie konnte nicht. Die erste Ratte hatte sie fast erreicht.

Plötzlich war ihr Zimmer taghell erleuchtet, und gleich darauf krachte es, als würde das Schloss in die Luft gesprengt. Türen und Fenster erzitterten. Petra kreischte. In Panik sprang sie aus dem Bett. Ihre hysterischen Schreie übertönten selbst den nachgrollenden Donner.

Auch Hendriksen war durch den Krach aus dem Schlaf hochgeschossen. Er brauchte einige Sekunden, um sich zu orientieren. *Blitzeinschlag*, ging es ihm durch den Kopf. Er sprang in seine Unterhose, eilte zur Tür und riss sie auf. Ganz deutlich hörte er jetzt Petras Geschrei. In diesem Moment sprang auch Lizzi aus ihrem Zimmer. Bis auf einen Slip war sie nackt. In der Hand hielt sie eine Pistole.

»Was ist passiert?«, stieß sie hervor.

»Blitzeinschlag, ganz in der Nähe.«

»Witzbold! Hörst du nicht, wie Petra um ihr Leben schreit? Das ist nicht nur der Donner!«

»Was meinst du, warum ich hier bin?«

Mit wenigen Schritten waren sie bei der Tür zu Petras Zimmer. Hendriksen donnerte mit der Faust dagegen.

»Bist du okay, Petra? Schließ die Tür auf.«

Außer Gewimmer keine Reaktion.

Hendriksen rüttelte an der Türklinke – nichts.

»Geh weg!«, befahl Lizzi. »Du auch, Petra!«

Sie hob die Pistole, zielte und schoss. Es klang im Flur, als hätte jemand eine Kanone abgeschossen.

Kaum war der Schuss verhallt, trat Hendriksen mit dem Fuß gegen die Tür. Sie schwang nach innen auf. Beide sprangen ins Zimmer und hätten sich dabei fast gegenseitig im Türrahmen gerammt. Petra saß mit vor Angst geweiteten Augen in einer Ecke und wimmerte. Niemand außer ihr war im Zimmer. Hendriksen eilte zu Petra, zog sie hoch und nahm sie in die Arme. Das Gewimmer ging in ein Schluchzen über. Ein zweiter Schuss ertönte. Beide fuhren zusammen, Hendriksen nur für eine Sekunde, dann sah er, wie eine große, fette Ratte auf Petras Bett zuckte und dann still liegen blieb.

»Ganz ruhig, Petra, ganz ruhig. Alles ist vorbei, alles wird gut.« Mit sanfter Stimme versuchte Hendriksen sie zu beruhigen.

»Bring mich hier weg, Marten, bitte. Ich kann keinen Augenblick mehr im Schloss bleiben. Bitte, bitte«, stieß Petra zwischen einzelnen Schluchzern hervor.

»Ist schon gut. Ich bring dich erst einmal hier raus.« Vorsichtig schob er sie zur Tür.

»Bring sie in mein Zimmer«, flüsterte Lizzi.

»Hatte ich auch vor.«

»Was ist hier los? Wer hat geschossen?« Der Hausmeister stand im Gang und stierte auf die kaum bekleideten Frauen.

»Alles in Ordnung. Holen Sie auf dem schnellsten Weg eine Flasche Cognac und drei Gläser«, befahl Hendriksen.

Als Lizzi mit Petra in ihrem Zimmer verschwunden war, eilte er in sein eigenes, zog sich an und griff nach dem Arztkoffer. Er trat gerade in Petras Zimmer, als auch Merzig wieder erschien. Hendriksen nahm ihm Flasche und Gläser ab.

»Gehen Sie in Frau Bolkows Zimmer, zerlegen Sie das Bett und bringen Sie die Teile in den Gang. Dann schaffen Sie die tote Ratte weg und nehmen das blutige Bettzeug mit in den Keller.«

»Was erlauben Sie sich? Ich bin doch nicht Ihr Diener«, protestierte Merzig.

Ein eiskalter Blick aus Hendriksens Augen durchbohrte ihn. »Quatsch! Begreifen Sie nicht, dass wir hier einen Notfall haben?«

»Schon gut«, brummte Merzig und verschwand in Petras Zimmer.

Hendriksen klopfte dezent an Lizzis Tür. »Darf ich reinkommen?«

»Du darfst.«

Hendriksen öffnete die Tür und trat ein. Petra lag auf Lizzis Bett und war mit einem Laken bis unter den Hals zugedeckt.

Lizzi hatte sich einen Jogginganzug übergestreift. Er stellte die Flasche und die Gläser auf einen Sekretär, öffnete seine Arzttasche und entnahm ihr ein Fläschchen, aus dem er unbemerkt zehn Tropfen in ein Glas füllte. Dann goss er in alle drei Gläser eine gute Portion Cognac, gab ein Glas Lizzi und brachte das andere Petra. Danach nahm er selbst das dritte.

»Auf den Schrecken und den guten Ausgang – Prost, auf ex. Das kann unser Magen jetzt vertragen.«

Er passte auf, dass Petra ihr Glas leerte, und nahm es ihr dann aus der Hand. Nach gut fünf Minuten sah er, wie sich ihr Körper zu entspannen begann. Kurz darauf war sie eingeschlafen.

»Hast du ihr ein Beruhigungsmittel gegeben?«

»Ja, sie wird jetzt zwölf Stunden schlafen. Ich denke, sie sollte heute Nacht bei dir bleiben. Merzig baut gerade das Bett auseinander. Wir werden es hier für dich aufbauen. Übrigens ein guter Schuss.«

»Ich war nicht umsonst Bataillonsmeister in Handfeuerwaffen. Und welche Lehre ziehst du daraus? Richtig, in unserem Beruf kann man gar nicht bewaffnet genug sein. Nur mit deinem IQ hättest du die Tür nicht aufgekriegt.«

Hendriksen lächelte. »In diesem einen Fall gebe ich dir ausnahmsweise recht.«

Sobald der Hausmeister die Einzelteile von Petras Bett auf den Flur gestellt hatte, begannen sie das Bett in Lizzis Zimmer aufzubauen. Sie hatten zuvor einen Nachttisch und einen Sekretär zur Seite gerückt. Als sie fertig waren, sagte Lizzi zu ihm: »Warte bei Petra. Ich will kurz in ihr Zimmer gehen und sehen, ob ich Bettwäsche finde.«

Ohne eine Antwort abzuwarten, verließ sie den Raum.

Fünf Minuten später erschien sie mit einem Berg weißer Wäsche auf dem Arm.

»Ich habe alles gefunden, was ich brauche. Was hast du jetzt vor?«

»Ich werde das Schloss inspizieren. Mal sehen, ob der Blitz hier eingeschlagen hat oder sonst etwas beschädigt wurde.«

»Sieh dich bitte vor. Hier scheint alles unter einem bösen Stern zu stehen.«

»Nun fang du nicht auch noch an, Gespenster zu sehen. Aber damit du beruhigt bist, werde ich mich mit dem Elektroschocker bewaffnen. Verschließ die Tür hinter mir und stell einen Stuhl unter die Klinke, damit sie niemand herunterdrücken kann. Wenn ich dich sprechen will, werde ich dreimal klopfen. Zweimal kurz, einmal lang.«

»Meinst du, dass wir noch mit Besuch rechnen müssen?«

»Nein, das halte ich für unwahrscheinlich. Sollte jemand die Ratte ins Zimmer getan haben, um Petra zu erschrecken, dann hat er sein Ziel erreicht und wird keine weiteren Aktionen planen. Petra will das Schloss verlassen. Ich soll sie wegbringen. Jedenfalls hat sie mir das in ihrer Hysterie gesagt. Ich denke, ich werde ihr das wieder ausreden müssen. Während ich weg bin, könntest du dir überlegen, wie die fette Ratte durch die verschlossene Tür ins Zimmer gelangt ist.«

»Klopfe auf jeden Fall, wenn du zurückkommst. Wenn du in zwei Stunden nicht wieder hier bist, starte ich eine Suchaktion.«

»Untersteh dich. Du darfst Petra auf keinen Fall allein lassen. Sollte ich tatsächlich bis dahin nicht wiedergekommen sein, ruf Hermann an. Er soll mit seinen Männern und Nero kommen, um nach mir zu suchen. Du hast doch seine Handynummer?«

»Hab ich.«

»Dann verriegele jetzt die Tür. Schlaf gut.«

»Witzbold! Du glaubst doch nicht, dass ich jetzt schlafen kann.«

Nach einer Stunde hatte er seine Inspektion beendet. Der Blitz hatte nicht im Schoss eingeschlagen. Außer an drei Fenstern, bei denen die Scheiben herausgeflogen waren, hatte er keine Schäden feststellen können. Die Fensterfront lag zum Glück so, dass der noch immer niederprasselnde Regen an den Fenstern vorbeigetrieben wurde.

Er meldete sich mit dem verabredeten Klopfsignal bei Lizzi zurück. Die steckte den Kopf durch den Türspalt und sah erleichtert aus.

»Was machst du jetzt?«

»Ich geh schlafen.«

Der Vorsatz war gut, doch Schlaf fand er nicht. Die Ratte in Petras Zimmer ließ ihm keine Ruhe. Sie war größer und dunkler gewesen als die, die der Rattenfänger erledigt hatte. Auch war sie wohlgenährter. Er hätte sie eher für ein Haustier gehalten als für eine wilde Ratte. Doch wo sollte hier eine Hausratte herkommen, und wie war sie ins Zimmer gelangt? Er wälzte alle möglichen Optionen im Kopf hin und her, bis er der Sache überdrüssig wurde, aufstand und in Petras Zimmer ging.

Vorsichtig, um die Damen im Nachbarzimmer nicht aufzuwecken, kniete er sich auf den Boden und begann systematisch die Bodenpaneele abzusuchen. Es musste irgendwo ein Loch geben, durch das die Ratte ins Zimmer gekommen war. Er fand keines. Er kroch den Weg, den er gekommen war, zurück. An der Außenwand, an der draußen ein halbrunder Turm zur Verzierung angebracht war, gab es einen Riss in der Bodenpaneele. Er suchte weiter und fand einen zweiten Spalt. Den Abstand zwischen beiden Spalten schätzte er auf ungefähr sechzig Zentimeter. Eine Geheimtür? Er ließ den Blick an der Wand emporgleiten, und richtig: An den Stoßkanten zweier Tapeten lief der Riss geradlinig nach oben. Er prüfte die Stelle, die ihm zuerst aufgefallen war. Auch hier verlief zwischen zwei Tapetenbahnen nahezu unsichtbar ein Spalt. Er zog sein Messer aus der Tasche und setzte die scharfe Spitze an den Spalt. Sie ließ sich ein bis zwei Millimeter hineindrücken. Wie aber ließ sich die Tür öffnen? Der Versuch, sie mit Hilfe des Taschenmessers aufzuziehen, misslang.

Es musste irgendwo einen Öffnungsmechanismus geben. Erneut begann er zu suchen, diesmal auf beiden Seiten der Stoßkanten der Tapete, und wurde fündig. Etwa auf Höhe einer normalen Türklinke gab es eine Handbreit rechts neben dem Spalt ein Blütenmuster. Es war ihm nur dadurch aufgefallen, dass der innere Kreis – dort, wo sich die Staubgefäße befanden – etwas dunkler war als bei den Blüten. Es wäre ihm nie aufgefallen, wenn er nicht direkt nach so einem Merkmal gesucht hätte. Er drückte auf die dunklere Stelle. Es gab einen leisen Knacks, und die Tapetentür sprang auf. Sie ließ sich nun problemlos öffnen. Dahinter befand sich ein senkrecht verlaufender Schacht. Stufen aus Schmiedeeisen waren wie bei einer Leiter in der Wand befestigt. Er widerstand der Versuchung, in den Schacht zu steigen. Ohne dass jemand von seinem Vorhaben wusste, erschien es ihm zu riskant.

Kurz entschlossen ging er zu Lizzis Zimmer und klopfte zweimal kurz und einmal lang. Er musste es dreimal wiederholen, bevor er Geräusche im Zimmer vernahm. Leise öffnete sich die Tür und Lizzi steckte ihr verschlafenes Gesicht heraus.

»Was passiert?«

»Zieh dir etwas über und komm mit. Ich muss dir etwas zeigen.«

»Jetzt?«

Hendriksen antwortete nicht. Er hatte sich bereits umgedreht, um aus seinem Zimmer eine Taschenlampe zu holen. *Sicher ist sicher*, dachte er und steckte auch den Elektroschocker in die Hosentasche.

Als er aus dem Zimmer trat, wartete Lizzi bereits auf ihn. Sie hatte sich einen Jogginganzug übergezogen und um ihre roten Haare ein Kopftuch gebunden.

»Was gibt es so Wichtiges, dass du mich aus den schönsten Träumen weckst?«

»Ich brauche dich als Sicherung.«

»Was soll das denn heißen?«

»Ich habe den Weg gefunden, auf dem die Ratte in Petras Zimmer gelangte.«

»Und das konntest du mir nicht am Morgen zeigen?«, fragte Lizzi verärgert.

»Sei nicht so schlafsüchtig. Komm, du wirst staunen.«

Hendriksen ließ Lizzi den Vortritt. Als sie die Tapetentür sah, war ihr Ärger sofort verschwunden.

»Du bist super. Wie hast du die entdeckt? Wo führt sie hin?«

Lizzi beugte sich in den dunklen Schacht.

»Gerade das will ich erkunden, aber ich wollte es nicht ohne deine Hilfe tun – zu gefährlich.«

»Was ist denn mit dir los, plötzlich so vernünftig?« Sie verbesserte sich sofort. »Entschuldige, ist mir so rausgerutscht. Ich finde es gut, dass du mich dazugeholt hast, denn wer weiß, was es da für Überraschungen gibt.«

»Eben, ich rechne zwar nicht damit, aber sicher ist sicher.« Hendriksen nahm die Taschenlampe in den Mund und ließ sich auf die erste Stufe gleiten. Während er hinabstieg, zählte er die einzelnen schmiedeeisernen Tritte. Nach Nummer fünfundzwanzig trat er auf einen Zementboden. Hier gab es eine Tür, die die gleiche Verriegelung aufwies wie die in Petras Zimmer. Er drückte den Riegel nach oben und konnte sie so nach außen öffnen. Sie bewegte sich lautlos in den Angeln – ein Zeichen, dass sie frisch geölt worden war. Er trat in einen kleinen Raum. An zwei Wänden stapelten sich Lebensmittel in Regalen. Auch an der Geheimtür befand sich ein Regal. Es war mit Küchengeräten bestückt.

Im Schein der Taschenlampe sah er eine zweite Tür. Er öffnete sie und befand sich unvermittelt in der Küche. Er verließ sie und untersuchte den Gang. Plötzlich fuhr er zusammen. Ein peitschender Knall von oben. *Pistolenschuss*, durchfuhr es ihn. *Lizzi* … Er stürmte los – nicht über die Geheimtreppe, sondern durchs Treppenhaus.

Kapitel 16

Schon als Hendriksen die Treppe in die Beletage hochsprintete, sah er, dass Lizzi nicht dort stand, wo sie sein sollte. Er stürmte ins Zimmer. Die Tapetentür stand offen, so wie er sie zurückgelassen hatte. Von Lizzi war nichts zu sehen. Dafür bemerkte er Blutflecken am Boden. Panik ergriff ihn. Er flitzte zu dem Zimmer, in dem Petra schlief. Das Bett war leer. Er stürzte zurück auf den Gang, lief ihn entlang und riss dabei alle Türen auf. Die Zimmer waren leer. Er blieb stehen, atmete ein paarmal tief ein, um die aufkommende Panik niederzukämpfen.

»Es hat keinen Sinn, sich in hektische Aktivitäten zu versteigern. Damit ist den Frauen nicht geholfen«, sagte er zu sich selbst.

Er zog sein Smartphone aus der Tasche und rief Hermanns Nummer an. Es dauerte eine Weile, bevor sich eine verschlafene Stimme meldete.

»Hermann, hier Marten. Es ist etwas Unangenehmes passiert. Ich brauche schnellstens eure Hilfe.«

»Jo. Wi sin glieks dor«, war alles, was Hermann sagte.

Hendriksen ging zurück in Lizzis Zimmer, durchsuchte es gründlich, fand aber keine brauchbare Spur. Da er keine Vorstellung hatte, wo er nach den Frauen suchen sollte, prüfte er zunächst den Flur in beide Richtungen. Er hoffte, eine Blutspur – und seien es nur ein paar Tropfen – zu finden. Leider wurde er enttäuscht.

Die einzige Hoffnung, die ihm blieb, war Frau Merzig. Da die Merzigs, wie er annahm, in das Komplott gegen Petra verwickelt waren, hoffte er, sie dazu bewegen zu können, ihm das Versteck der Frauen zu verraten. Es war ihm egal, wie er dieses Ziel erreichte, ob durch Überredung, körperliche Bedrohung oder Erpressung. Es zählte nur das Resultat.

Er eilte zu den drei Zimmern, die die Merzigs bewohnten. Auf sein Klopfen antwortete niemand. Er versuchte die Tür zum Wohnzimmer zu öffnen. Sie ließ sich aufschieben. Laut ihren Namen rufend, betrat er den Raum. Er war leer. Der nächste Raum war ein Schlafzimmer. Ein unangenehmer Geruch hing in der Luft. Hendriksen identifizierte ihn sofort. Seit seiner Studienzeit war Chloroform für ihn ein ständiger Begleiter gewesen. Er hätte selbst geringe Spuren davon wahrgenommen. Das Bett war so zerwühlt, als hätte darin jemand mit den Beinen gestrampelt.

»Auch entführt! Verdammt!«, fluchte er. Sollten die Merzigs doch nichts mit den Geschehnissen zu tun haben? Hatte er dem Hausmeister Unrecht getan? Hendriksen wollte es nicht glauben. Seine Zweifel wurden gleich wieder ausgeräumt, denn im dritten Raum, der offensichtlich als Büro diente, stand auf dem Schreibtisch das Empfangsgerät der Abhöranlage und daneben ein Aufnahmegerät. Obwohl er neugierig war, was dort wohl aufgezeichnet worden war, riss er sich davon los. Er musste sich darauf konzentrieren, die Frauen zu finden. Sein nächster Gedanke war, das Tiefparterre zu durchsuchen. Wenn er Glück hatte, würde seine feine Nase dort Spuren von Chloroform wahrnehmen, vorausgesetzt, die Täter hatten diesen Weg genommen. Einen anderen konnte er sich jedoch kaum vorstellen, denn hätten sie ihre Last zur Haustür hinausgeschleppt, wären sie ihm begegnet. Sie konnten ansonsten nur eine Geheimtreppe oder einen der Dienstbotenaufgänge benutzt haben. Wenig später glaubte er einen Hauch von Chloroform wahrzunehmen, doch in keinem der Räume, die er untersuchte, fand er die Frauen.

Enttäuscht stieg er zur Eingangshalle hinauf. Es war zum Haareraufen. Die Entführer hatten nur Minuten Zeit für ihre Tat gehabt, und doch war es ihm unmöglich, auch nur die kleinste Spur zu finden.

Je länger er nachdachte, desto überzeugter wurde er, dass es auf der Beletage einen geheimen Raum oder eine weitere Geheimtreppe gab, von denen er bislang nichts bemerkt hatte.

Kräftiges Hämmern riss ihn aus seinen Gedanken. Er eilte zur Tür. Hermann, seine Gefährten und Nero standen davor.

»Kommt rein. Ich befinde mich in einer ganz beschissenen Lage«, sagte er statt einer Begrüßung.

»Dat heff wi uns dacht«, sagte Hermann in seiner typischen halb hoch- und halb plattdeutschen Sprechweise. »Wat giff dat denn?«

Erst jetzt bemerkte Hendriksen, wie unhöflich er gewesen war. Er entschuldigte sich und begrüßte die Helfer mit Handschlag. Nero streichelte er den mächtigen Kopf. Der nahm es mit einem tiefen Brummen zur Kenntnis.

Hendriksen führte die Männer in die Küche und erklärte ihnen, was geschehen war. Als er mit der Lageschilderung zu Ende war, sagte Hermann: »Ick glöv dat neech. De finden wi. De könn sech doch neech in Luft aufgelöst haben.«

»Genau so sehe ich es auch«, antwortete Hendriksen, obwohl seine Stimmung nicht so optimistisch war wie seine Worte.

»Wat sollen wi mooken?«, wollte Hinnerk wissen.

»Ich habe mir unsere Suchaktion wie folgt vorgestellt: Du, Hermann, suchst mit Nero den Außenbereich ab, um das Schloss herum, bei der alten Kapelle und bei der Burgruine. Vielleicht gibt es Verstecke, die mir entgangen sind. Möglicherweise spürt Nero sie mit seiner Nase auf. Ich geb dir gleich etwas von Lizzi, an dem er schnüffeln kann. Hinnerk und Kuddel, ihr beiden nehmt euch die Beletage und das Tiefgeschoss vor. Ihr sucht ebenfalls nach geheimen Verstecken.«

»Wi finn se schon«, sagte Hinnerk überzeugt.

»Geht gründlich vor und scheut euch nicht, Wände oder Türen zu beschädigen. Wichtig ist nur eins: die Frauen zu finden. Ich bin über Handy zu erreichen. Ich werde versuchen, jemanden zu finden, der das Schloss und seine Geheimnisse kennt. Wenn ihr das Tiefgeschoss untersucht, denkt daran, dass es hier möglicherweise Verliese gibt, zu denen ich noch keinen Zugang gefunden habe.« Er sah die Männer an, als wollte er sie durch seinen Blick motivieren. »Auf geht's. Ich gebe euch jetzt die Sachen, an denen Nero Witterung aufnehmen kann.«

Als sich die beiden Suchkommandos auf den Weg gemacht hatten, rief er beim *Wilden Keiler* an. Maria meldete sich.

»Hier Dr. Hendriksen. Einen schönen guten Morgen, Maria. Ich würde gerne den Wirt sprechen.«

»Der ist zum Markt nach Görlitz gefahren.«

»Mist! Ich brauche dringend eine Information. Kann ich ihn per Handy erreichen?«

»Unwahrscheinlich. In der Gegend gibt es mehrere Funklöcher. Vielleicht kann ich Ihnen helfen oder mein Vater.«

»Okay, Maria, ich suche jemanden, der das Schloss gut kennt, möglichst sein ganzes Leben dort gearbeitet hat.«

»Opa Jurschick«, antwortete Maria sofort. »Der war dort Mädchen für alles. Hat den Job von seinem Vater übernommen.«

»Das klingt bestens. Wo finde ich ihn?«

»Weiß ich nicht. Ich weiß nur, dass er in einem Pflegeheim ist. Ist schon fast neunzig.«

»Wo das Pflegeheim liegt, weißt du nicht?«

»Nein, aber mein Vater hat seine Adresse. Der ist nämlich mit Karl, seinem Sohn, befreundet.«

»Super! Dann werde ich gleich deinen Vater aufsuchen. Er ist doch hoffentlich zu Hause?«

»Ich denke schon. Sie könnten auch direkt Karl aufsuchen. Der wohnt hier im Ort. Der ist bestimmt zu Hause. Ist nämlich arbeitslos.«

Hendriksen ließ sich von Maria den Weg beschreiben.

Das Haus war das fünfte von der Gastwirtschaft aus gesehen in Richtung Osten. Wie fast alle anderen Häuser des Dorfs war es ein ehemaliges Landarbeiterhaus. Der kleine Vorgarten war gepflegt, das Haus selbst sah etwas angeschlagen aus. Offenbar fehlten dem Besitzer die Mittel, die nötigen Reparaturen auszuführen.

Hendriksen klingelte. Die Tür wurde sofort geöffnet. Wahrscheinlich hatte man sein Kommen vom Wohnzimmerfenster aus gesehen.

»Guten Morgen, Herr Dr. Hendriksen«, begrüßte ihn ein Mann um die Fünfzig.

»Nanu, woher kennen Sie mich denn?«

»Maria hat gerade angerufen und Sie angekündigt. Außerdem war ich auf dem Dorffest am Schloss. Doch bitte kommen Sie herein. Meine Frau hat schon Kaffee aufgesetzt.«

»Sie verblüffen mich, Herr …«

»Sagen Sie ruhig Karl zu mir. Das sagen alle.«

»Sie verblüffen mich mit Ihrer Gastfreundschaft, Karl. Ich sage dafür herzlichen Dank.«

Karl hatte ihn, während sie sprachen, in die Wohnstube geführt. Sie war gemütlich eingerichtet, die Polstermöbel abgewohnt, aber alles machte einen sauberen Eindruck.

»Bitte setzen Sie sich, Herr Doktor.« Karl zeigte auf einen Stuhl an einem runden Esstisch, der in der Mitte des Zimmers stand.

Hendriksen bedankte sich und nahm Platz.

»Was kann ich für Sie tun? Maria hat etwas angedeutet, aber schlau bin ich daraus nicht geworden.«

Bevor Hendriksen antworten konnte, trat eine Frau, ebenfalls um die Fünfzig, ins Zimmer. In der Hand trug sie eine Thermoskanne und ein Tablett mit Tassen, Milchkännchen und einer Zuckerdose.

Hendriksen stand bei ihrem Eintreten auf. »Guten Morgen, Frau … Ihr Mann wollte mir Ihren Nachnamen nicht verraten.«

»Koban, Herr Doktor, aber nennen Sie mich bitte Gerda.«

»Gerda, ich bedanke mich ganz herzlich für Ihre Gastfreundschaft.«

»Danke, Herr Doktor, das mache ich doch gerne.«

Sie servierte den beiden Männern den Kaffee und wollte sich danach zurückziehen.

»Wollen Sie nicht mit uns Kaffee trinken?«, fragte Hendriksen.

Gerda sah ihren Mann fragend an.

»Kommen Sie schon. Mit einer Frau wie Ihnen am Tisch ist es viel gemütlicher«, forderte Hendriksen sie auf.

Zögernd zog sie einen Stuhl unter dem Tisch hervor. Anscheinend war sie es nicht gewohnt, mit am Tisch zu sitzen, wenn ihr Mann Besuch hatte.

Hendriksen wartete, bis auch sie sich Kaffee eingeschenkt hatte. Dann kam er auf sein Anliegen zu sprechen.

»Ich habe gehört, dass Ihr Vater lange auf dem Schloss gearbeitet hat. Ich suche jemanden, der sich dort sehr gut auskennt und sich auch an mögliche geheime Zimmer, Gänge oder Verliese erinnert. Wir vermissen eine Frau und haben die Befürchtung, dass sie durch Zufall in eines dieser Verstecke geraten ist, sich selbst eingeschlossen hat und nun nicht mehr herauskommt. Denken Sie, Ihr Vater könnte mich bei der Suche unterstützen?«

»Das glaube ich nicht. Vaddern ist viel zu tüttelig – Demenz. Er erkennt mich schon …«

»*Du* kannst doch dem Herrn Doktor helfen«, unterbrach ihn seine Frau. »Du kennst doch alle Schliche da oben.«

»Da oben?« Hendriksen sah Gerda fragend an.

»Wir sagen immer da oben, wenn wir das Schloss meinen.« Sie sah ihren Mann an. »Nun sag du auch mal was.«

»Gerdi hat schon recht. Ich war schon als kleiner Junge da oben, zusammen mit meinem Vaddern. Als ich größer war, hab ich ihm bei seinen Arbeiten geholfen. Es gab eine ganze Menge Schlupfwinkel, aber die wurden nach der Wende alle zugemauert.«

»Eine geheime Treppe habe ich gefunden. Sie führte in eines der Zimmer.«

»War die in so'm falschen Turm?«

»Ja.«

»Ich dachte, die wär' auch verrammelt. Haben sie wohl vergessen.«

»Gibt es ein Verlies unterhalb des Tiefparterres?«

»Sogar mehrere. War echt gruselig da unten. Da sollen die Russen und später die Stasi ihre Gefangenen gefoltert haben. Nach der Wende wurden die Zugänge dichtgemacht.«

»Könnte es noch einen geheimen Zugang geben?«

»Ich weiß nicht. Möglich wäre es schon. Es gab jedenfalls mal zwei.«

»Karl, Sie sind mein Mann. Kann ich Sie gleich mitnehmen?«

Bevor Karl antworten konnte, klingelte Hendriksens Smartphone.

»Einen Augenblick.« Er gab Karl ein Handzeichen.

»Was gibt's, Hermann?«

»Ich glöv, wi heff den Hausmeister gefunden.«

»Sehr gut! Wo?«

»He hängt an een Blutbuche.«

»Lass die Witze!«

»Nee, Chef, dat is keen Witz. Du kommst am beten hierher. Wat schüll ick tun?«

»Tot?«

»Töter geit neech mehr.«

»Wo genau?«

»Bi de ollen Kapelle.«

»Nichts anfassen. Den Ort bewachen. Niemand an den

Unglücksort heranlassen. Ich bin in zehn Minuten da.«

»Geit klor, Chef.«

Hendriksen wandte sich an das Ehepaar. »Wie sieht es aus? Ich muss zum Schloss zurück. Kann ich Sie mitnehmen?«

»Ja, ich ziehe mir nur Schuhe an.«

Fünf Minuten später saßen sie im Van und rasten zum Schloss hoch.

Hermann erwartete ihn vor der Rotbuche bei der Kapelle. Nero saß neben ihm.

»Sie bleiben am besten im Auto«, wies Hendriksen Karl an.

»Wo?«, fragte er Hermann, nachdem er ausgestiegen war.

Hermann hielt die Zweige auseinander. »Door, Chef.«

Hendriksen ging in die Blätterlaube. Wie Hermann bereits mitgeteilt hatte, war es Hausmeister Merzig. Er hing an einem dicken Ast etwa einen Meter über dem Boden. Unter seinen Füßen lag ein Holzklotz. Obwohl Hendriksen als Gerichtsmediziner schon viele Tote gesehen hatte, lief ihm ein Schauer über den Rücken. Seine schon fast vergessene Leichenallergie machte sich wieder bemerkbar. Die Hände wurden feucht. Trotzdem zwang er sich, am Unglücksort zu bleiben, zog sein Smartphone aus der Tasche und fotografierte die Leiche und den Unglücksort aus verschiedenen Perspektiven. Dann zwängte er sich wieder durch die bis zum Boden hängenden Zweige.

»Selbstmord?«, fragte Hermann.

Hendriksen zuckte mit den Schultern. Er nahm sein Smartphone wieder zur Hand und wählte eins-eins-null. Die Polizei aus Bad Muskau meldete sich.

»Ich habe einen Toten zu melden«, sagte er und gab seinen Namen und den Standort durch.

»Bleiben Sie vor Ort und rühren Sie nichts an«, wies ihn die Polizistin in der Leitstelle an.

»Warte hier, Hermann. Die Polizei kommt. Ich fahre zum Schloss rüber.«

»Klor, Chef.«

Vor dem Schloss parkte er an seiner gewohnten Stelle. Karl und er stiegen aus.

»Jetzt hoffe ich, dass wir mit Ihrer Hilfe die drei entführten Frauen finden.«

Karl blieb vor Verblüffung auf der Treppe stehen. »Sagten Sie *drei* Frauen – entführt?«

»Leider ist es so. Praktisch vor meinen Augen entführt, und ich habe von ihnen nicht den Hauch einer Spur gefunden. Deshalb suche ich nach einem Kenner des Schlosses.«

Während sie weiter hochstiegen, erzählte Hendriksen Karl in knappen Worten, was vorgefallen war.

»Ich habe es bei Ihnen zu Hause nicht gesagt, weil ich nicht wollte, dass es im Dorf bekannt wird«, entschuldigte er sich.

»Das war auch gut so. Gerdi ist ja eine herzensgute Frau, doch ein Geheimnis erzählt sie sofort ihrer besten Freundin. Natürlich lässt sie sie schwören, nichts weiterzuerzählen. Aber Sie können sicher sein, eine Stunde später weiß es das ganze Dorf.«

»So, jetzt beginnt Ihre Aufgabe. Zunächst suchen wir meine Mitarbeiter, die gerade dabei sind, das Schloss auseinanderzunehmen. Ich glaube, ich höre sie im Tiefparterre hämmern. Kommen Sie.«

Hendriksen führte Karl eine Etage tiefer. Hier waren Hinnerk und Kuddel dabei, eine Wand mit Hammer und Meißel zu bearbeiten. Sie waren so in die Arbeit vertieft, dass sie Hendriksen erst bemerkten, als er hinter ihnen stand.

Hinnerk richtete sich auf. »Wi heff keen Geheemversteeck neech funnen.«

»Und weshalb nehmt ihr hier die Wand auseinander?«

»Tünkram, de Wand hier is neu, und da heff wi dacht, wi kiek mal, wat dorhinner is.«

»Okay, hört jetzt damit auf.« Er fasste Karl an der Schulter. »Das ist Karl. Er kennt das Schloss wie seine Westentasche. Mit seiner Hilfe werden wir die Frauen hoffentlich finden. Karl, das sind Hinnerk und Kuddel, zwei ganz gewiefte Hamburger Jungs. Und nun an die Arbeit. Ich muss wieder nach draußen. Hermann hat die Leiche des Hausmeisters gefunden. Ich will dort sein, wenn die Polizei kommt.«

Hendriksen eilte nach draußen. In der Ferne hörte er eine Polizeisirene. Als er Hermann erreicht hatte, bog gerade ein Streifenwagen ums Schloss. Offenbar kannten sie das Gelände und wussten, wo die alte Kapelle lag. Ein älterer Polizeibeamter und eine junge Polizistin stiegen aus.

»Haben Sie einen Toten gemeldet?«, fragte der ältere Beamte. An den Sternen auf der Schulterklappe sah Hendriksen, dass es sich um einen Polizeihauptwachtmeister handelte.

»Ja, habe ich.«

»Wo befindet sich die Leiche?«

»Unter den Ästen der Buche.« Hendriksen schob die Zweige der Blutbuche auseinander.

»Haben Sie sie gefunden?«

»Nein, Hermann, mein Mitarbeiter, oder noch genauer, es war Nero, sein Hund. Stimmt doch, Hermann, oder?«

»Jo, dat war Nero.«

»Dann treten Sie jetzt zurück und nähern sich nicht mehr dem Fundort.«

Hendriksen und Hermann gingen ein Stück Richtung Schloss.

Die beiden Polizisten verschwanden unter dem Blätterdach. Kurze Zeit später erschienen sie wieder. Die Frau sah bleich im Gesicht aus.

Der Hauptwachmeister wandte sich an Hendriksen. »Waren Sie am Fundort?«

Blödsinnige Frage, dachte Hendriksen. *Wie hätte ich wohl sonst den Toten melden können?* Trotzdem antwortete er sachlich: »Ja, sowohl ich als auch mein Mitarbeiter.«

»Haben Sie etwas angefasst?«

»Außer den Zweigen der Buche nichts. Ich denke, mein Mitarbeiter auch nicht. Wir beide wissen, wie man sich bei einem Mord zu verhalten hat.«

»Wie kommen Sie darauf, dass es Mord und nicht Selbstmord war?«

»Um Ihnen das zu erklären, müssen wir unter die Zweige.«

»Gut, bleiben Sie aber so weit wie möglich von der Leiche entfernt. Nicht, dass Sie mit Ihren Schuhen Spuren verwischen.«

»Keine Sorge.«

Der Hauptwachtmeister hielt die Zweige zurück, so dass Hendriksen in die Blätterhöhle eintreten konnte.

»Nun?« Der Polizist sah ihn herausfordernd an.

»Wie hoch, schätzen Sie, hängen die Füße über dem Boden?«

»Etwa einen Meter.«

»Das ist auch meine Schätzung. Und wie soll er denn Ihrer Meinung nach Selbstmord begangen haben?«

»Sehr einfach, er hat die Schlinge an dem Ast befestigt, ist auf den Holzblock gestiegen, hat sich die Schlinge um den

Hals gelegt und dann den Holzklotz mit dem Fuß weggestoßen.«

Hendriksen nickte. »Genauso sollte es aussehen – so war es aber nicht. Wie hoch schätzen Sie den Holzklotz?«

»Sechzig Zentimeter, könnten auch sieb…« Er hielt inne. Hendriksen sah, dass ihm ein Licht aufging.

»Das ist ja unmöglich.«

»Sie sagen es. Es stimmt aber noch etwas anderes nicht. Wenn der Mann – es ist übrigens der Hausmeister des Schlosses, Eduard Merzig – auf dem Holzklotz gestanden hätte, müsste es unter den Füßen des Toten einen Abdruck des Klotzes geben. Sehen Sie einen?«

Der Hauptwachtmeister musterte den Boden eingehend. Dann schüttelte er den Kopf. »Es gibt keinen.«

»Richtig, und ich will Ihnen noch etwas verraten. Damit können Sie bei der Kripo punkten. Der Mann war schon tot, als der oder die Täter ihn aufhängten. Wir befinden uns damit nicht am Tatort.«

Der Hauptwachtmeister sah Hendriksen argwöhnisch an. »Woher wissen Sie das alles?«

»Gegenfrage. Wie viele Erhängte haben Sie schon gesehen?«

»Eine ganze Menge.«

»Dann bin ich erstaunt, dass Sie es nicht selbst bemerkt haben. Haben Sie schon einmal einen Erhängten gesehen, der die Augen geschlossen hat, als würde er schlafen? Auch sein Mund ist zu.«

»Sie haben recht. Dass ich das nicht bemerkt habe.«

»Und noch etwas. Nehmen Sie mal Ihre Taschenlampe und leuchten auf den Hals des Toten.«

Der Hauptwachtmeister tat wie geheißen.

»Ich will Sie nicht auf die Folter spannen. Sehen Sie den dünnen roten Strich am Hals, genau über dem Strick?«

»Ja.«

»Das ist das typische Merkmal, wenn einer mit einem dünnen Drahtseil erdrosselt wird.«

Der Hauptwachtmeister stellte sich so, dass Hendriksen ihm nicht entfliehen konnte.

»Langsam kommen Sie mir verdächtig vor. Sie wissen mir zu viel – Sachen, die nur der Täter wissen kann.«

Hendriksen lachte. »Erklären Sie mir, wie ich bei meiner Statur den Riesen da hinaufbekommen hätte.«

»Natürlich mit Komplizen.«

»Ich will Sie beruhigen. Bis vor gut einem Jahr war ich Rechtsmediziner am bekannten Hamburger Institut für Rechtsmedizin und Forensik bei Professor Dr. Silke Moorbach. Sie haben meinen Namen, rufen Sie dort an und lassen sich meine Angaben bestätigen.«

Kapitel 17

Heftige Kopfschmerzen ließen Lizzi erwachen. Stöhnend öffnete sie die Augen. Sehen konnte sie nichts, alles war schwarz. In Panik rieb sie sich die Augen. Es half nichts, es blieb dunkel. Sie atmete tief ein und aus. Der Druck im Kopf wurde dadurch stärker, doch die panische Angst, erblindet zu sein, ließ nach. Sie ahnte, dass die Dunkelheit nichts mit ihren Augen zu tun hatte, sondern mit dem stockfinsteren Raum.

Trotz der heftigen Kopfschmerzen wurden ihre Gedanken klarer. Sie erinnerte sich, auf Hendriksen gewartet zu haben, als sie ein Geräusch hinter sich hörte. Sie hatte instinktiv geschossen und dann einen Schlag auf den Kopf bekommen. Keine Amnesie. *Gut*, durchfuhr es sie.

Sie wollte mit den Händen nach der Wunde am Kopf tasten. Unmöglich! Kabelbinder hielten die Handgelenke zusammen. Sie bewegte ihre Füße. Das ging. Gut, nicht gefesselt. Mit den Füßen tastete sie umher und stieß an eine Wand. Mühsam drehte sie sich in die Richtung, bis sie sie mit den Händen spüren konnte. Sie presste den Rücken dagegen und schob sich Zentimeter für Zentimeter hoch. Während sie das tat, tastete sie mit den Fingern die Wand ab. Sie war gemauert und nicht verputzt. Mörtel hatte sich aus den Fugen gedrückt. Die raue Oberfläche brachte sie auf eine Idee. Sie tastete nach einer besonders vorstehenden und zackigen Stelle und rieb, ohne großen Druck auszuüben, den Kabelbinder, der die Hände zusammenhielt, über die Fläche. Auch als sie die Handgelenke wund rieb, zwang sie sich, weiterzuarbeiten, bis der Kabelbinder durchgescheuert war. Erleichtert atmete sie auf. Im Vollbesitz ihrer körperlichen Kräfte fühlte sie sich sicherer.

Ein Geräusch ließ sie zusammenfahren. Es klang, als würde sich jemand auf einer Matratze wälzen. Sollte hier noch jemand gefangen sein?

»Ist da jemand?«, fragte sie halblaut. Keine Antwort.

Das Geräusch schien von der gegenüberliegenden Seite gekommen zu sein und wiederholte sich nun. Sie tastete sich an der Wand entlang, um eine Ecke, schob sich weiter, passierte eine Tür, eine weitere Ecke und stieß dann mit dem Fuß gegen etwas Weiches. Sie ließ sich auf die Knie nieder und tastete mit den Händen danach. Es fühlte sich tatsächlich an wie eine Matratze. Sie tastete weiter und spürte einen nackten Fuß. Klein – ein Frauenfuß. Er fühlte sich warm an und konnte somit keiner Toten gehören.

»Hilfe!«, schrie in diesem Moment eine Frauenstimme angstvoll.

Lizzi erkannte sie. »Psst! Ruhig, Petra. Ich bin's, Lizzi.«

»Mein Gott, wo sind wir?«

»In irgendeinem Keller. Man hat uns gestern Nacht entführt. Bist du verletzt?«

»Nein, ich glaube nicht. Meine Hände sind mit irgendetwas zusammengebunden.«

»Kabelbinder. Ich will sehen, ob ich dich befreien kann. Dreh dich nach rechts, damit ich an deine Hände kommen kann.«

Lizzi tastete sich nach oben, bis sie die Handgelenke mit dem Kabelbinder fühlen konnte. Es dauerte eine Weile, bis sie die Verbindung öffnen konnte.

»Es wird gleich wehtun, aber ich muss den Kabelbinder weiter anziehen, um ihn lösen zu können.«

Ohne weitere Vorwarnung zog sie das lose Ende an, drehte es und schob es zurück. Petra stöhnte kurz auf, doch dann merkte sie, dass sie die Arme frei bewegen konnte. Sie richtete sich in eine sitzende Position auf. Lizzi setzte sich neben sie.

»Und jetzt? Was machen wir jetzt?«, fragte Petra.

»Keine Ahnung. Aber irgendwann wird jemand kommen, der nach uns sieht, und den werden wir entsprechend empfangen. So lange müssen wir warten, fürchte ich.«

»Und wenn nicht?« Petras Stimme zitterte.

Lizzi spürte förmlich ihre Angst. »Keine Sorge, Marten wird uns suchen. Auf ihn können wir uns hundertprozentig verlassen.«

»Wer weiß, ob er uns findet. Hier gibt es sicher Verliese, von denen keiner eine Ahnung hat.«

»Nun reiß dich zusammen, Petra. Wenn die Scheißkerle, denen wir dieses Loch verdanken, es gefunden haben, dann findet Marten es erst recht. Und jetzt Kopf hoch.«

Hendriksen war ins Schloss zurückgegangen. Die Sorge um Petras und Lizzis Schicksal machte ihn nervös. Nur mit Mühe konnte er mit dem Polizeihauptkommissar sprechen. Unruhe zu zeigen, hätte nur zu Nachfragen geführt, und eine Beteiligung der Polizei wollte er in diesem frühen Stadium der Entführung vermeiden. Sie hätten ihm die Initiative aus der Hand genommen und ihn ins Abseits geschoben. Ihr Handeln wäre bestimmt von Gesetzen, Vorschriften, Anweisungen. Er und sein Team hingegen kannten nur ein Ziel: die Frauen zu befreien, egal, wie viele Gesetze sie dabei übertreten müssten.

Als er ins Tiefparterre kam, war von seinen Männern nichts zu sehen. Ihren Plan, ein Loch in die Wand zu stemmen, hatten sie aufgegeben. Dafür sah er an der Wand einen Pfeil, der zum Ende des Gangs wies. Vor der letzten Tür an der rechten Seite fand er einen weiteren Pfeil, diesmal abgewinkelt. Er zeigte an, dass er in den nächsten Raum gehen sollte, jedenfalls nahm Hendriksen das an. Der Raum war die reinste Rumpelkammer. Alles, was nicht mehr benötigt wurde, hatte man hier deponiert. Ein weiterer Pfeil zeigte ihm, dass er in eine Lücke treten sollte. Sie entpuppte sich als ein schmaler Gang, der sich durch das Gerümpel schlängelte. Ohne den Pfeil hätte er ihn niemals bemerkt. Der Gang endete bei einer Luke im Boden. Sie war aufgeklappt, eine Stiege führte nach unten. Er hörte, wie jemand an eine Tür hämmerte.

»Hinnerk, seid ihr da unten?«

»Jo.«

»Habt ihr die Frauen gefunden?«

»Jo.«

»Verdammt Hinnerk, sei nicht so maulfaul. Sag, was los ist.«

»De sin hier hinner ner Döör.«

»Und?«

»Dat is ’ne Iesendöör. Wi krieg se neech up.«

In dem Moment hörte er Schritte hinter sich und einen

hastigen Atem, so als wenn jemand gerannt wäre. Hendriksen drehte sich blitzschnell um.

»Lassen Sie mich vorbei«, rief Karl ihm zu. »Ich habe eine Akkubohrmaschine geholt. Wir müssen das Schloss aufbohren. Anders kriegen wir diese Tür nicht auf.«

Hendriksen stieß einen erleichternden Seufzer aus. Er wollte Karl folgen und war bereits zur Hälfte die Stiege herabgestiegen, als er innehielt. »Dummkopf«, murmelte er. Er drehte sich um und stieg die Stiege wieder hoch, um auf sein Zimmer zu eilen. Er nahm den Arztkoffer und eine Taschenlampe und flitzte zurück.

Er sah, dass die Männer fast am anderen Ende des Gangs beim Schein einer Taschenlampe am Schloss der Tür arbeiteten. Als er ankam, hatte Karl das Schloss aufgebohrt und die Tür aufgezogen. Petra stürzte heraus und fiel direkt in Hinnerks Arme. Lizzi folgte ihr, zeigte aber vor den Männern nicht, wie aufgewühlt sie war.

»Bin ich froh, euch wiederzusehen«, sagte Hendriksen mit einem erleichterten Seufzer.

»Mir geht es nicht anders, obwohl ich sicher war, du würdest uns finden.«

Hendriksen drückte wortlos ihren Arm. »Jetzt lass mich deine Wunde untersuchen.« Er beleuchtete Lizzis Kopf mit der Taschenlampe. »Du kannst dir nicht vorstellen, was für einen Schreck ich bekam, als ich Blut vor der Geheimtreppe sah. Wieso hast du dich überrumpeln lassen?«

»Weil ich mich wie ein Anfänger benommen habe. Als ich längere Zeit nichts von dir hörte, bin ich zur Geheimtreppe gegangen und habe den Schacht hinuntergeschaut, konnte aber den Schein deiner Taschenlampe nicht sehen. Ich hatte

Angst, dir könnte etwas passiert sein, und wollte gerade nach dir rufen, als ich ein Geräusch hinter mir hörte. Ich drehte mich um und konnte gerade noch die Pistole ziehen und einen ungezielten Schuss abgeben, als mich ein Schlag traf. Als ich aufwachte, befand ich mich in diesem Verlies. Wo sind wir hier?«

»Im eigentlichen Keller, direkt unter dem Tiefparterre. Wir hätten den Zugang nicht so schnell gefunden, wenn ich nicht Karl getroffen hätte, der sich auf dem Schloss bestens auskennt.«

Während sie sich unterhielten, hatte Hendriksen die Kopfwunde untersucht. Die Haut war von der Stirn bis oberhalb des Ohrs eingerissen. Wenn Lizzi keine unschöne Narbe behalten wollte, musste sie genäht werden.

Petra wollte ihm ebenfalls danken, doch Hendriksen winkte ab. »Es ist ausschließlich Karls Verdienst. Der Dank gehört ihm.«

»Dann muss ich mir überlegen, wie ich Ihnen danken kann«, erwiderte Petra an Karl gewandt.

»Ich hätte da eine Idee«, meinte Hendriksen. »Doch zuerst lasst uns diesen ungastlichen Raum verlassen. Ich glaube, wir könnten jetzt alle einen süßen, heißen Tee mit Rum vertragen.« Er wandte sich an Karl: »Bringen Sie die Damen in die Küche und bleiben Sie bei ihnen. Ich muss noch etwas mit Hinnerk und Kuddel besprechen. Aber lassen Sie sie nicht eine Minute aus den Augen. Am besten, Sie bewaffnen sich mit einem Stock oder Stuhlbein. Oben in der Rumpelkammer gibt es genug Stühle. Brechen Sie ein Stuhlbein ab und gebrauchen es, falls sich ein unbekanntes Gesicht blicken lässt. Verstanden?«

»Keine Sorge, ich werde die Frauen beschützen.«

»Sehr gut. Es wird nicht lange dauern, dann bin ich bei euch.«

Während Karl die Frauen nach oben brachte, wandte sich Hendriksen an Hinnerk und Kuddel.

»Ich suche noch jemanden. Es ist die Frau des Hausmeisters, den Hermann an der Buche bei der Kapelle gefunden hat. Sie muss etwa zur gleichen Zeit verschwunden sein wie Lizzi und Petra. Es könnte gut sein, dass sie auch in einem dieser Löcher steckt. Sucht nach ihr. Solltet ihr sie finden, bringt sie in ihre Wohnung und bewacht sie. Einer von euch sagt mir dann unauffällig Bescheid. Alles klar?«

»Jo.«

»Hinnerk, ich bin immer wieder erstaunt, wie wortgewaltig du bist.« Hendriksen wandte sich um und ging nach oben. Er wollte in die Küche eintreten, doch die Tür war verschlossen.

»Seid ihr da drinnen?«

»Einen Augenblick, ich schließe auf«, hörte er Lizzi. »Es war Karls Idee, dass wir uns verbarrikadieren«, erklärte sie ihm.

»Sehr gut gemacht, Karl. Sie sind gut zu gebrauchen. Und jetzt könnte ich einen Tee mit etwas Starkem vertragen.«

»Ist schon auf dem Weg«, sagte Lizzi, die den Küchendienst übernommen hatte.

Hendriksen setzte sich neben Petra und legte ihr fürsorglich den linken Arm um die Schulter. »Bei dir wird es nie langweilig. Ich beneide dich direkt.«

Petra sah ihn empört an. Ihre Züge entspannten sich jedoch schnell wieder, als sie sein verschmitztes Lächeln sah.

»Darauf kann ich vollkommen verzichten. Ich liebe es, wenn alles um mich herum ruhig und geordnet ist.«

»Und dann willst du dein Schloss zu einer Oase der Erholung für die Reichen und Schönen umbauen? Dann ist es auf jeden Fall vorbei mit der Ruhe.«

Petra wollte antworten, doch Hendriksen ließ sie nicht zu Wort kommen. Er beugte sich zu ihr und flüsterte ihr ins Ohr: »Wenn du Karl danken willst, dann mach ihn zum Hausmeister. Er ist für diesen Job geeignet. Und vielleicht kannst du seine Frau zur Haushälterin machen.«

»Und was mache ich mit den Merzigs?«

»Darüber brauchst du dir keine Sorgen mehr zu machen. Er ist tot.«

»Tot? Du?«

»Zu viel der Ehre. Er wurde ermordet. Deshalb schwirrt hier auch die Polizei herum. Sie wird sich sicher gleich melden.«

»Was ist mit Hilde?«

»Verschwunden. Meine Männer suchen nach ihr.«

Petra hatte Tränen in den Augen. »Ich verstehe das alles nicht. Was geht hier vor?«

»Gedulde dich noch etwas, dann haben Lizzi und ich den Fall aufgeklärt und du kannst hier wieder in Frieden leben.«

»Ich weiß nicht, ob ich hier überhaupt noch leben will.«

»Unsinn, in ein paar Tagen ist alles vorbei, und dann, hoffe ich, kannst du dein Projekt ohne Störungen aufbauen. Wenn wir den Fall aufgeklärt haben, dann wird dir auch die Bank den Kredit bewilligen, auf den sie zurzeit noch die Hand hält.«

Hendriksen klopfte ihr ermutigend auf die Schulter und

stand auf. Er winkte Lizzi, ihm nach draußen zu folgen. Auf dem Flur fragte er: »Hast du deinen Angreifer erkannt?«

»Nicht wirklich. Es ging alles sehr schnell. Das Einzige, was ich sah, war eine Cordhose mit breitem Aufschlag.«

»Einer von den Zimmerleuten?«

»Möglich. Der Hose nach ja, aber ich kann mich genauso gut irren.«

»Okay, lassen wir es für den Augenblick. Jetzt, wo unsere Rentnergang hier ist, werden wir sie bald ausgeräuchert haben. Jetzt lasse ich dich ins Krankenhaus bringen. Wir wollen doch nicht, dass dein Rotschopf durch eine Narbe entstellt wird. Karl wird das tun. Komm aber nicht auf den Gedanken, lange krank zu spielen.«

»Wenn ich dich nicht schon seit einem Jahr kennen würde, würde ich sagen, die bist ein ausgesprochener Fiesling.«

»Endlich mal ein wahres Wort. Aber nun ab ins Krankenhaus.«

Hendriksen bat Karl, Lizzi ins nächste Krankenhaus zu fahren. Als der auf dem Weg zur Tür an ihm vorbeiging, murmelte er: »Danke.«

Er blieb mit Petra in der Küche zurück. Bei einer weiteren Tasse Tee erzählte er ihr, was mit dem Hausmeister und seiner Frau passiert war, und berichtete von Lizzis Verdacht, dass es die als Zimmerleute getarnten Männer gewesen sein könnten. Allerdings ging er davon aus, dass sie nur Handlanger und von jemandem von außen beauftragt worden waren. Wer der Auftraggeber sein mochte und warum er zu so drastischen Mitteln griff, wusste er noch nicht. Er hoffte jedoch, von Frau Merzig mehr zu erfahren – sobald Hinnerk und Kuddel sie gefunden hatten. Petras Reaktion war wie erwartet. Sie begann zu schluchzen. Hendriksen nahm sie in seine Arme und streichelte ihr sanft das Haar. Er ließ sie weinen, ohne sie mit Worten zu stören. Bislang hatte sie unter Schock gestanden und sich mehr mechanisch als durch eigenen Willen aufrecht gehalten. Doch jetzt war die Starre von ihr gewichen und die körperliche und geistige Anspannung löste sich mit einer Flut von Tränen.

»Ist hier jemand?«, rief eine weibliche Stimme aus der Eingangshalle. »Hallo, hier ist die Polizei, bitte melden Sie sich.«

»Wir sind unten im Keller«, rief Hendriksen und ging zur Treppe.

Eine Frau in Zivil und ein junger Mann kamen ihm entgegen.

»Ich bin Kriminaloberkommissarin Tina Engels von der Kripo Bad Muskau«, stellte sie sich förmlich vor. »Und dies ist mein Kollege Kriminalkommissar Hammerstein. Wir hätten ein paar Fragen an Dr. Hendriksen und Frau Bolkow.«

»Ich bin Dr. Hendriksen«, sagte er, ohne durch irgendetwas zu erkennen zu geben, dass sie sich kannten. Offenbar wollte Tina in Gegenwart ihres Kollegen keine persönlichen Gefühle in die offizielle Untersuchung des Mordes einfließen lassen. Hendriksen konnte sie gut verstehen und reagierte entsprechend. »Bitte kommen Sie mit.«

Er führte sie in die Küche und stellte die Kriminalbeamten Petra vor. Die hatte die kurze Zeit genutzt, um die Spuren ihres Weinkrampfs zu verwischen.

»Darf ich Ihnen eine Erfrischung anbieten?«, fragte sie.

Die Kriminalbeamten verneinten und vernahmen zuerst Hendriksen, danach Petra. Durch Hendriksens Befragung erhielt Petra einen Einblick, was er während ihrer

Entführung geleistet hatte, und drückte ihm wiederholt dankbar den Arm. Sie selbst konnte nur wenig zum Sachverhalt von Eduard Merzigs Ermordung beitragen. Dass auch Frau Merzig verschwunden war, erwähnte Hendriksen nicht.

Nach einer Stunde war die Vernehmung zu Ende. Sie hatte nicht zur Aufklärung beigetragen. Petra und Hendriksen wurden aufgefordert, sich am nächsten Tag um elf Uhr im Polizeipräsidium einzufinden, um das Protokoll zu unterzeichnen. Lizzi sollten sie zur Vernehmung mitbringen, sofern sie aus ärztlicher Sicht dazu fähig sei. Kurz darauf verließen die Beamten samt Leiche das Schloss.

Als die Polizei gegangen war, umarmte Petra Hendriksen. »Du bist ein ganz Lieber. Ich danke dir für dein Verständnis.«

Gemeinsam gingen sie nach oben. Hier war es mit der Zweisamkeit dann vorbei. Petras Stiefvater stand in der Halle und begrüßte seine Tochter mit freundlicher Zurückhaltung. Offenbar wollte er jede Provokation vermeiden. Hendriksen betrachtete er mit sichtlichem Missfallen und bedachte ihn nur mit einem knappen »Guten Tag«.

Hendriksen wollte sich zurückziehen, doch Petra bat ihn zu bleiben, was ihrem Stiefvater nicht zu gefallen schien.

Petra gab sich einen Ruck. Trotz der Aversion gegen Brüning-Bolkow wollte sie sich nicht nachsagen lassen, eine unhöfliche Hausherrin zu sein.

»Darf ich dir eine Erfrischung anbieten? Einen Kaffee oder einen Tee oder lieber etwas Kaltes?«

»Für einen Kaffee wäre ich dankbar.«

»Dann komm mit in die Küche.«

»Hast du dir immer noch keinen Salon eingerichtet? Die

Küche scheint mir für eine Schlossherrin nicht angemessen.« Ihr Stiefvater schüttelte missbilligend den Kopf.

Petra antwortete nicht darauf. Sie hatte sich umgedreht und ging voraus zur Kellertreppe. Als sie merkte, dass Hendriksen nicht folgte, wandte sie sich zu ihm um und bat ihn mitzukommen.

»Ich hätte gerne etwas mit dir persönlich besprochen«, warf ihr Stiefvater ein. »Vielleicht können wir währenddessen auf Herrn Dr. Hendriksen verzichten.« Schnell fügte er hinzu: »Bitte verstehen Sie mich richtig, Herr Doktor, das ist nicht gegen Sie persönlich gerichtet. Es handelt sich hier um eine Angelegenheit, die nur Petra, ihre Mutter und mich betrifft.«

Hendriksen zuckte gleichgültig mit den Schultern. »Es besteht kein Grund, sich zu entschuldigen. Ich folgte nur Petras Bitte. Wenn sie mit Ihnen allein sprechen möchte, dann braucht sie es nur zu sagen. Ich habe selbst genug zu tun.«

»Nein, komm bitte mit. Es gibt nichts, was du nicht hören dürftest. Im Gegenteil, du könntest mir sicher den ein oder anderen Rat geben.«

»Wie du willst«, sagte ihr Stiefvater pikiert.

Als wenig später vor jedem ein Pott Kaffee stand und Petra noch eine Schale mit Gebäck auf den Tisch gestellt hatte, fragte sie: »Was verschafft mir die Ehre deines Besuchs?«

»Die Ehre deines Besuchs. Was soll diese Förmlichkeit? Wir sollten endlich Vergangenes vergessen und uns wie normale Familienmitglieder benehmen.«

»Ich will nicht näher darauf eingehen, außer du bestehst darauf, das betreffende Thema hier zu erörtern. Du glaubst doch nicht ernsthaft, dass ich unsere letzte Begegnung vergesse, auch wenn sie schon etliche Jahre zurückliegt«, sagte Petra.

»Mein Gott, Kind, kannst du mir diesen einen Ausrutscher nicht verzeihen?«

»Erstens bin ich kein Kind und schon gar nicht deins – Gott sei Dank. Und ich werde es nie vergessen, und jetzt solltest du zur Sache kommen. Also, was willst du?«

Hendriksen sah, wie Brüning-Bolkow rot im Gesicht anlief. Er sagte jedoch nichts, sondern schluckte zweimal und fuhr dann mit ruhiger Stimme fort: »Ich hatte in Dresden zu tun, und da es in der Nähe liegt, bat mich deine Mutter, bei dir vorbeizuschauen, um zu sehen, wie es dir geht. Sie macht sich Sorgen, weil sie in den letzten Tagen nichts von dir gehört hat. Auch Doktor Hendriksen hielt es nicht für nötig, sie über den Stand seiner Ermittlungen zu informieren.«

»Wie du siehst, geht es mir gut, und was die Ermittlungen von Doktor Hendriksen betrifft, fragst du ihn am besten selbst.«

»Dass es dir gut geht, kann ich kaum glauben, wenn ich an die Polizeikolonne denke, die mir entgegenkam. Was hat das zu bedeuten?«

»Es gab hier einen Toten«, antwortete Petra ausweichend.

»Einen Toten? Was heißt das?«

»Der Hausmeister, Herr Merzig, hat sich erhängt. Offenbar Selbstmord«, warf Hendriksen ein, bevor Petra etwas erwidern konnte. Warum er nicht wollte, dass ihr Stiefvater von dem Mord erfuhr, wusste er selbst nicht so recht. Er hatte mehr aus Gefühl gehandelt als aus Überlegung. Was ihn erstaunte und ihm zu denken gab, war, dass Brüning-Bolkow keine Reaktion zeigte. Hendriksen hatte einen Ausdruck von

Betroffenheit erwartet, schließlich waren die Merzigs auf seine Veranlassung hin von Petra eingestellt worden.

Petra sah Hendriksen fragend an, verbesserte ihn jedoch nicht, sondern wechselte das Thema »Ich habe gesehen, dass du eine Reisetasche dabei hast. Beabsichtigst du hier zu übernachten?«

»Nein, ich weiß, dass es bei dir sehr eingeschränkt zugeht. Ich habe mir ein Zimmer im *Wilden Keiler* reservieren lassen. Ich bin nur hierher gekommen, um mich nach deinem Wohlergehen zu erkundigen.«

»Das ist sehr rücksichtsvoll von dir. Du hättest dir jedoch nicht die Mühe machen müssen, hierher zu kommen. War es das, was du mit mir besprechen wolltest?«

»Nein, das sollten wir unter vier Augen tun.«

»Dr. Hendriksen bleibt.«

»Also gut«, antwortete Brüning-Bolkow verdrießlich. »Ich habe lange mit deiner Mutter gesprochen, und wir sind beide zu der Überzeugung gekommen, dass du das Projekt hier aufgeben und das Schloss verkaufen solltest. Es nach deinen Wünschen umzubauen, kostet ein Schweinegeld. Ich habe mich mal umgehört. Genau genommen war ich deshalb gestern in Dresden. Es gibt einen Interessenten, der es dir über dem Marktwert abnehmen würde. Du brauchst nur zuzustimmen und könntest schon morgen einen Vorvertrag unterzeichnen. Was hältst du davon? Deine Mutter würde es sehr begrüßen. Sie würde sich freuen, wenn du sie bei ihrer Arbeit in unserem Wellness-Hotel unterstützt. Wenn du möchtest, könntest du es nach einer Einarbeitungszeit als Geschäftsführerin übernehmen.«

Wenn Petra nach den Ereignissen der letzten Stunden den

Gedanken gehabt haben sollte, alles hinzuwerfen, besann sie sich jetzt eines Besseren. Sie lehnte rundweg ab.

»Überleg es dir in Ruhe. Schlaf eine Nacht darüber. Das solltest du vor jeder wichtigen Entscheidung tun«, versuchte Brüning-Bolkow sie umzustimmen.

»Das brauchst du mir nicht zu sagen. Das weiß ich selbst. Aber meine Entscheidung steht fest, und wenn ich hundertmal darüber schlafe.«

»Du musst ja wissen, was du tust, schließlich ist es dein Leben, aber denk daran, dass du auch die Konsequenzen tragen musst.«

Petra richtete sich zu voller Größe auf. »Was willst du damit sagen? Etwa, dass es mir so ergeht wie Eduard Merzig?«

»Kann ich mir nicht vorstellen«, warf Hendriksen schnell ein. Er wollte verhindern, dass Brüning-Bolkow darauf kam, dass Merzigs Tod kein Selbstmord war. Sicherheitshalber fügte er hinzu: »Oder spielst du mit dem Gedanken, dich selbst umzubringen? Das werde ich schon zu verhindern wissen.«

»Unsinn, natürlich nicht«, sagte Petra und sah ihn verständnislos an. Offensichtlich hatte sie seine Bemerkung nicht verstanden.

Ihr Stiefvater ging weder auf Petras Frage noch auf Hendriksens Einwurf ein. »Du erlaubst mir doch sicherlich, mich hier ein wenig umzusehen?«, fragte er stattdessen.

»Natürlich, aber fühl dich nicht wie zu Hause.«

»Musst du jeden Satz mit einer Kränkung beenden? Ich weiß nicht, wie oft ich mich schon bei dir entschuldigt habe. Was kann ich noch tun, um unser Verhältnis auf eine zivilisierte Basis zu stellen?«

»Das ist ganz einfach. Lass mich in Ruhe.«

Als Brüning-Bolkow gegangen war, schaute Hendriksen sie verwundert an. Ihre Reaktion kam ihm übertrieben vor.

»Schau nicht so! Als ich zwölf Jahre alt war, hat dieser Mistkerl versucht, mich anzufassen. Ich habe darüber nie gesprochen, ist ja auch kein Thema für eine Unterhaltung. Auch meine Mutter weiß von nichts, sonst hätte sie den Mistkerl rausgeschmissen. Da ich alles mit mir allein ausmachen musste, habe ich lange gebraucht, bis ich darüber hinwegkam. Jedoch tauchen jedes Mal, wenn ich ihn sehe, die scheußlichen Bilder wieder auf.«

Kapitel 18

Nachdem Brüning-Bolkow die Küche verlassen hatte, brachte Hendriksen Petra auf ihr Zimmer und verordnete ihr Bettruhe. Damit sie tatsächlich zur Ruhe kam, wollte er ihr eine Spritze geben, doch sie sträubte sich vehement dagegen. Der Schock der Nacht saß ihr noch zu tief in den Gliedern. Abends im eigenen Bett einzuschlafen und in einem Verlies mit gefesselten Händen aufzuwachen, das wollte sie nicht noch einmal erleben. Hendriksen konnte sie verstehen und gab nach. Statt der Spritze gab er ihr zwei Baldriantabletten.

Als sie versorgt war, rief er Hermann an und bat ihn, mit Nero zu kommen. Nero bekam den Befehl, Petra zu bewachen. Hermann führte ihn in ihr Schlafzimmer, woraufhin der Hund sich mit seinen fünfzig Kilo in die Tür legte. Niemand würde an ihm vorbei ins Zimmer gelangen. In der Regel verscheuchte schon sein Anblick jeden Eindringling. Nero war ein Ungetüm. Von der Statur glich er einem Riesenboxer, wobei die Schulterpartie an eine englische Bulldogge erinnerte. Sein Kopf war so mächtig, dass er über die Schultern hinausragte. Die Fellwülste auf dem Nasenbein und auf der Stirn sowie vier gewaltige, gelbe Reißzähne, die aus seinen Lefzen ragten, waren so furchteinflößend, dass sich niemand mit ihm anlegte. Normalerweise interessierten ihn nur zwei Menschen. An erster Stelle stand Jeremias Voss, der ihn als Welpen aus Istanbul nach Hamburg gebracht hatte, und an zweiter Stelle kam Hermann, den Voss ursprünglich als Hundesitter angestellt hatte. Andere Menschen, einschließlich Hendriksen und Lizzi, tolerierte er wohlwollend.

Nachdem Hendriksen Petra in Sicherheit wusste, ging er mit Hermann in die Küche, stellte ihm ein Bier auf den Tisch und erkundigte sich, was die Polizei am Fundort der Leiche unternommen hatte. Es waren nur die üblichen Maßnahmen gewesen, die man von der Spurensicherung bei einem Mord erwartete. Ihn selbst hatte man nur kurz befragt und danach entlassen. Er war daraufhin mit Nero durch die Gegend gestreift, ohne dass ihm etwas Besonderes aufgefallen wäre.

Hendriksen erklärte ihm, wo Hinnerk und Kuddel gerade waren und was er ihnen aufgetragen hatte. Er selbst wollte ins Dorf fahren. Während seiner Abwesenheit sollte Hermann das Kommando übernehmen.

»Geit kloor, Chef. Du brauchst dech neech abzuhetzen.«

Hendriksen wusste, dass er sich voll auf ihn verlassen konnte, fuhr beruhigt mit dem Van ins Dorf und parkte vor dem Haus der Kobans. Wie beim letzten Besuch brauchte er nicht zu klingeln. Gerda Koban schien seine Ankunft vom Wohnzimmerfenster aus gesehen zu haben. Sie begrüßte ihn herzlich und wollte ihm dafür danken, dass er Frau Bolkow überredet hatte, ihren Mann einzustellen. Karl hatte sie über die freudige Botschaft per Handy informiert, wie Gerda ihm mitteilte. Es fiel Hendriksen deshalb nicht schwer, sie zu überreden, mit zum Schloss zu kommen, um für heute die Aufgaben einer Haushälterin zu übernehmen. Er hatte mit Petra nicht über Gerdas Engagement gesprochen, war aber sicher, dass sie diese Eigenmächtigkeit tolerieren würde.

»Ich muss Sie jedoch warnen. Es könnte gefährlich sein, sich im Schloss aufzuhalten. Noch treibt dort ein Verbrecher sein Unwesen. Doch mit Ihrem Mann vor Ort, meinen drei Männer sowie meiner Mitarbeiterin und mir ist die Gefahr nun gering. Außerdem fahren Sie ja abends mit Ihrem Mann zusammen nach Hause. Ich will Sie nur fairerweise warnen.«

»Das ist nett von Ihnen. Mein Mann hat mir schon erzählt, was passiert ist. Ich bin nicht ängstlich. Was habe ich denn für Aufgaben?«

»Das besprechen Sie am besten mit Frau Bolkow. Für heute steht Kochen auf dem Programm.«

»Das mache ich gerne. Ich weiß ja, wie wichtig den Männern das Essen ist. Wenn Sie einen Augenblick warten, ich hole nur schnell meine Jacke.«

»Nur keine Hetze.«

Auf der Rückfahrt zum Schloss hielt er auf halber Strecke an. Die beiden Helfer aus dem Dorf waren gerade dabei, der Allee wieder ein ansehnliches Aussehen zu geben. Sie hatten bereits das Gras auf dem Rondell gemäht und die Vorderfront des Schlosses von Unkraut und Gestrüpp befreit.

Hendriksen ging zu ihnen.

»Sie haben sicher mitbekommen, was heute Morgen hier passiert ist. Halten Sie die Augen offen. Sollten Sie einen Fremden sehen, rufen Sie mich sofort an.«

Er gab einem der Männer seine Telefonnummer, die dieser in sein Handy speicherte. »Achten Sie besonders auf zwei Kerle, die in der Kleidung von Zimmerleuten herumlaufen.«

Dann stieg er wieder in den Van und fuhr mit Frau Koban zum Schloss.

»Sie gehen am besten gleich in die Küche. Wenn Ihnen etwas fehlt, sagen Sie es mir. Ansonsten freue ich mich auf ein kerniges Abendbrot.«

Hendriksen brachte Gerda in die Küche und eilte dann in die Beletage, um nach Petra zu sehen.

Hermann empfing ihn auf der Galerie. Von seinem Platz aus konnte er den Eingang mit der Halle sowie die Zimmerflucht, die Petra, Lizzi und Hendriksen bezogen hatten, überwachen.

Nero lag noch so im Türrahmen, wie er ihn verlassen hatte. Er hob noch nicht einmal den Kopf, als Hendriksen sich an ihm vorbeiquetschte. Nur am Heben des linken Augenlids erkannte er, dass der Hund nicht schlief, sondern wachte.

Petra lag nicht mehr im Bett, sondern saß vor einem Laptop.

»Ich konnte nicht schlafen. Der Baldrian half auch nicht. Mir gehen zu viele Dinge durch den Kopf«, entschuldigte sie sich.

»Kann ich gut verstehen. Deshalb wollte ich dir ja eine Beruhigungsspritze geben.«

»Ich weiß, das war auch lieb von dir, doch ich wollte bei klarem Verstand sein. Wer weiß, was mein Stiefvater vorhat.«

»Du hast dir ein klares Feindbild aufgebaut. Verständlich, denn er hat dir Schlimmes angetan.«

»In seiner Gegenwart fühle ich mich irgendwie schmutzig, und ich vertraue ihm kein Stück.«

»Das mit dem Schmutzigsein sollest du dir schnellstens ausreden. Dazu besteht kein Grund. Etwas ganz Anderes: Ich habe über deinen Kopf hinweg gehandelt und bitte dich um Entschuldigung. Ich war vorhin bei Gerda Koban und habe sie überredet herzukommen. Ich dachte, wir könnten alle ein vernünftiges Abendbrot vertragen, und das ist mit fünf verfressenen Männern am Tisch mit Arbeit verbunden.«

Petra sah ihn mit großen Augen an. »An was du alles denkst! Ich finde es super, dass du sie geholt hast, denn ehrlich gesagt bin ich keine gute Köchin.«

»Ich bin erleichtert. Wenn du kannst, solltest du zu ihr in die Küche gehen und ihr sagen, dass alles okay ist. Vielleicht könntest du auch andeuten, dass du sie als Festangestellte übernehmen wirst, wenn du mit ihr zufrieden bist.«

»Hast du ihr etwas Derartiges gesagt?«

Hendriksen hob abwehrend die Hände. »Bewahre, ich werde mich niemals in deine Kompetenzen einmischen. Dass ich sie hergeholt habe, lag nur daran, dass ich ein brauchbares Abendbrot wollte, aber das habe ich ja schon gesagt.«

Petra erhob sich und ging zur Tür. Nero tat das Gleiche und folgte ihr auf dem Fuße.

»Was will er denn?«

»Was wohl? Dich bewachen natürlich. Hermann hat ihm das befohlen, und nun wird er dir auf Tritt und Schritt folgen, bis er einen anderen Befehl bekommt. Und vergiss nicht, die Tür für ihn aufzuhalten, wenn du auf die Toilette gehst. Er wird sie sonst aufbrechen.«

»Einen Hund so abzurichten, kann auch nur euch Männern einfallen«, sagte Petra kopfschüttelnd. Im Grunde war sie jedoch dankbar, dass sie so einen kräftigen, furchteinflößenden Beschützer hatte.

Hendriksen machte sich Gedanken, wo Hinnerk und Kuddel blieben. Sie müssten längst wieder zurück sein – mit oder ohne Frau Merzig. Hermann wusste auch nicht, wo sie steckten. Bei ihm hatte sie sich nicht zurückgemeldet.

Hendriksen holte seine Arzttasche, nahm die Taschenlampe vom Tisch und steckte den Elektroschocker ein. Als er über die Stiege von der Rumpelkammer aus in das Verlies stieg, hörte er es klopfen. Gleich darauf sah er die beiden am anderen Ende des Gangs die Rückwand mit Hammer und Meißel bearbeiten.

»Was habt ihr denn vor?«, fragte er, als er hinter ihnen stand.

Die Männer waren so in ihre Arbeit vertieft gewesen, dass sie ihn nicht gehört hatten. Erschrocken fuhren beide herum.

»Ach, du bist dat«, stieß Hinnerk erleichtert aus.

»Hier sünn Spöökers an Werk. Dat glöv mi man.«

»Was ist denn mit euch los? Seht ihr plötzlich auch Gespenster? Sagt mir lieber, ob ihr Frau Merzig gefunden habt.«

»Nee, hier unnen is se nech. Wi heff in allen Kamers nachkiekt.«

»Und was soll das dann hier?«

»Spöökers jagen.«

»Nun mal im Ernst. Und wenn's geht, in Hochdeutsch. Schließlich will ich verstehen, was ihr sagt.«

»O Mann, Chef, dat geit nech. Ick kann nech in nee fremde Sprache schnacken und Kuddel ook nech. Da müt wi Hermann holen. De kann so fürnehm schnacken«, sagte Hinnerk und schüttelte mit Bedauern den Kopf.

»Dann los, Hinnerk, hol ihn.«

Hinnerk trabte gemächlich davon und kam wenig später mit Hermann zurück.

»Ick schull di vertellen, wat de bieden belevt heff?«

»Du nicht auch noch. Sprich Hochdeutsch.«

»Klor, Chef.«

Hendriksen verdrehte die Augen, was Hermann im Dämmerlicht der Taschenlampe jedoch nicht sehen konnte. Hermann hörte sich an, was seine Freunde zu sagen hatten und meinte: »Also, die beiden haben hier den letzten Raum angesehen und keine Spur von der Merzig gefunden. Während Kuddel den Raum gründlich durchsuchte, hatte sich Hinnerk gegen die Wand gelehnt. Mit einem Mal gab sie nach und die ganze Wand drehte sich um, so als woer dor nee Achse in de Mitt.«

»Hochdeutsch!«

»Tschuldigung. Hinnerk wär' dabei fast zu Boden gestürzt. Nach ein paar Augenblicken schwang sie wieder zurück. Seitdem haben die beiden versucht, den Öffnungsmechanismus zu finden. Das, Chef, ist alles.«

Noch eine Geheimtür? Langsam wird selbst mir das Schloss unheimlich, dachte Hendriksen.

»Geht mal zur Seite und lasst mich sehen. Vielleicht finde ich heraus, wie sich die Wand drehen lässt.«

Hendriksen beleuchtete die Wände rechts und links mit der Taschenlampe und suchte sie Zentimeter für Zentimeter ab, ohne auch nur den geringsten Anhaltspunkt für einen Öffnungsmechanismus zu finden. Nach einer Viertelstunde gab er es auf.

»Lassen wir das für den Augenblick. Wichtiger ist, dass wir Frau Merzig finden. Vielleicht ist sie vor dem Mörder ihres Mannes geflohen und hält sich draußen versteckt. Sucht alle Gebäude nach ihr ab. Hermann, du gehst mit, und sagt auch den beiden Gärtnern Bescheid. Sie sollen euch helfen. Nero kann ebenfalls mithelfen.«

»Alls kloor, Chef.«

Die Männer gingen zusammen ins Tiefparterre, versperrten den Niedergang zu den Verliesen und begaben sich zur Küche.

Petra und Gerda unterhielten sich gerade. Nero saß neben Petra. Als er Hermann sah, schlug er aufgeregt mit dem Schwanz und winselte freudig.

»Habt ihr für drei erschöpfte Arbeiter ein Bier und für mich einen Pfefferminztee?«, fragte Hendriksen.

»Aber sicher«, antwortete Petra und sah Gerda auffordernd an. Die stand sofort auf und holte drei Flaschen Bier aus dem Vorratsraum.

»Haben Sie heute Mittag schon gegessen?«, wollte Petra wissen, als sie ihr mit dem Bier zugeprostet hatten.

»Nicht einen Bissen. Habe schon Magenkrämpfe«, antwortete Hermann.

»Dagegen müssen wir unbedingt etwas tun«, sagte Petra. »Gerda, schau doch mal nach, ob wir die hungrigen Herren satt bekommen.«

Während Gerda die Männer mit Brot, Butter, Käse und Wurst versorgte, brühte Hendriksen sich den Pfefferminztee selbst auf.

»Du bist so schweigsam, Marten«, sagte Petra, weil er weder gegessen noch an den Gesprächen teilgenommen hatte.

»Ich versuche herauszufinden, wie sich die verdammte Wand öffnen lässt.«

»Welche Wand?«

Mit knappen Worten erzählte er Petra, was Hinnerk und Kuddel unten entdeckt hatten.

Petra wollte gerade eine Frage stellen, als die drei Männer zur Tür blickten und wie auf Kommando loslachten. Hendriksen, der mit dem Rücken zur Tür saß, drehte sich um und musste sich zusammenreißen, nicht ebenfalls zu lachen.

»Hört auf zu lachen!«, fuhr Lizzi die Rentnergang an.

Sie stand im Türrahmen und funkelte sie wütend an. Karl stand hinter ihr und grinste.

»Und du, tu nicht so scheinheilig. Du würdest dich doch auch am liebsten über mich lustig machen.«

»Niemals. Du verdächtigst mich völlig zu Unrecht«, sagte Hendriksen scheinbar empört.

Lizzi bot aber auch einen zu merkwürdigen Anblick. Der Arzt hatte in ihren vollen Rotschopf bis auf die Kopfhaut eine handbreite Schneise geschnitten. Zwei Drittel davon waren mit einem weißen Pflaster bedeckt. Es deckte die Nähte ab.

»Wenn ich geahnt hätte, wie ich hier empfangen werde, dann wäre ich im Krankenhaus geblieben. Der Arzt wollte mich nämlich drei Tage zur Beobachtung dabehalten. Er befürchtete eine Gehirnerschütterung. Nur der Gedanke, dass ihr ohne mich hilflos seid, hat mich hierher zurückgeführt. Und jetzt dieser Empfang!«

»Dat doot mi aufrichtig leid, Lizzi, entschuellige«, sagte Hermann mit ernster Stimme, wobei ihm jeder ansah, dass er sich bemühte, sich das Lachen zu verbeißen.

»Mi ook!«, sagte Hinnerk, und Kuddel stimmte ihm zu.

»So viel Einsatzwillen und Selbstüberwindung werde ich mit einem Schmerzensgeld wiedergutmachen«, warf Hendriksen ein.

»Das erste sinnvolle Wort, das ich seit Tagen von dir höre«, sagte Lizzi.

Kapitel 19

Fünf Stunden später fand Kuddel eine völlig verstörte Frau im Pferdestall. Sie kauerte in einem schmalen Spalt zwischen einer Futterkiste und der Wand und hatte eine Pferdedecke über sich gezogen, so dass Kuddel und Hinnerk zweimal an ihr vorbeigegangen waren. Als Kuddel schließlich doch die Pferdecke anhob, fing sie hysterisch an zu schreien. Offenbar hielt sie Kuddel, den sie nicht kannte, für jemanden, der zu den Männern gehörte, die ihren Ehemann mitgenommen hatten. Da Kuddel kein Hochdeutsch sprach, konnte er ihr nicht erklären, dass er sie retten wollte. Sobald er versuchte sie anzufassen, schlug und biss sie um sich, so weit es der enge Raum zuließ. Hermann, der den Krach gehört hatte, eilte seinem Freund zur Hilfe. Auch ihm gelang es nicht, die Frau zu beruhigen. Zum Glück kam er auf den Gedanken, Petra zu holen, die Frau Merzig schließlich aus ihrem Versteck zu locken vermochte. Sie war so schwach, dass Petra ihr beim Gehen helfen musste. Trotzdem sackte sie immer wieder aus ihren Armen. Nachdem sie das dritte Mal auf den Boden gesunken war, nahm Hermann sie kurzerhand auf die Arme, trug sie aufs Schloss und legte sie in ihrer Wohnung aufs Ehebett. Petra war inzwischen zu Hendriksen geeilt und hatte ihn um ärztliche Hilfe gebeten.

Er untersuchte Frau Merzig gründlich, konnte jedoch außer einem schweren Schock keine Verletzungen feststellen.

Liebend gerne hätte er herausgefunden, was am gestrigen Abend oder in der Nacht passiert war. Doch um sie zu vernehmen, war sie zu schwach. Er musste wohl oder übel warten.

Nachdem er ihre Vitalfunktionen überprüft und festgestellt hatte, dass sie nicht beängstigend von den Normalwerten abwichen, flößte er ihr Wasser ein. Anschließend versuchte er sie durch einfache Fragen dazu zu bringen, sich zu beruhigen. Doch ihre einzige Reaktion war, sich wie ein Baby zusammenzurollen, die Hände über die Augen zu legen und zu schluchzen. Es blieb ihm nichts anderes übrig, als ihr eine Beruhigungsspritze zu geben und zu hoffen, dass sie, wenn sie aufwachte, seine Fragen beantworten konnte. Die Zeit bis dahin wollte er nutzen, um zu erkunden, wie sich die Wand im Keller öffnen ließ.

Als sie entspannt eingeschlafen war, beauftragte er Hermann, Frau Merzig in sein Zimmer zu bringen. Die Wohnung der Merzigs lag zu abgelegen, um sie überwachen zu können. Solange der oder die Mörder nicht gefasst waren, wollte er kein Risiko eingehen. Hermann blieb zusammen mit Nero als Wachposten zurück.

Zum Abendessen fanden sich alle bis auf Hermann wieder in der Küche ein. Gerda hatte Gulasch gekocht. Hendriksen brachte Hermann eine riesige Portion nach oben, und auch Nero hatte er nicht vergessen. Als er wieder die Treppe ins Tiefparterre hinunterstieg, hörte er Gerda und Karl heftig miteinander diskutieren. Den Stimmen entnahm er, dass es kein Streit war, sondern eher ein Abgleich unterschiedlicher Meinungen, wobei Gerda offensichtlich die besseren Argumente hatte. Als er um die Ecke in den Gang trat, wechselten beide abrupt das Thema und lächelten ihn freundlich an. Er war befremdlich berührt.

Was mochte die beiden so beschäftigen, dass sie so heftig ihre Meinungen austauschten? Er tat so, als hätte er nichts mitbekommen, nahm sich aber vor, die beiden nach dem Essen darauf anzusprechen. Er wollte von Anfang an Geheimnisse aus der Welt schaffen. Wenn sie alle zurückfuhren, sollte Petra hier nicht mit einer problembelasteten Situation arbeiten müssen.

Während des Essens, zu dem Petra auch die beiden Helfer aus dem Dorf gebeten hatte, waren der Mord an Merzig und das Auffinden seiner Frau das Gesprächsthema.

Mitten im Satz hielt Hendriksen plötzlich inne. Einen Augenblick stierte er vor sich hin, dann rief er: »Ich Idiot!« Er legte Messer und Gabel nieder und wandte sich an Kuddel. »Lass dein Essen warm stellen. Wir beide haben etwas zu tun. Nimm als Trost eine Flasche Bier mit.«

Kuddel sah ihn verständnislos an, stand jedoch auf und folgte ihm. So verwundert er auch war, die Flasche Bier vergaß er nicht.

Hendriksen eilte im Laufschritt voraus. Kuddel ließ sich davon nicht anstecken. Als auch er im Verlies angekommen war, fragte ihn Hendriksen, was genau er getan hatte, als er den Keller am Ende des Gangs untersucht hatte. Zwar hatte Kuddel keine Ahnung, was sein Chef bezweckte, doch er tat, was von ihm verlangt wurde. Er blieb zunächst im Türrahmen stehen und leuchtete mit der Taschenlampe den Raum ab. Dann ging er zu einer Ecke und tat von dort aus das Gleiche.

»Stopp!«, befahl Hendriksen. »Hast du dich irgendwo gegengelehnt?«

»Mook sein, aver genau wet ick dat neech.«

»Okay, geh mal beiseite.«

Kuddel trat zur Seite, so dass Hendriksen die Ecke im Schein der Taschenlampe betrachten konnte. In Hüfthöhe entdeckte er einen Mauerstein, der etwas aus der Wand ragte.

»Geh mal auf den Gang und pass auf, ob etwas passiert.«

Als Kuddel durch die Tür verschwunden war, drückte Hendriksen auf den Mauerstein. Er ließ sich ohne großen Widerstand nach innen schieben.

»Was ist los?«

»Nichts.«

»Drück an einer Seite gegen die Wand.«

»Chef, ick glöv dat neech. De Wand is offen.«

Hendriksen ließ den Stein los und sah, als er auf den Gang trat, gerade noch, wie die Wand in ihre Ausgangsstellung zurückschwang.

»Drück du auf den Mauerstein, der etwas hervorsteht, und halt ihn fest.«

Kuddel verschwand, und wenig später rief er: »Ick heff em eendrückt.«

Hendriksen drückte nun seinerseits an die Außenseite der Wand, und diese drehte sich geräuschlos um eine Achse in der Mitte. Zu beiden Seiten entstand eine Öffnung.

»Halt den Stein gedrückt. Ich geh in den anderen Teil des Gangs.«

»Jo.«

Hendriksen trat durch die Öffnung und leuchtete mit der Taschenlampe in den Gang. Er wirkte auf dieser Seite wie ein alter Stollen. Nach einigen Schritten kehrte er um. Jetzt, wo er den Mechanismus zum Öffnen entdeckt hatte, gab es keinen Grund, sich allein auf Entdeckungstour zu begeben. Sicher lagen hier Geheimnisse verborgen, denn dass sich die Wand so geräuschlos bewegte, konnte nur bedeuten, dass jemand die Lager gut geschmiert hatte. Als er die Öffnung fast erreicht hatte, kam ihm Kuddel entgegen.

»Mensch, du sollst doch den Stein gedrückt halten. Was ist, wenn die Wand zurückschwingt?«

»Dat geit neech.«

»Warum nicht?«

»Du bist neech de Einzige, de plietsch is. Wenn du den Backsteen ganz nach achtern drückst, dann kannst em dreihen un he sitzt fast.«

»Das muss ich mir ansehen.«

Hendriksen ging zusammen mit Kuddel in den Kellerraum und leuchtete in das Loch, das der Stein hinterlassen hatte. Es war so, wie Kuddel gesagt hatte. Der Mauerstein war um neunzig Grad verdreht. Er griff in das Loch, presste seine Finger gegen den Stein und versuchte ihn wieder in die Waagerechte zu drehen. Es ging leicht.

»Geh nach draußen und sieh zu, was passiert.«

Kuddel verschwand, und Hendriksen ließ den Stein los. Wie von Geisterhand bewegt, ging er in seine Ausgangsposition zurück.

»De Wand geit too«, rief Kuddel.

Hendriksen ließ den Mauerstein in der ursprünglichen Stellung stehen und verließ den Kellerraum.

»Kuddel, bleib du bitte hier und bewach den Gang. Ich gehe nach oben, um Hinnerk und Lizzi zu holen. Anschließend will ich den Gang erkunden.«

»Jo.«

Hendriksen ging in die Küche. Hier saßen sie noch alle beisammen. Als er eintrat, richteten sich alle Blicke erwartungsvoll auf ihn.

»Das Geheimnis ist entdeckt. Die Wand lässt sich ganz einfach öffnen.«

»Wie hast du das jetzt herausgefunden?«, sagte Lizzi.

»Gerdas vorzügliches Gulasch hat mich inspiriert. Die Wand wird nicht vom Gang aus geöffnet, sondern vom Raum daneben. Dass ich daran nicht früher gedacht habe, spricht nicht gerade für mich. Aber das ist Schnee von gestern. Jetzt will ich sehen, was sich hinter der Wand verbirgt. Dazu benötige ich euch, Hinnerk und Lizzi. Petra, du gehst bitte zu Frau Merzig. Wenn sie aufwachen sollte«, Hendriksen sah auf die Uhr, »was nicht vor drei Stunden geschehen dürfte, soll sie ein bekanntes Gesicht sehen. Nicht, dass sie beim Anblick von Hermann und Nero erneut hysterisch wird.«

Als er mit Lizzi auf den Flur trat, flüsterte er ihr ins Ohr: »Bring deine Pistole und meinen Elektroschocker mit. Wir wissen nicht, worauf wir stoßen werden. Bring auch zwei Taschenlampen. Bei meiner dürfte der Akku bald leer sein. Ich bin unten und warte auf dich.« Er hielt inne, als wenn er sich plötzlich an etwas erinnerte. »Fühlst du dich auch okay genug, um an einem möglicherweise gefährlichen Unternehmen teilzunehmen?«

»Was denkst du denn? Um nichts in der Welt möchte ich das verpassen. Außerdem, wer würde sonst auf dich aufpassen?«

Hendriksen gab ihr einen Stoß mit der Faust in die Rippen. »Verschwinde und beeil dich.«

Dann eilte er hinter Hinnerk her. Er holte ihn ein, als dieser gerade in die Rumpelkammer trat.

»Hinnerk, du bleibst hier und bewachst den Niedergang. Ich möchte nicht, dass uns jemand unvermutet in den Rücken fällt. Wir dürfen nicht leichtsinnig werden, denn schließlich läuft hier immer noch der Mörder von Merzig herum. Also halt Augen und Ohren offen. Wenn du Hilfe benötigst, ruf laut, Kuddel steht an der Wandtür Wache.«

»Okay, hier kümmt neech einer dürch.«

Hendriksen kletterte die Stiege hinunter und informierte Kuddel über die getroffenen Maßnahmen.

Lizzi ließ nicht lange auf sich warten. Die Pistole steckte in einem Lederhalfter am Gürtel an ihrer Taille. Um ihren Kopf hatte sie ein Kopftuch gebunden. Es verbarg die Verletzung vollständig. Sie reichte Marten den Elektroschocker.

»Ihr Frauen habt doch einen Knall«, sagte Hendriksen anzüglich. »Selbst in dieser Umgebung legst du noch Wert auf dein Äußeres.«

»Kümmer du dich um die Erkundung und sprich nicht über Dinge, von denen du nichts verstehst.«

Hendriksen grinste. »Zurück zu unserer Aufgabe. Ich gehe als Erster. Du folgst mir in zehn Schritten Abstand. Kuddel bleibt hier als Wache und Eingreifreserve, so sagt man doch bei eurem Haufen?«

»Unser Haufen, wie du ihn nennst, war eine Eliteeinheit, sonst hätte ich da nicht gedient. Und nun sieh zu, dass du loskommst, bevor ich hier einschlafe.«

Hendriksen betrat den Gang. Den Strahl der Taschenlampe hatte er mit einem Stofftaschentuch so weit gedämpft, dass er nur den unmittelbaren Bereich vor ihm ausleuchtete.

Um nicht die Orientierung zu verlieren, zählte er die Schritte. Nach zweihundertfünfundzwanzig Schritten versperrte eine verrostete Gittertür das weitere Vordringen. Hendriksen probierte die Klinke. Die Tür gab nach. Er ging weiter. Nach fünfzig Schritten zweigte ein Gang ab. Auch er war nach kaum einem Meter mit einer Tür versperrt. Wieder ließ sich die Klinke herunterdrücken. Ein modriger Geruch strömte ihm entgegen. Da der Raum vor ihm in völliger Finsternis lag, nahm er das Taschentuch von der Taschenlampe und beleuchtete ihn. Er war lang und schmal, etwa doppelt so breit wie der Stollen, aus dem er gerade gekommen war. Der Boden war mit feuchtem Humusboden bedeckt. Pflanzenstängel ragten etwa dreißig Zentimeter in die Höhe. Es sah aus wie ein abgeerntetes Rapsfeld.

Hendriksen ging in den Hauptgang zurück und winkte Lizzi heran.

»Für was hältst du das?« Er zeigte auf das Stoppelfeld.

Lizzi beleuchtete die Stängel, zog einen heraus und roch daran.

»Cannabis.«

»Treffer.«

Hendriksen versuchte das Ende der abgeernteten Pflanzung zu erkennen, doch der Strahl seiner Taschenlampe reichte nicht so weit.

»Jetzt weiß ich auch, warum der Rechtsanwalt ums Verrecken das Schloss haben will.« Lizzi sah Hendriksen so herausfordernd an, dass er sich gezwungen sah, zu antworten, obwohl er sich noch keine klare Meinung gebildet hatte.

»Könnte man meinen. Wir sollten unsere Zeit jedoch nicht mit Spekulieren vergeuden, sondern sehen, was diese

Gewölbe noch alles an Überraschungen bieten. Wie gehabt, ich gehe voraus, du folgst als Sicherung in zehn Schritten Abstand. Sollte uns jemand entgegenkommen, verschwinden wir in dem Gang, der zum abgeernteten Cannabisfeld führt.«

Hendriksen dunkelte seine Taschenlampe wieder ab, und Lizzi folgte seinem Beispiel. Er war dreißig Schritte gegangen, als er an eine Kreuzung kam. Links war ein Gang, ähnlich wie beim Stoppelfeld durch eine Eisentür verschlossen. Hendriksen drückte die Klinke herunter, die Tür ließ sich öffnen. Ein feuchtwarmer Luftschwall schlug ihm entgegen.

Lizzi trat hinter ihn. »Mein Gott, das reicht ja für die Versorgung von ganz Norddeutschland mit Haschisch.«

Der Keller hatte die gleiche Breite wie der Stoppelkeller. Die Länge konnten sie wieder nicht feststellen. Der einzige Unterschied zum ersten Keller war, dass der Raum hier mit Cannabispflanzen gefüllt war. Sie standen in Blüte und waren damit erntereif.

Hendriksen hatte es die Sprache verschlagen. Er riss sich jedoch schnell wieder zusammen und verschloss die Tür.

»Komm, wir schauen auf der anderen Seite nach. Du bewachst den Gang.«

Hendriksen stieß wenige Schritte weiter erneut auf eine Stahltür. Diesmal war sie verschlossen.

»Mist!«, fluchte er, als er zu Lizzi zurückkam. »Diesmal haben wir kein Glück, verschlossen.«

»Das sollte uns nicht hindern.« Mit diesen Worten zog sie ein Lederetui aus ihrer Jeans. »Du solltest solche Sachen nicht offen in deinem Zimmer herumliegen lassen. Was sollen die Leute von uns denken, wenn sie so etwas sehen? Jetzt kannst du die Wache übernehmen, während ich mir die Tür ansehe.«

Sie drückte Hendriksen die Pistole in die Hand, und ehe er noch protestieren konnte, war sie schon an der Tür.

Er lauschte in Richtung des noch nicht erkundeten Stollens und verfolgte neugierig jede ihrer Bewegungen.

Obwohl Lizzi nur zwei Minuten benötigte, um das Schloss zu knacken, kam es Hendriksen wie eine Ewigkeit vor. Als die Tür aufschwang, atmete er erleichtert auf. Anstatt zurückzukommen, verschwand Lizzi hinter der Tür. Es dauerte eine Weile, bis sie zurückkam.

»Marten, das musst du dir ansehen.« Vor Aufregung überschlug sich ihre Stimme. Sie nahm ihm die Pistole aus der Hand. »Jetzt bist du an der Reihe. Ich halte Wache. Sollte jemand auftauchen, komme ich zu dir. Ich habe mir das Schloss angesehen. Es lässt sich von innen leicht öffnen.«

Hendriksen hätte die Aufforderung nicht benötigt. Er konnte seine Neugierde kaum unter Kontrolle halten. Schneller, als es sonst seine Art war, verschwand er hinter der Tür. Nachdem er sie geschlossen hatte, nahm er das Taschentuch von der Lampe und ließ den Lichtstrahl aufblitzen. Er befand sich in einem Lagerraum. An einer Wand standen Kartons aufgeschichtet nebeneinander, fachmännisch mit Paketklebeband verschlossen. Was sie enthielten, konnte er nicht erkennen. Am liebsten hätte er einen geöffnet, doch er bezwang sich. Die Gefahr, dass sie entdeckt wurden, war einfach zu groß, und das wollte er unter allen Umständen vermeiden. Er drehte sich zur anderen Wand. Hier lagen vier Europaletten, die mit in Folie eingeschweißten Haschischplatten beladen waren. Der Straßenwert musste enorm sein.

Er zog das Smartphone aus der Tasche und fotografierte den Inhalt des Lagers. Dann begab er sich zu Lizzi zurück und beauftragte sie, die Tür wieder zu verschließen.

Als sie ihre Arbeit beendet hatte, beratschlagten sie, was sie als Nächstes tun sollten. Lizzi war dafür, den Gang weiter zu erforschen. Hendriksen hatte Bedenken. Ihm erschien die Gefahr zu groß, entdeckt zu werden. Sie würden jetzt sicher bald auf das Labor stoßen, denn die verarbeiteten Cannabispflanzen ließen keinen anderen Schluss zu. Das aber bedeutete, dass dort Personen arbeiteten, und ihnen wollte er nicht in die Arme laufen. Dieser Gefahr wollte er auch Lizzi nicht aussetzen, trotz ihres Tatendrangs. Das Ausheben dieser Rauschgiftfabrik war Aufgabe der Polizei.

Kapitel 20

Nachdem Hendriksen und Lizzi wieder ins Gewölbe unter dem Schloss zurückgekehrt waren, drückte er die Wandtür zu und verriegelte sie ordnungsgemäß. Danach überließ er es Kuddel, ihre Spuren zu beseitigen. Als sie alle in Hendriksens Zimmer versammelt waren, berichtete er von ihrer Entdeckung. Petra war geschockt, was da quasi unter ihren Augen stattfand.

Hendriksen gewährte der Versammlung einige Zeit, das Gehörte zu diskutieren. Dann unterbrach er das Gespräch.

»Petra, ich kann deine Aufregung gut verstehen. Doch mit dem Rauschgiftproblem werden wir uns morgen befassen. Jetzt ist es zu spät, um noch etwas zu unternehmen. Was mich vordringlich beschäftigt, ist Petras und Lizzis Entführung. Dass sie so kurz und glimpflich abgelaufen ist, ist gut. Aber was werden die Entführer als Nächstes unternehmen? Was denkt ihr?«

Niemand antwortete. Deshalb übernahm er wieder das Wort.

»Ich glaube, wir können mit ziemlicher Sicherheit davon ausgehen, dass alles, was hier passiert ist, im Zusammenhang mit der Rauschgiftproduktion steht. Wäre es gelungen, Petra frühzeitig den Aufenthalt im Schloss zu verleiden, dann wäre nichts geschehen. Die Betreiber der Produktionsstätte hätten großen Wert darauf gelegt, dass das Schloss nicht in die Aufmerksamkeit der Öffentlichkeit gerät. Petras störrisches Verhalten – entschuldige die Formulierung – hat sie zu drastischeren Maßnahmen gezwungen. Warum sie ihre Arbeiten im Labor plötzlich so vorantreiben, weiß ich nicht. Vielleicht haben sie Angst, Lizzi und ich könnten etwas entdecken – was wir ja auch getan haben. Es könnte auch mit dem Abtransport der Waren zusammenhängen. Bei den Mengen, die Lizzi und ich im Vorratsraum gesehen haben, kann er nicht in aller Heimlichkeit erfolgen. Wenn meine Annahme richtig ist, werden sie sich weiter gezwungen sehen, Petra auf die eine oder andere Weise auszuschalten. Petra tot oder verschwunden, Lizzi und ich verlassen das Schloss, Probleme beseitigt.«

Hendriksen machte eine Pause, um den anderen Gelegenheit für Einwände zu geben. Als niemand das Wort ergriff, fuhr er fort: »Das bedeutet, wir müssen mit einem weiteren Besuch der Täter rechnen. Sie nehmen an, dass ihr beide noch in eurem Verlies sitzt. Ich denke, sie werden zurückkommen, um die Arbeit zu Ende zu führen. Warum sie Petra nicht gleich getötet haben, begreife ich nicht. So ist es mir natürlich wesentlich lieber.« Er lächelte Petra an.

»Das freut mich aber. Es ist schon eigenartig, wenn so beiläufig über meinen Tod gesprochen wird.«

Es war nicht zu erkennen, ob sie ihre Worte scherzhaft meinte oder doch geschockt war. Deshalb warf Hendriksen sofort ein: »Ich habe es nicht gefühllos gemeint. Im Gegenteil, es wäre für uns alle das Schrecklichste gewesen. Aber es hat keinen Sinn, um den heißen Brei herumzureden, wenn es eine Situation zu analysieren gilt. Nur das eindeutige Benennen der Fakten macht eine Entscheidung über Gegenmaßnahmen sinnvoll.«

»So ganz verstehe ich nicht, worauf du hinaus willst«, sagte Lizzi.

»Ick ook nicht«, stimmte Hermann ihr zu.

»Entschuldigt, die Weitschweifigkeit ist ein Zurückfallen in meine Rolle als Rechtsmediziner. Was ich sagen will: Ich rechne damit, dass die Täter heute Nacht zurückkommen, um ihr Werk zu vollenden. Wir werden diese Möglichkeit nutzen und ihnen eine Falle stellen. Lizzi, bist du bereit, noch einmal in eurem Verlies die Gefangene zu spielen?«

»Immer, wenn ich meine Pistole mitnehmen darf.«

»Du kannst dich mit allem bewaffnen, was dir geeignet erscheint. Nur töten darfst du die Täter nicht. Ich will eine Aussage von ihnen.«

»Keine Sorge, ich treffe genau da hin, wo ich will.«

»Augenblick mal, verstehe ich dich richtig? Ich soll noch mal in dieses grausliche Verlies und den Lockvogel spielen?« Aus Petras Stimme war deutlich ihr Entsetzen herauszuhören. »Niemals! Keine zehn Pferde bekommen mich da hinunter.«

»Sollst du auch nicht. Ich werde an deiner Stelle gehen. Ich ziehe die Kleidung an, die du an dem Abend getragen hast, und spiele dich. Da ich kein Riese bin, dürfte der Rollentausch im Licht der Taschenlampen zuerst nicht auffallen. Aber der oder die Täter werden keine Gelegenheit haben, mich lange zu betrachten, denn Lizzi und ich werden sie schnell überwältigen. Nero nehmen wir mit. Der kann das Grobe erledigen.«

»Aber ich hatte nur ein Nachthemd und ein Höschen an. Darin wirst du jämmerlich frieren.«

»Auf das Höschen werde ich verzichten. Ich werde mir etwas Warmes darunter anziehen. Und nun, Freunde, ans Werk. Hermann, du wirst uns begleiten und dafür sorgen, dass uns die Täter nicht entwischen, falls wir sie nicht erledigen können.«

»Kloor, Chef. Dat ward een Gaudi.«

Hendriksens Verwandlung in Petra rief trotz des Ernstes der Lage einen Heiterkeitsausbruch hervor. Er hatte sich darauf eingestellt, dass der oder die Täter erst während der Hundewache, so zwischen drei und vier Uhr morgens, auftauchen würden. Das war gewöhnlich die Zeit, in der die Menschen am tiefsten schliefen und in ihrem Reaktionsvermögen behindert waren. Nicht umsonst nahmen geheime Staatspolizisten, egal in welchem Land, um diese Zeit ihre Opfer gefangen.

Während Hermann und Lizzi schon zum Gewölbe gingen, eilte Hendriksen zum Van und holte die Infrarotkamera mit dem dazugehörigen Stativ aus dem Auto.

In der Rumpelkammer suchte er nach einem Stoff, den er zur Tarnung der Kamera benutzen konnte. Er fand eine grüne Plastikplane, die den Farbflecken nach als Unterlage für Malerarbeiten gedient hatte.

Im Verlies baute er die Kamera in der Ecke auf, in der er sich aufhalten würde. In die Plane schnitt er für das Objektiv ein Loch und stülpte sie dann über Stativ und Kamera. Lizzi überprüfte sein Werk. Wenn der Raum nicht hell erleuchtet war und man nicht zu genau hinsah, war die Kamera nicht zu entdecken. Ein Stück davor legte er die Matratze, auf der Petra gelegen hatte, auf den Boden und setzte sich darauf. Den Drahtauslöser legte er zwischen Matratze und Wand, so dass auch der nicht gesehen werden konnte.

Nun hieß es warten. Der Aufenthalt wurde von Minute zu Minute unangenehmer. Die kalte Feuchtigkeit drang durch die Kleidung und ließ beide frösteln. Am meisten zu schaffen machte Hendriksen jedoch der eigenartige, modrige Geruch. Er begann sich zu schütteln. Ein Zeichen, dass hier noch der Geruch von Leichen in den Mauern hing.

Auch Nero schien es zu spüren, denn er war unruhig. Lizzi hatte die Matratze zur Hälfte hochgeklappt und dem Hund dahinter einen Platz angewiesen. Nachdem sie beruhigend auf ihn eingeredet hatte, legte er sich nieder, blieb aber weiter angespannt.

Die Wartezeit stellte Lizzi und Hendriksen auf eine sehr harte Geduldsprobe. Wie immer, wenn man wartete, schien der Sekundenzeiger der Armbanduhren stehenzubleiben.

Der Erste, der ein Geräusch hörte, war Nero. Er hob den Kopf und riss dadurch Hendriksen aus dem Halbschlaf.

»Psst!«, flüsterte er.

»Was?«, kam es ebenso leise zurück.

»Nero scheint etwas gehört zu haben.«

Wenig später hörten sie ein leises, schabendes Geräusch. Es war, als würde ein Schlüssel ins Schlüsselloch gesteckt. *Klick* – die Tür ging langsam auf. Der abgeschirmte Schein einer Taschenlampe tastete sich durch den Raum. Er blieb auf dem Nachthemd hängen, um gleich wieder abzuschwenken. Der Täter schien gesehen zu haben, dass die Gestalt im Nachthemd mit der Schulter an der Wand lehnte. Der Rücken zeigte zur Tür, der Kopf hing locker auf der Brust. Ein zweiter Mann, der neben dem mit der Taschenlampe gestanden hatte, trat auf die Gestalt im Nachthemd zu. Ein schneller Griff, eine Garotte flog über Hendriksens Kopf und wurde im gleichen Moment zugezogen.

Ein Schmerzensschrei erfüllte das Verlies.

»Fass!«

Lizzi zeigte mit dem Arm auf die Gestalt mit der Taschenlampe. Ein dunkler Schatten sprang hinter der Matratze hervor. Die Taschenlampe flog im hohen Bogen in die Ecke. Ein dumpfer Schlag war zu hören, als der Mann auf dem Boden aufschlug, gefolgt von einem zornigen Knurren.

Sekunden später wurde das Verlies hell erleuchtet. Hermann stand mit einer LED-Lampe im Türrahmen. Er hielt sie mit einer Hand, während er mit der anderen die Szene mit seinem Handy aufnahm.

Hendriksen nahm vorsichtig die Garotte vom Hals und legte sie auf die Matratze. Dann öffnete er das Nachthemd, wickelte den Ledergürtel ab und massierte sich mit beiden Händen den Hals. Trotz des Gürtels, den er sich zum Schutz gegen das Drahtseil um den Hals gewickelt hatte, konnte man einen roten Streifen auf der Haut erkennen.

Lizzi und Hendriksen erhoben sich fast gleichzeitig und sahen sich an. Sie waren mit dem Ergebnis zufrieden.

Der Mann, den Hendriksen mit dem Elektroschocker in den Oberschenkel getroffen hatte, lag benommen am Boden und wimmerte vor Schmerzen. Der andere lag stocksteif da – vor Angst, denn Neros Reißzähne drückten sich in die Haut an seinem Hals. Der nasse Fleck im Schritt seiner Trenkercordhose vergrößerte sich.

Hendriksen gab Hermann einen Wink, Nero zurückzurufen.

»Nero, aus!«, befahl Hermann.

Nero ließ sofort von dem Mann ab, blieb aber wachsam über ihm stehen.

Hendriksen ging zur Kamera, nahm die Plane ab und stellte sie aus.

»So, meine Killer, hier unten ist es ungemütlich, also sollten wir uns beeilen, aus diesem ungastlichen Verlies herauskommen. Also, wer von euch möchte zuerst reden?«

Als Hendriksen keine Antwort bekam, sagte er in gleichgültigem Ton: »Ich glaube, bei deinem Kumpel in der Ecke wird es noch etwas dauern, bis er sich vom Elektroschock erholt hat. Deshalb wirst du als Erster reden müssen.« Er sah den Mann an, der unter Nero lag. »Noch eine Warnung. Lügen hilft dir nichts. Unser Hund ist darauf dressiert, bei Lügen sofort zuzubeißen. In der Beziehung ist er besser als jeder Lügendetektor. Solltest du das anzweifeln, denk daran, dass immer, wenn du von der Wahrheit abweichst, dein Körper schwitzt. Nicht viel, aber Nero hat so eine feine Nase, die nimmt den leisesten Hauch einer Veränderung deines Körpergeruchs wahr. Und so schön ist es sicher nicht, zu spüren, wie dir Neros Reißzähne in den Hals dringen. Hat er dabei erst einmal Blut geleckt oder gerochen, dann wird er wild, und ob es uns dann gelingt, dich von ihm zu befreien, bevor er dir die Kehle durchgebissen hat, weiß ich nicht. Also, es liegt an dir, wie es mit deinem jämmerlichen Leben weitergeht. Mitleid brauchst du von mir nicht zu erwarten, denn wenn es nach euch gegangen wäre, dann läge ich jetzt erdrosselt in der Ecke, und meiner Kollegin wäre es genauso ergangen. So, nachdem ich dich so ausführlich gewarnt habe – raus mit der Sprache!« Die letzten Worte kamen im Befehlston.

Der Mann schwieg. Hendriksen konnte sich vorstellen,

was in seinem Kopf vorging. Panische Angst vor Nero, Zweifel, dass er tatsächlich Lügen erschnüffeln konnte, die Suche nach einem Ausweg, alle Schuld auf seinen Kumpel abwälzen. Würde man ihm glauben, nur ein Mitläufer gewesen zu sein?

Hendriksen ließ ihn in seinem Gedankenwirrwarr eine Weile schmoren. Schließlich sagte er, wieder in einem neutralen Ton: »Lass dir ruhig Zeit. Sicherlich willst du dir in Ruhe überlegen, wie du aus dieser Nummer rauskommen kannst. Eine Möglichkeit wäre, alles deinem Kumpel in die Schuhe zu schieben. Wie dem auch sei, vergiss dabei nicht, dass wir alles gefilmt haben.« Er wandte sich an Hermann: »Durchsuch sie und nimm ihnen alles ab, einschließlich Gürtel und Hosenträger.«

»Geit kloor.«

»Würdest du bitte die Kamera und die Plane mitnehmen?«, bat er Lizzi. Dann wandte er sich noch einmal an den Mann mit der nassen Hose: »Wir werden jetzt nach oben gehen und euch in Neros Gesellschaft zurücklassen. Denkt daran, dass ihr euch nicht bewegt, sonst meint er, ihr wollt ihn angreifen. Unterhalten könnt ihr euch, aber es muss leise geschehen und es darf kein aggressiver Ton dabei sein, sonst könnte Nero auch das als Angriff verstehen.«

Hendriksen wandte sich wieder an Hermann. »Kannst du dich noch erinnern, wie der Kerl aussah, den Nero für einen Angreifer gehalten hat?«

»Jo, Chef, den heff se nicht einmal im Krankenhaus zusammenklabüstern können, so eine Masse blutiges Fleisch wär dat wesen.«

»Ja, war ein scheußlicher Anblick. Egal – geht schon mal

voraus. Ich komme gleich nach. Wir treffen uns bei mir im Zimmer.«

Lizzi und Hermann verließen das Verlies, Hermann mit den Sachen, die er den Ganoven abgenommen hatte, und Lizzi mit der Infrarotkamera und dem Stativ.

Hendriksen tat, als schaue er sich nochmals gründlich im Verlies um, und ging dann ebenfalls zur Tür. Der Ganove am Boden rief: »Halt, nehmen Sie die Bestie mit!«

»Die bleibt, wo sie ist.« Hendriksen machte sich an der Tür zu schaffen und öffnete sie nach einigen Augenblicken.

»Ich sage alles, was Sie wissen wollen!«, schrie der Mann.

»Na, gut. Dann woll'n wir mal sehen, was du zu sagen hast. Ich nehme unser Gespräch mit dem Handy auf.«

»Ich rede, aber nehmen Sie den Hund weg.«

»Das geht leider nicht. Wie soll er sonst wittern, ob du lügst oder die Wahrheit sagst? Denk daran: Lügen bedeutet, dass er zubeißt. Also fangen wir an. Seid ihr wirklich Zimmerleute?«

»Nein.«

»Was seid ihr dann?«

»Wir machen alles, womit man uns beauftragt.«

»Also seid ihr Auftragskiller?«

Der Mann druckste herum.

»Nur raus mit der Sprache. Ich weiß, dass ihr den Hausmeister erst erwürgt und dann aufgehängt habt. Wer hat euch das befohlen?«

»Unser Auftraggeber. Es sollte wie Selbstmord aussehen.«

»Willst du wohl die Fresse halten! Den Mord kann uns keiner nachweisen«, rief der Mann in der Ecke.

Hendriksen machte sich nicht die Mühe, sich umzusehen.

»Halt deine Klappe. Du kommst auch noch dran. Solange will ich von dir nichts hören, oder du machst noch einmal mit dem Elektroschocker Bekanntschaft. Noch mal: Wer hat euch das befohlen?«

»Der Auftraggeber.«

»Verkauf mich nicht für blöd. Wer der Auftraggeber ist, will ich wissen.«

»Das wissen wir nicht. Wir bekommen unsere Aufträge immer nur per Handy.«

»Wie lautet seine Telefonnummer?«

»Die bringt Ihnen nichts. Sie stammt von einem Prepaid-Handy. Sie finden sie auf meinem Handy, das Ihr Mann mitgenommen hat.«

»Welchen Auftrag hattet ihr hier? Denkt an Nero und seine empfindliche Nase!«

Der Mann zögerte.

»Nun?«

»Wir sollten den Hausmeister, seine Frau und Frau Bolkow töten und Sie und Ihre Mitarbeiterin auch, falls wir Sie noch auf dem Schloss antreffen sollten.«

»Warum?«

»Das wissen wir nicht. Man sagt uns immer nur, was wir machen sollen, mehr erfahren wir nicht.«

»Wie seid ihr ins Schloss gekommen?«

»Dafür hat der Hausmeister gesorgt.«

»Warum habt ihr Frau Bolkow und meine Mitarbeiterin nicht gleich ermordet, sondern sie erst hier unten eingesperrt?«

»Der Mord sollte wie ein Verkehrsunfall aussehen. Die Polizei sollte sich in dem Fall für nicht zuständig erklären.«

Hendriksen stellte noch eine Reihe von Fragen, doch der Ganove konnte keine davon beantworten.

»Nun denn, lassen wir es dabei bewenden. Ihr habt jetzt Gelegenheit, euch so zu fühlen wie die beiden Damen, die ihr hier eingesperrt habt – Nero, komm!« An der Tür drehte er sich noch einmal um. »Wenn ich mir deine Hose betrachte, so muss ich sagen, dass du kein wirklich richtig cooler Auftragskiller bist. Nicht einmal die Frauen haben sich die Hosen nass gemacht, als ihr sie eingesperrt habt. Weicheier!«

Kapitel 21

Als sie in den frühen Morgenstunden müde ihre Zimmerflucht betraten, wurden sie von Petra erwartet.

»Was machst du denn um diese unchristliche Zeit hier?«, begrüßte Hendriksen sie. »Und wo sind Hinnerk und Kuddel?«

»Hinnerk schläft, und Kuddel ist nur eben zur Toilette.«

Wie auf ein Stichwort erschien Kuddel in der Tür.

»Wie war es bei euch?«, fragte Petra. »Hattet ihr Erfolg?«

»Vollen Erfolg. Die Mörder von Merzig befinden sich in dem Verlies, in dem ihr eingesperrt wart. Sie haben alles gestanden, auch dass sie dich töten sollten. Fürs Erste bist du sicher. Leider kennen sie ihre Hintermänner nicht. Aber das bekommen Lizzi und ich auch noch heraus.«

»Was meinst du mit ›fürs Erste‹? Glaubst du, dass ich immer noch in Gefahr sein könnte?«

»Solange wir die Hintermänner nicht gefasst haben, müssen wir vorsichtig sein.«

Petra machte ein unglückliches Gesicht. »Hört das denn nie auf?« Doch dann riss sie sich zusammen. »Ihr wart übrigens nicht die Einzigen, die etwas erlebt haben. Nicht wahr, Kuddel?«

»Jo.«

Bevor Hendriksen nachfragen konnte, fuhr Petra fort: »Es war nach Mitternacht. Genaue Uhrzeit weiß ich nicht …«

»Fofftein Minuten nach eens«, warf Kuddel ein.

»Richtig, Viertel nach eins, da wurde ich durch Geknatter von Motorrädern geweckt. Eine Rockerbande war vor das Schloss gefahren und raste um das Rondell herum. Es waren mindestens zehn Mann.«

»Negen.«

»Na gut, neun. Ist ja auch egal. Einige hatten Fackeln in der Hand. Ich hatte Angst, sie würden das Schloss anzünden. Doch dann geschah etwas Komisches. Plötzlich fuhren sie alle wieder die Allee hinunter, und es war so, als wenn nichts geschehen wäre. Kannst du dir einen Reim darauf machen?«

Hendriksen schüttelte den Kopf. »Es ergibt keinen Sinn. Nach allem, was hier in den letzten Stunden geschehen ist, kann ich den Rockerauftritt nur noch als Kinderschreck bezeichnen. Irgendetwas übersehen wir. Ich weiß nur nicht, was.« Hendriksen sah auf die Uhr. Es ging auf fünf zu. »Wir sollten sehen, dass wir noch etwas Schlaf bekommen. Ich werde noch die Polizei benachrichtigen, und dann, davon gehe ich aus, müssen wir ein paar hektische Stunden über uns ergehen lassen. Wer von euch hält Wache?« Die Frage war an die Rentnergang gerichtet.

»Ick, bis sechs«, sagte Kuddel.

»Un ick mook de Rest«, fügte Hinnerk hinzu.

»Gut, ich schicke jetzt eine WhatsApp an Kriminaloberkommissarin Engels und rechne damit, dass sie noch am frühen Morgen hier auftauchen wird. Wenn sie kommt, weckt mich.«

»Geit kloor«, sagte Hinnerk, und Kuddel nickte zustimmend.

Die Frauen und Hendriksen gingen auf ihre Zimmer und

Hermann über die Geheimtreppe in die Küche. Kuddel bezog zusammen mit Nero seinen Posten auf der Galerie, von wo aus er alle Zimmer und die Eingangshalle im Blick hatte.

Es war noch keine Stunde vergangen, als ein Auto vorfuhr. Eine Tür klappte, dann läutete es. Nero sprang auf. Seine Nackenhaare sträubten sich, und das tiefe Knurren zeigte seine Aggressionsbereitschaft.

»Sitz und ruhig!«, befahl Kuddel. Das waren einige der wenigen Worte, die er sich auf Hochdeutsch angeeignet hatte, und auch nur, weil Nero kein Plattdeutsch verstand. »Ick glöv, dat is de Deern von de Polizei, die de Chef bescheed seggt hett.«

Kuddel ging nach unten und öffnete die Tür. Nero verfolgte über das Geländer der Galerie jede Bewegung.

»Guten Morgen.« Die Kriminaloberkommissarin hielt Kuddel ihren Ausweis hin. »Ich möchte zu Herrn Hendriksen.«

»Jo, kümmt Se rin. Ick wet bescheed. Töv Se een Momang, ick hol em.«

Die Polizeioberkommissarin sah Kuddel verständnislos an. »Meinen Sie, ich soll hier warten?«

»Jo, dat heff ick doch seggt.«

»Lass gut sein, Kuddel. Ich komme herunter.«

Hendriksen hatte nicht schlafen können und das Klingeln gehört. Da er sich mit Kleidung aufs Bett gelegt hatte, erfrischte er sich nur mit einer Handvoll kaltem Wasser. Er steckte das Smartphone ein und nahm die Infrarotkamera mit.

Er begrüßte Tina herzlich, machte aber keine Anstalten, sie zu umarmen oder zu küssen. Dies schien ihr sehr recht zu sein, denn sie war nicht als Freundin hier, sondern als Amtsperson.

»Komm, wir gehen in die Küche. Die kennst du ja schon. Sie ist unser Frühstücksraum, Speise- und Besprechungszimmer und meistens auch noch Aufenthaltsraum.«

Sie stiegen die Treppe ins Tiefparterre hinunter und gingen zur Küche. Zu seiner Verwunderung hörte er Geräusche hinter der Tür.

»Einen Augenblick, hier ist etwas faul«, flüsterte er Tina zu. »Warte hier, ich sehe nach.«

Tina lächelte. »Du vergisst, wer bei dir ist.«

Sie schob Hendriksen zur Seite, zog ihre Pistole aus dem Hüfthalfter, öffnete die Tür und sprang in den Raum.

»Polizei, Hände hoch ...« Sie ließ die Waffe sinken und sagte mit einem Lachen: »Alles gesichert. Du kannst reinkommen.«

»Mensch, Hermann, wie kommst du denn hierher?«, wollte Hendriksen wissen.

»Över de Geheimtreppe. Ick heff mi gedacht, ihr künnt een Kaffee vertragen.«

»Hermann, ich könnte dich küssen.«

»Nee, Chef, dat lot man lieber sein. Wat scholl de Fru Kommissarin von uns denken?«

»Soll ich das Kauderwelsch übersetzen?« Hendriksen sah Tina grinsend an.

Die lachte. »Nicht nötig. Ich habe das auch so verstanden, und danke, Herr Hermann, für diese wunderbare Idee.«

»Hermann reicht, Frau Oberkommissarin. Dat sagen alle to mi.«

Während der Kaffee durch die Kaffeemaschine rann,

deckte Hermann den Tisch mit Brot, Butter und allem, was die Speisekammer hergab und sich als Frühstück eignete.

»Hast du etwas dagegen, wenn Hermann mit frühstückt?«, fragte Hendriksen Tina. »Er weiß über alles Bescheid.«

»Nein, natürlich nicht.«

»Dann hol dir einen Teller und setz dich zu uns«, forderte Hendriksen ihn auf.

Erst als vor ihnen ein Pott mit heißem Kaffee stand, fing Hendriksen an zu erzählen. Er begann mit dem Auftrag, den er von Petras Mutter erhalten hatte, und was er hier auf dem Schloss erlebt und entdeckt hatte. Tina unterbrach ihn nicht ein einziges Mal. Als er geendet hatte, blieb sie eine ganze Weile stumm.

»Das ist ja ein Knaller«, sagte sie schließlich. »Wenn mir das nicht ein an Fakten orientierter Rechtsmediziner erzählt hätte, hätte ich es für einen Plot aus einem Fernsehkrimi gehalten. Ich weiß ehrlich nicht, was ich dazu sagen soll. Nur eines ist mir klar: Das, was ihr herausgefunden habt, geht weit über meine Kompetenzen hinaus. Hierüber muss ich mit meinen Vorgesetzten sprechen, was ich auch unverzüglich tun werde.«

Sie wollte aufstehen, doch Hendriksen hielt sie zurück.

»Was machen wir mit den Gefangenen? Willst du sie mitnehmen, oder sollen wir sie noch etwas schmoren lassen?«

»Jetzt, da ich weiß, dass sie hier sind, muss ich sie mitnehmen. Mein Problem ist nur, dass ich mit meinem Privatwagen gekommen bin und nicht zwei Dinge gleichzeitig tun kann – fahren und sie bewachen.«

»Dazu hätte ich einen Vorschlag zu machen. Nimm meinen Van und Hermann und Nero mit. Mit den beiden an

Bord werden die Kerle auch nicht die kleinste Bewegung machen.«

Tina dachte einige Augenblicke nach. »Das ist eine akzeptable Lösung. Ich nehme deinen Vorschlag gerne an.«

»Dann ist das geklärt und wir werden die Kerle los. Ich würde gerne deinen Wagen hier behalten, damit ich mobil bin, solange der Van im staatlichen Auftrag unterwegs ist.«

»Kein Problem.« Tina zog den Autoschlüssel aus ihrer Jeanshose und reichte ihn Hendriksen.

»Nächster Punkt«, sagte der. »Wir haben oben die Ehefrau des erhängten Merzig. Sie müsste inzwischen wach und für eine Vernehmung verfügbar sein. Ich denke, du solltest sie befragen, solange sie noch unter dem Schock der Ereignisse steht.«

Tina nickte. »Gute Idee. Ich muss ja feststellen, inwieweit sie in kriminelle Handlungen verwickelt ist. Vielleicht muss ich sie ebenfalls verhaften.«

»Dann noch eins. Das Ausheben der Rauschgiftanlage sollte meines Erachtens passieren, wenn die Ware verladen wird. Wann und wie das geschehen wird, das muss ich noch herausfinden. Versuch also den Tatendrang deiner Vorderen zu bremsen.«

»Leichter gesagt als getan. Sie lassen sich nicht gerne belehren. Das müsstest du aus deiner Vergangenheit doch selbst wissen.«

»Wie wahr«, antwortete Hendriksen lächelnd. »Trotzdem, versuche sie dazu zu überreden, mit mir Verbindung aufzunehmen. Sollte es vermasselt werden, weil die Polizei zu früh oder zu spät eingreift, werde ich ihnen die Presse auf den Hals hetzen. Das kannst du dem, der die Entscheidung fällt, sagen.«

»Ich werde mich hüten, bin doch nicht lebensmüde. Schließlich hoffe ich, demnächst befördert zu werden.«

»Mit dem Fall, der dir hier in den Schoß gefallen ist, wirst du das bestimmt. Was willst du zuerst tun – die Mörder verhaften oder Frau Merzig vernehmen?«

»Frau Merzig vernehmen.«

»Dann komm.«

Tina und Hendriksen verließen die Küche und gingen hoch zur Beletage. Diesmal hielt Hinnerk mit Nero Wache.

»Den Hausmeister sin Frau is waak«, meldete er.

»Wo ist sie?«, fragte Hendriksen.

»In de Stuv.« Er zeigte mit dem rechten Daumen hinter sich.

»Danke.«

Hendriksen hielt Tina die Tür auf.

Im Wohnzimmer der Kaiserfront, das Hinnerk als Stuv bezeichnet hatte, saß Frau Merzig in einem Sessel. Petra war bei ihr.

»Du kennst die Frau Oberkommissarin bereits«, sagte er zu Petra, »deshalb brauche ich nur Frau Merzig vorzustellen.« Hendriksen zeigte auf die im Sessel zusammengesunkene Frau. »Frau Merzig, Frau Oberkommissarin Engels von der Kriminalpolizei Bad Muskau.«

Die Oberkommissarin übernahm von hier an das Wort. »Frau Merzig, ich vernehme Sie als Zeugin zu den Vorfällen hier auf dem Schloss und den Ereignissen, die zur Ermordung Ihres Mannes führten. Ich mache Sie darauf aufmerksam, dass Sie weder sich noch Ihren verstorbenen Mann belasten müssen. Wenn Sie jedoch aussagen, müssen Sie die Wahrheit sagen. Ich werde Ihre Aussage auf Tonträger aufzeichnen. Sind Sie damit einverstanden?«

Frau Merzig nickte.

»Sie müssen mit Worten bestätigen. Der Tonträger kann Ihr Nicken nicht aufzeichnen.«

»Ja«, flüsterte sie.

»Bitte sprechen Sie lauter.«

»Ja«, sagte sie laut.

»Sind Sie damit einverstanden, dass Herr Dr. Hendriksen bei der Vernehmung anwesend ist? Er ist Rechtsmediziner und leitet eine Ermittlungsagentur, die von Frau Brüning-Bolkow mit der Aufklärung der Vorfälle auf dem Schloss beauftragt wurde.«

»Ja, mir ist sowieso alles egal.«

»Ich wiederhole noch mal für das Protokoll: Frau Merzig ist mit der Anwesenheit von Dr. Hendriksen einverstanden.«

Als Nächstes nahm sie die persönlichen Daten von Frau Merzig auf.

»Wie lange sind Sie schon auf Schloss Bolkow?«

»Etwa drei Monate.«

»Als was sind Sie hier tätig?«

»Als Hauswirtschafterin.«

»Ihr Mann war Hausmeister?«

»Ja.«

»Wie sind Sie auf diese Stelle aufmerksam geworden? Soweit ich gehört habe, hat Frau Bolkow die Stelle nirgends ausgeschrieben.«

»Wir sind vom Stiefvater von Frau Bolkow für diese Stelle engagiert worden, nicht direkt engagiert, sondern eher darauf aufmerksam gemacht worden.«

»Kannten Sie Herrn Brüning-Bolkow?«

»Ja, wir haben hier schon früher einmal als Hausmeister

und Hauswirtschafterin gearbeitet. Fünf Jahre lang. Wir haben erst aufgehört, als die ehemalige Besitzerin gestorben ist und Frau Brüning-Bolkow das Schloss geerbt hat. Der Stiefvater von Frau Bolkow kannte die Vorbesitzerin. Wie genau er auf uns gekommen ist, kann ich nicht sagen.«

Frau Merzigs Widerstandskraft schien erloschen zu sein. Auf Hendriksen machte sie den Eindruck, als wäre es ihr egal, was sie sagte oder ob sie sich, ihren Mann oder jemand anderen mit ihrer Aussage belastete. Hauptsache, sie konnte sich alles, was sie bedrückte, von der Seele reden.

Tina Engels hatte offenbar einen ähnlichen Eindruck gewonnen, denn sie änderte ihr Verhalten von einer sachlichen Beamtin zu einer mitfühlenden, verständnisvollen Frau. Hendriksen war erstaunt, wie sie von einer Sekunde auf die andere die Persönlichkeit wechseln konnte.

»Frau Merzig, ich weiß, Sie haben Schreckliches durchgemacht. Ich kann nachempfinden, wie Sie sich fühlen. Oftmals hilft es, den inneren Frieden wiederzugewinnen, wenn man alles, was einen bedrückt, herauslässt. Sie werden sehen, wie eine Ruhe Sie durchströmt. Wollen Sie diese Ruhe erleben?«

»Ja«, hauchte sie.

»Das ist ein mutiger und weiser Entschluss. Erzählen Sie, was immer Ihnen im Kopf herumgeht und Sie belastet. Um es Ihnen zu erleichtern, werde ich Sie mit ein paar Fragen leiten. Warum haben Sie hier im Schloss Gespenster gespielt? Es waren doch Sie und Ihr Mann?«

»Es war nur mein Mann. Er hatte den Auftrag bekommen, Frau Bolkow durch nächtliches Spuken aus dem Schloss zu vertreiben. Ich war dagegen, aber er sollte zehntausend Euro bekommen, wenn Frau Bolkow das Schloss verlässt. Das Geld hätten wir gut gebrauchen können.«

»Von wem hat er den Auftrag bekommen?«

»Das weiß ich nicht, und ich glaube, auch Eduard wusste es nicht. Soweit ich ihn verstanden habe, ging alles per Telefon.«

»Verstehe. Der tödliche Unfall des Baumeisters, war das auch Ihr Mann? Hatte er da nachgeholfen?«

»Nein, das war wirklich ein Unfall. Mein Mann war zu diesem Zeitpunkt gar nicht im Schloss.«

»Wo war er denn?«

»In Görlitz. Einkaufen.«

»Warum hat er das nicht der Polizei erzählt?«

»Er hatte es dem Wirt versprochen, für den er unterwegs war.«

»Kannten sich die Männer näher?«

»Sie waren befreundet. Das stammte noch aus der Zeit, als wir das erste Mal hier waren. Da hatten sie öfter zusammengearbeitet.«

»Und der Unfall von Frau Hentschke?«

»Das war Eduard. Er sollte sie so verschrecken, dass sie nicht mehr zum Arbeiten ins Schloss kommen wollte. Sie sollte nicht verletzt, sondern nur erschreckt werden. Ich habe sehr geschimpft mit ihm und Frau Bolkow gebeten, zu ihr zu gehen und ihr einen Präsentkorb zu schenken.«

»Das war sehr aufmerksam von Ihnen. Aber das Gespenst, das den LKW-Fahrer mit den Fensterscheiben erschreckt hat, das war doch auch Ihr Mann?«

»Ja, aber dass er in den Graben fuhr, war nicht vorgesehen. Mein Mann sollte ihn nur so erschrecken, dass er sich weigerte, weiterhin für das Schloss zu fahren.«

»Sie sagten, er sollte ihn erschrecken. Wer hat ihm denn den Auftrag dazu gegeben?«

»Das weiß ich nicht. Über solche Sachen hat er nie mit mir gesprochen. Er hat immer gesagt: Besser, du weißt es nicht. Dass mich die Unwissenheit fast wahnsinnig machte, wollte er nicht begreifen.«

»Der Überfall auf Frau Bolkow, als sie von den Polen zurückkam – sollte er sie dabei töten?«

»Nein, er wollte sie nicht töten. So weit wollte er nicht gehen. Mir hatte er versprochen, dass er sie nur ein wenig würgen würde. Sie sollte erkennen, wie ernst ihre Lage auf dem Schloss war und dass auch die Privatdetektive, die sich inzwischen eingenistet hatten, sie nicht beschützen konnten. Er hat mir nachher erzählt, dass er sein Vorhaben nicht ausführen konnte, weil Hendriksen dazwischen gegangen war. Seine Auftraggeber sollen ihm gedroht haben, uns umzubringen, wenn er noch einmal versagt. Er hat dann auch zwei Männer geschickt, die ihn überwachen und ihm dabei helfen sollten, Frau Bolkow zu ermorden und die Privatdetektive ebenfalls.«

»Das waren die Männer, die sich als Zimmerleute getarnt hatten?«

»Ja. Als die hier erschienen, habe ich ihn angefleht zu fliehen. Aber er wollte davon nichts wissen. Er meinte, die Männer könnten ihm nichts tun, dazu kenne er das Schloss zu gut. Die müssten selbst aufpassen, dass sie nicht plötzlich einen Unfall erleiden. Als sie dann auch noch aus dem Schloss gewiesen wurden, dachten wir, wir wären sie los. Aber dann bekam mein Mann den Auftrag, Frau Bolkow sofort, noch in der Nacht, zu töten. Er wollte es nicht und hat dem Auftraggeber gesagt, dass er ein anderes Mittel hätte, sie aus dem Schloss zu jagen.«

»Sprechen Sie von der Ratte?«

»Ja, mein Mann war sicher, der Schock, den Frau Bolkow erleiden würde, wäre erfolgreich. Ursprünglich wollte er sie schon früher einsetzen, doch nachdem der Rattenfänger im Schloss war, traute er sich nicht. Ich sagte ihm, dass sein Plan irrsinnig sei und wir mit unserem Schicksal spielen würden. Doch wenn Eduard sich etwas in den Kopf gesetzt hatte, dann konnten ihn keine zehn Pferde davon abbringen.«

»Und was geschah dann weiter?«

»Sein Plan ging, wie Sie wissen, schief. Ich sagte ihm, wir müssten sofort abhauen. Er wollte nicht, dachte nur an das Geld. Wir diskutierten. Dann sah ich durch Zufall die beiden Männer. Sie waren bereits im Schloss. Ich rief ihm noch zu wegzulaufen und bin dann selbst geflohen. Da ich mich im Schloss nicht sicher fühlte, bin ich durch die Garage ins Freie geflohen und habe mir ein Versteck im Pferdestall gesucht. Ich habe gebetet, dass Eduard die Flucht auch gelang. Doch …« Mit einem Schluchzen brach sie ihr Geständnis ab.

Die Kriminalbeamtin ließ ihr Zeit, sich zu beruhigen, und befragte sie dann nach ihren Kenntnissen über die Drogenproduktion unter der Erde. Was Frau Merzig antwortete, hörte Hendriksen nicht mehr, denn Lizzi steckte den Kopf zur Tür herein und winkte ihm, nach draußen zu kommen.

»Die Kobans möchten mit dir und Petra sprechen.«

»Okay, wo?«

»In der Küche.«

Er ging mit Lizzi zusammen ins Tiefparterre. Die beiden Kobans waren dabei, das Frühstücksgeschirr abzuräumen.

Als Hendriksen eintrat, begrüßten sie ihn und nahmen am Tisch Platz. Lizzi war draußen geblieben, weil das Ehepaar ausdrücklich nur Petra und ihren Chef sprechen wollte.

Hendriksen sagte in einem jovialen Ton: »Na, wo drückt der Schuh?«

Karl Koban druckste herum. Er schien nicht zu wissen, was er sagen sollte.

»Nur keine Scheu, Herr Koban. Sagen Sie, was Sie bedrückt. Am besten frisch von der Leber weg. Hier reißt Ihnen keiner den Kopf ab.«

»Nun sag schon«, forderte ihn seine Frau auf.

»Ja, also, es ist so … Ich weiß nicht, ob Sie es wissen, aber hier gibt es eine unterirdische Anlage, die stellt etwas her. Was, weiß ich nicht. Einmal im Monat wird die Ware abtransportiert, und dann sind einige Männer aus dem Dorf damit beschäftigt, die Waren zu verladen. Die haben auch keine Ahnung, was in den Kartons ist.«

Hendriksen lachte. »Karl, das ist ein guter Witz. Ich bin sicher, jeder von euch weiß, dass hier Drogen hergestellt werden. Wann wird die Ware abtransportiert?«

»Immer bei Vollmond, dann werden draußen keine Lampen benötigt.«

Hendriksen zog sein Smartphone heraus und rief die Wetter-App auf. »Das wäre schon übermorgen.«

Karl nickte zur Bestätigung.

»Wann wird die Ware verladen?«

»Um ein Uhr. Wir treffen uns immer um halb ein Uhr.«

»Wer sind *wir*?«

»Die Männer aus dem Dorf.«

»Wo wird verladen?«

»Am alten Brunnen bei der Burgruine. Die Ware wird mit einem Flaschenzug nach oben gehoben und von dort in ein Boot verladen und rüber nach Polen gebracht.«

Hendriksen dachte an den instandgehaltenen Steg an der Neiße, der ihm bei seiner ersten Erkundung ins Auge gefallen war.

»Gut, ich danke dir für deine Offenheit. Du weißt sicherlich, was jetzt passieren wird.«

»Ja, ich weiß, aber Gerda und ich wollen reinen Tisch machen. Wir wollen keine Geheimnisse vor Frau Bolkow haben, wenn wir hier arbeiten. Ich meine, sofern Sie uns noch hier haben will, nachdem Sie gehört haben, womit wir beschäftigt waren.«

Petra lächelte die Kobans aufmunternd an. »Wie Dr. Hendriksen weiß auch ich eure Ehrlichkeit zu schätzen und versichere euch, dass ich euch fest anstelle, wenn alle gerichtlichen Maßnahmen vorbei sind. Ich werde demnächst etliche Arbeitskräfte benötigen und würde am liebsten Leute aus dem Dorf beschäftigen.«

Eine Last schien den Eheleuten von der Seele zu fallen.

Hendriksen ging wieder nach oben, informierte Tina über Karls Aussage und bat sie, für die Männer ein gutes Wort bei der Staatsanwaltschaft einzulegen, denn ohne das Geständnis würde ein Schlag gegen die Drogenhändler nur ein Teilerfolg werden. So jedoch konnten sie sowohl die deutschen als auch die polnischen Händler fassen. Tina versprach, auf die Kooperation der Männer aus dem Dorf hinzuweisen.

Kapitel 22

»Ich denke, das war's«, sagte Hendriksen. »Unser Auftrag ist erfüllt. Die Gespenster sind verbannt, die Mörder gefasst, für Petra besteht keine Gefahr mehr, und die Bank kann den Kredit nicht länger verweigern. Alles andere ist Aufgabe der Polizei. Damit ist es an der Zeit, adieu zu sagen. Ich werde draußen nur noch meinen Gespensterschreck abbauen und anschließend nach Hause fahren.« Er sah Petra an. »Auch wenn die Umstände alles andere als erfreulich waren, so habe ich mich doch gefreut, dich kennengelernt zu haben. Ich möchte dir ganz herzlich für deine Gastfreundschaft danken und nehme an, ich spreche auch in Lizzis Namen. Wenn du dein Projekt einweihst, hoffe ich auf eine Einladung für Lizzi und mich.«

Petras Augen waren feucht geworden. Er tat, als würde er es nicht merken, sondern ging ein paar Schritte auf sie zu, um ihr die Hand zu geben.

Petra wandte sich mit einem Lächeln an Lizzi. »Werde jetzt ja nicht eifersüchtig.«

Dann schlang sie ihre Arme um Hendriksens Hals und küsste ihn.

»Du kannst nicht ermessen, wie dankbar ich dir bin«, flüsterte sie in sein Ohr. Laut fügte sie hinzu. »Ihr beide seid mir jederzeit herzlich willkommen. Wann immer ihr einen Platz zum Ausruhen von euren Mörderjagden sucht, kommt zu mir. Nichts würde mir mehr Freude bereiten.«

Hendriksen wollte etwas sagen, doch sie legte ihm den Zeigefinger auf die Lippen und bat ihn mit dieser Geste zu schweigen. Hendriksen war plötzlich ein Gedanke gekommen. Er blickte Lizzi fragend an.

»Eifersüchtig? Habe ich etwas nicht mitbekommen?«

»Scheint so«, antwortete Lizzi. »Du bist nicht der Einzige, der die weichen Rundungen der Frauen liebt.«

Hendriksen blickte irritiert von Lizzi zu Petra. »Ihr beide?«

»Ja, stört dich das?«, fragte Lizzi offensiv.

Hendriksen nahm sich zusammen. »Nicht im Geringsten«, antwortete er ernst. »Ich bin nur erstaunt, dass ich nichts gemerkt habe.«

»Kein Wunder, du bist ein Mann, und Männer spannen doch nie etwas, wenn es um Gefühle geht.«

»Wie lange seid ihr denn schon … eh, befreundet?«

»Vom ersten Augenblick an.« Dieses Mal war es Petra, die antwortete.

»Na, dann muss ich mir wohl eine neue Mitarbeiterin suchen.«

»Brauchst du nicht, aber ein paar Tage möchte ich noch bei Petra bleiben – Überstunden abfeiern!«

»Du könntest auch noch bleiben und zusehen, wie die Rauschgiftbande hochgenommen wird«, sagte Petra zu Hendriksen.

»Danke für das Angebot, aber das geht nicht. Dörte hat mir eine WhatsApp geschickt. Ein neuer Auftrag wartet auf uns. Ich muss zurück nach Hamburg. Wie lange willst du noch hier bleiben?«

»Was hältst du von vier Tagen? Am Montag komme ich dann zurück.«

»Gut. Jetzt muss ich meinen Krempel einsammeln, und dann will ich los.«

»Wir helfen dir«, sagte Petra.

Nach zwei Stunden war Hendriksen abreisebereit. Petra und Lizzi standen an der Freitreppe, um ihn zu verabschieden. Er hatte gerade seinen Motor angelassen, als ein roter Porsche um das Rondell herumkam und vor Petra und Lizzi hielt. Als Hendriksen erkannte, wer sich da graziös aus dem Auto wand, stieg er wieder aus und gesellte sich zu den Frauen.

»Ich bin Rechtsanwalt Steiner«, stellte der Ankömmling sich mit einer eleganten Verbeugung vor. »Ich möchte zu Frau Bolkow.«

»Ich bin Frau Bolkow«, sagte Petra.

Steiner antwortete mit einer nochmaligen Verbeugung in Petras Richtung. »Ich bin sehr erfreut, Sie kennenzulernen.«

Petra nickte und nannte Lizzis und Hendriksens Namen. Als er Letzteren hörte, blieb sein Blick nachdenklich auf Hendriksen haften. Offenbar hatten ihm seine Rockertypen ein falsches Bild von dem Mann gegeben.

»Frau Bolkow, ich möchte mich für das unmögliche Benehmen einiger Rocker, die hier zu mitternächtlicher Stunde vorfuhren, entschuldigen. Ich habe zwar nicht unmittelbar mit ihnen zu tun, doch da ich diese Hohlköpfe hin und wieder vor Gericht vertrete, fühle ich mich ein wenig für sie verantwortlich. Als ich davon hörte, was sie bei Ihnen veranstalten, habe ich sie sofort aufgefordert, den Unsinn zu beenden. Ich wäre Ihnen dankbar, wenn Sie von einer Anzeige absehen würden. Sie können mir glauben, ich habe ihnen gehörig den Kopf gewaschen, und ich versichere Ihnen, sie werden Sie nicht mehr belästigen. Wenn Sie von einer Anzeige absehen, könnte ich dafür sorgen, dass die Bande als Ersatz für den Ärger, den sie Ihnen bereitet hat, einige Tage als Hilfskräfte bei Ihnen arbeitet.«

»Ein großzügiges Angebot«, erwiderte Petra. »Vergessen wir das Ganze.«

»Ich danke Ihnen. Ich hätte gerne noch eine andere Sache mit Ihnen besprochen, wenn Sie einige Augenblicke Zeit für mich haben.«

»Nur wenn es etwas Erfreuliches ist. Aufregung hatte ich in den letzten Stunden genug.«

»Sie brauchen sich keine Sorgen zu machen, ich will Ihnen nur einen Vorschlag unterbreiten.«

»In diesem Fall kommen Sie bitte herein«, lud Petra ihn ein. Zu Lizzi und Hendriksen gewandt sagte sie: »Kommt ihr bitte mit?«

»Selbstverständlich«, antwortete Lizzi.

Steiner sah Hendriksen an. »Herr Dr. Hendriksen, darf ich davon ausgehen, dass auch Sie so großzügig wie Frau Bolkow sind und keine Anzeige gegen die Raufbolde in Bad Muskau erstatten?«

»Aber sicher, Herr Rechtsanwalt. Meine Zeit ist mir viel zu schade, als dass ich mich mit diesen Hohlköpfen abgebe.«

»Ich danke Ihnen«, sagte der Rechtsanwalt und hielt ihm die Hand zur Versöhnung hin.

Der übersah sie. »Wir sollten uns nicht missverstehen, Herr Steiner. Die Dummköpfe sind mir egal, ganz anders sieht es mit ihrem Auftraggeber aus. Der wird sich noch umsehen, wenn ich ihn öffentlich an den Pranger stelle. Es ist nie gut, sich mit mir anzulegen.«

Steiner wurde bleich. »Das sollten Sie sich gut überlegen. Wenn Sie das tun, dann mache ich Sie fertig«, zischte er.

Hendriksen blieb gelassen. »Soll das eine Drohung sein?«

»Darauf können Sie Ihren Arsch verwetten!«

»Darauf darf ich zweierlei feststellen: Ihren Worten entnehme ich – was ich allerdings schon vorher wusste –, dass Sie der Chef dieser Rockerbande sind und dass Sie mir gedroht haben. Aber ich halte Letzteres für reine Schaumschlägerei. In meinen Augen sind Sie und Ihre Rocker nicht mehr als Papiertiger, die alte Leute erschrecken.«

Petra und Lizzi sahen Hendriksen entsetzt an. So aufreizend hatten sie ihn noch nie erlebt. Der reagierte nicht auf ihre beschwichtigenden Blicke. Er verfolgte mit seinen Worten eine ganz bestimmte Absicht.

Steiner schäumte. Zu Hendriksens Freude hatte er ein cholerisches Temperament.

»Wenn Sie sich nicht augenblicklich entschuldigen, können Sie froh sein, wenn Sie die nächsten Tage heil überstehen.«

»Ich denke, Herr Steiner, es reicht – mir jedenfalls.« Mit diesen Worten zog Hendriksen sein Smartphone aus der Brusttasche. »Ach, das ist ärgerlich. Ich muss aus Versehen die Aufnahme eingeschaltet haben.«

Hendriksen sah, wie Steiners Teint noch fahler wurde. Die Lippen zitterten, ob vor Furcht oder Wut, konnte er nicht erkennen. Die Hände ballten sich zu Fäusten. Es sah aus, als wollte er sich auf Hendriksen stürzen, doch der stand ganz entspannt da und reizte den Rechtsanwalt mit einem überlegenen Lächeln noch weiter.

Eine Weile starrten sich die Männer wie zwei Gladiatoren an, dann senkte Steiner den Blick.

»Ich will kein Unmensch sein, deshalb mache ich Ihnen folgenden Vorschlag«, sagte Hendriksen in einem unbeteiligten Ton. »Sie lassen jeden Gedanken daran fallen, das Schloss in Ihren Besitz zu bringen, und Sie sorgen dafür, dass Frau Bolkow weder auf dem Schloss noch irgendwo anders belästigt wird. Wenn Sie das vor uns als Zeugen versprechen, nehme ich davon Abstand, mein Material durch eine überregionale Zeitung veröffentlichen zu lassen. Sollte auch nur im Geringsten gegen eine meiner Forderungen verstoßen werden, geht das Material an die Presse. Sie brauchen auch nicht zu versuchen, mich durch Ihre Omaschrecks überfallen zu lassen, denn alle Aufnahmen – auch die, die ich eben gemacht habe – befinden sich bereits in meinem Büro in Hamburg und werden innerhalb der nächsten halben Stunde an meinen Rechtsanwalt weitergeleitet. Sollte mir auch nur ein Haar gekrümmt werden, geht das Material ebenfalls an die Presse. Sie müssen sich jetzt entscheiden, ob Sie Krieg oder Frieden wollen. Also, wie entscheiden Sie sich?«

»Frieden«, knirschte der Rechtsanwalt.

»Frieden, so sei es. Ich glaube, damit erübrigt sich Ihr Gespräch mit Frau Bolkow, oder wollten Sie sie nicht beschwatzen, das Schloss mit den Liegenschaften an Sie zu verkaufen?«

Steiner sagte nichts weiter. Er stürmte zu seinem Porsche, sprang hinein, ließ den Motor an und stob mit durchdrehenden Reifen davon.

»So, vor dem und seinen Rockern bist du sicher, und ich düse jetzt ab.«

Hendriksen drehte sich um, ging zum Van, stieg ein und fuhr los. Er wollte nicht noch mehr Dankesworte von Petra hören. Als er das Rondell halb umrundet hatte, winkte er den beiden Frauen zu.

Die Fahrt nach Hamburg verlief ohne Störungen – kein Stau, keine Baustelle, nichts verhinderte, dass er die Strecke mit gleichmäßigen hundertzwanzig Kilometern pro Stunde zurücklegen konnte.

Früher als erwartet parkte er den Van in der Tiefgarage der Jugendstilvilla und ging hoch zum Büro der Agentur. Dörte war bereits gegangen. Er stellte den Wasserkocher an und brühte sich einen Pfefferminztee auf. Mit dem Becher in der Hand betrat er sein Arbeitszimmer. Unwillig zog er die Stirn in Falten. Der Stapel Post auf dem Schreibtisch versprach allerhand Arbeit. Leider war Dörte noch nicht so weit, dass sie selbständig die unwichtige von der interessanten Post trennen konnte. Also blieb ihm nichts anderes übrig, als sich durch den Stapel zu arbeiten. Das dauerte eineinhalb Stunden und einen weiteren Becher Pfefferminztee. Danach nahm er Biki, sein klappbares Rad, und fuhr zu seinem Wohnboot. Als er vom Steg aus aufs Boot stieg, überkam ihn ein wohliges Gefühl. Er war zu Hause.

Das Erste, was er nach einer längeren Abwesenheit tat, war das Schiff von Bug bis Heck zu inspizieren. Er kroch in jeden Winkel. Als er sicher war, dass es keine undichte Stelle gab, ging er in den Salon und mischte sich einen Cocktail aus viel Fruchtsaft und wenig Alkohol. Danach begab er sich ins Badezimmer. Nach einer erfrischenden Dusche nahm er wieder Biki und fuhr zu einem Restaurant in der Nähe. Für einen ausgehungerten Mann gab sein Kühlschrank nicht genügend her. Gegen neun Uhr abends war er wieder zurück. Er las noch eine Weile in einem Buch, doch schon nach kurzer Zeit fielen ihm die Augen zu, und so legte er das Buch zur Seite und ging zu Bett.

Gegen Mitternacht weckte ihn das Klingeln des Smartphones. Er meldete sich verschlafen. Lizzis aufgeregte Stimme sprudelte ihm einen Wortschwall ins Ohr. Hendriksen verstand kein Wort, aber er wurde wach.

»Nun mal ganz langsam, Lizzi. Wenn deine Worte sich vor Aufregung überschlagen, dann verstehe ich nichts. Also, noch einmal von vorne. Worum geht es?«

»Petra ist verschwunden.«

»Verschwunden? Was heißt das?«

»Heute am späten Vormittag – ich war bei der alten Burg – fand ich in der Halle einen Zettel, auf dem teilte sie mir mit, dass ihre Mutter mit dem Auto verunglückt sei und in kritischem Zustand in einem Krankenhaus in Potsdam liege. Sie sei sofort zu ihrer Mutter aufgebrochen. Auf den Zettel hat sie *elf Uhr fünf* geschrieben. Ich habe alle Krankenhäuser in Potsdam und Umgebung angerufen, aber eine Frau Brüning-Bolkow wurde in keines eingeliefert. Dann habe ich deine Freundin von der Kripo angerufen und sie gebeten, festzustellen, ob es in der Nähe von Potsdam heute Vormittag einen Verkehrsunfall mit einer Schwerverletzten gegeben hätte – negativ. Ich weiß nicht, was ich machen soll. Ich glaube, es ist etwas Fürchterliches passiert.«

»Warum hast du nicht bei Petras Mutter angerufen, und wieso rufst du mit Petras Handy an?«

»Petra hat aus Versehen mein Handy eingesteckt. Und bei ihrer Mutter habe ich nicht angerufen, weil ich weder ihre Telefonnummer habe noch weiß, wo ihr Ressort liegt.«

»Du scheinst wirklich durcheinander zu sein. Wenn du mit

Petras Handy anrufst, dann ist darauf doch sicher die Nummer ihrer Mutter gespeichert.«

»Ach du Scheiße! Bin ich ein Idiot! Natürlich. Ich werde dort sofort anrufen.«

»Mach das. Ich werde unverzüglich aufbrechen. In sechs Stunden bin ich bei dir. Dreh mir in der Zwischenzeit nicht durch.«

Hendriksen beendete das Gespräch, fuhr in seine Kleider, schnappte sich Biki und spurtete zur Agentur. Hier stieg er in den Van um.

Da es Nacht war, herrschte in der Stadt kaum Verkehr, so dass er bereits eine halbe Stunde später auf die Autobahn nach Berlin fuhr.

Der Umstand, dass Petra Lizzis Handy mitgenommen hatte, war ein Vorteil für ihn, denn Jeremias Voss hatte in alle Handys, die er für die Agentur beschafft hatte, einen zusätzlichen Chip einbauen lassen. Über den konnte man den Standort des Handys orten, selbst wenn es ausgeschaltet oder die Batterie leer war. Allerdings durfte es sich nicht in einem sogenannten Übertragungsloch befinden.

Hendriksen war auf der Autobahn, als er Lizzis Handynummer anrief. Er bekam keine Verbindung. Das Handy war ausgeschaltet. Daraufhin aktivierte er mit Hilfe des Zusatzchips den Suchmodus und erhielt wenige Sekunden später ein Ergebnis. Demnach befand sich das Handy noch im Raum Bolkow. Eine genauere Positionsbestimmung würde er erst bekommen, wenn sich die Entfernung zum Standort deutlich verringert hatte.

Bevor er Lizzi anrufen konnte, um ihr das Ergebnis mitzuteilen, meldete sie sich.

»Frau Brüning-Bolkow befindet sich quicklebendig in ihrem Ressort«, meldete sie. »Also wurde Petra unter falschem Vorwand aus dem Schloss gelockt.«

»So etwas Ähnliches habe ich befürchtet. Aber wir haben Glück im Unglück. Ich habe dein Handy angepeilt. Danach befindet es sich noch im Raum Bolkow. Genauer kann ich es noch nicht sagen. Unternimm nichts, bevor ich da bin. Sind Hermann und seine Gang noch im Schloss?«

»Leider nicht. Sie sind kurz nach dir abgefahren. Ich habe übrigens deiner Freundin, der Oberkommissarin, gemeldet, dass Petra verschwunden ist. Sie sagte, sie wolle sich darum kümmern. Was sie bereits unternommen hat, weiß ich nicht.«

»Wann hast du ihr Petras Verschwinden gemeldet?«

»Kurz nachdem ich festgestellt hatte, dass ihre Mutter in keinem der Potsdamer Krankenhäuser lag.«

»Okay, vielleicht gar nicht so schlecht. Mehr unternimm nicht. Ich werde in circa fünf Stunden bei dir sein.«

Hendriksen verschätzte sich um fast drei Stunden. Vor Berlin stand er im Stau, weil ein Sattelschlepper gegen eine Leitplanke geprallt und umgekippt war. Alle drei Fahrbahnen nach Süden mussten gesperrt werden. Zum Glück hatte er telefonischen Kontakt zu Lizzi und konnte ihr so übereilte Aktivitäten ausreden. Auch mit Tina nahm er Kontakt auf und unterrichtete sie darüber, dass er das Handy, das Petra bei sich trug, in Bolkow geortet hatte. Tina informierte ihn, dass auf den Straßen um Bolkow herum in weiten Abständen Fahrzeugkontrollen durchgeführt wurden. Bolkow selbst stand unter Quarantäne. Hier gab es keine Polizeimaßnahme, um den Einsatz gegen die Drogenhändler nicht zu gefährden. Die Fahrzeugkontrollen hatten bislang noch zu keinem Fahndungserfolg geführt.

Hendriksen hatte endlich wieder freie Fahrt, als die nächste Hiobsbotschaft von Lizzi eintraf. Karl hatte ihr gemeldet, dass die Verladeaktion der Drogen um eine Nacht vorgezogen worden war. Die Arbeiter aus dem Dorf sollten sich bereits heute Abend um zehn Uhr einfinden.

Hendriksen gab die Botschaft unverzüglich an Tina weiter.

Kapitel 23

Je weiter Hendriksen sich Bolkow näherte, desto deutlicher zeigte das Ortungssystem an, dass das gesuchte Handy sich in der Wirtschaft *Zum Wilden Keiler* befand. Seine erste Reaktion war, dort anzuhalten und bei einem Bier unauffällig nachzuforschen, wer zurzeit in den Gasträumen wohnte. Er verwarf diese Idee jedoch wieder. Es würde zu auffällig wirken, wenn Wirt Delling oder Maria mit den Drogenhändlern in Verbindung standen. Er entschied sich, lieber direkt zum Schloss zu fahren und sich mit den Eheleuten Koban zu unterhalten. Sie dürften am besten wissen, wie er herausfinden könnte, ob Petra in der Wirtschaft versteckt gehalten wurde oder wo sie sich sonst aufhalten konnte. Es war gut möglich, dass der Standort des Handys nicht der Ort war, an dem sie gefangen gehalten wurde. Letztlich sagte die Ortung nur aus, dass sich der Entführer in der Wirtschaft aufhielt.

Lizzi erwartete ihn am Fuß der Freitreppe.

»Bin ich froh, dass du endlich da bist«, rief sie, sowie er die Fahrertür geöffnet hatte. Fast wäre sie ihm um den Hals gefallen. »Ich weiß nicht mehr, was ich tun soll.« Tränen traten in ihre Augen. »Ich habe solche Angst um Petra.«

»Nun beruhige dich erst einmal. In deinem Zustand kannst du nichts für sie tun. Wir gehen jetzt in die Küche und trinken einen starken Kaffee. Nach der Fahrerei kann ich einen gebrauchen, und Frühstück auch. Dabei werden wir überlegen, was wir tun können.«

»Du bist unmöglich! Dass du jetzt an Essen denken kannst – einfach unmöglich.«

»Sehr gründlich scheint deine Ausbildung bei der Bundeswehr nicht gewesen zu sein. Hat man dir nicht beigebracht, dass du essen sollst, wann immer die Möglichkeit dazu besteht, denn du weißt nie, wann du wieder eine bekommst. Also komm mit.«

In der Küche wurde er von den Eheleuten Koban so herzlich begrüßt, als wären sie überzeugt, er könne alle Probleme lösen. Als Gerda hörte, dass er frühstücken wollte, richtete sie sofort alles her.

Hendriksen setzte sich auf seinen gewohnten Platz, und Lizzi folgte, wenn auch widerstrebend, seinem Beispiel. Er zog das Smartphone aus der Hosentasche und hielt es ihr hin.

»Hier, du kannst sehen, wo dein Handy zurzeit ist. Was schließt du daraus?«

Lizzi nahm das Handy, rief die Ortungs-App auf und sah Hendriksen verwirrt an.

»Das Handy ist hier, bei der alten Burg.«

»Unsinn, lass sehen.«

Hendriksen nahm es ihr aus der Hand und schaute aufs Display.

»Du hast recht«, gab er zu. »Es hat sich bewegt. Das Signal ist sehr schwach. Es muss sich in den unterirdischen Gewölben befinden.« Er dachte einige Augenblicke intensiv nach. »Das könnte bedeuten, dass Petra hier versteckt ist.«

»Aber nicht im Schloss!«, sagte Lizzi heftig. »Gerda, Karl

und ich haben das ganze Schloss systematisch vom Boden bis zu den Folterkammern abgesucht und keine Spur von ihr gefunden. Hier ist sie definitiv nicht.«

»Kein Grund, aggressiv zu werden. Ich glaube es dir. Allerdings könnte sie im Bereich der Drogenanlage gefangen gehalten werden, und deren Gänge reichen bis zum alten Wehrturm hinüber, fast bis an die Neiße.«

Lizzi schwieg einige Augenblicke, bevor sie besorgt fragte: »Und jetzt? Was wollen wir tun? Hast du eine Idee?«

Auch Hendriksen nahm sich Zeit, um nachzudenken. »Es gibt nur eine Möglichkeit. Ich werde mich in den Keller begeben und nach ihr suchen.«

»Du? Allein? Das kommt nicht in Frage. Ich komme mit.«

»Du bleibst schön hier. Falls mir etwas zustößt, möchte ich, dass du der Polizei sagst, wo ich bin und was ich vorhabe.«

»Das können auch Karl oder Gerda machen.«

»Mir ist lieber, du machst es, denn du bist mit den Einzelheiten der Vorgänge auf dem Schloss vertraut.«

»Das ist doch nur eine Ausrede, um mich nicht in Gefahr zu bringen. Ich denke nicht daran, hier Däumchen zu drehen, während du und Petra umgebracht werdet.«

»Was mit Sicherheit geschehen wird, wenn du dabei bist. Ich kann mich mit meiner Statur viel leichter verstecken, als wir es beide könnten. Dem musst du zustimmen.«

Lizzi zog eine beleidigte Miene und schwieg.

Hendriksen ging zum Van, holte alles, was er zu benötigen glaubte, heraus und steckte es in eine Umhängetasche. Danach ging er zurück zu Lizzi.

»Ich rufe dich an, sobald ich etwas von Petra weiß. Ruf mich nicht an, denn ich schalte das Telefon aus. Handle nicht selbständig, sondern stimme dich mit der Polizei ab und werde nicht nervös, wenn ich nicht zurückkomme. Es kann sein, dass ich mich ziemlich lange verstecken muss, bevor ich alle Räume durchsuchen kann.« Er wandte sich an Gerda. »Was ich noch gebrauchen könnte, wäre eine Flasche Wasser und ein Kanten Brot.«

»Sofort.«

Sie brachte ihm das Wasser, bestrich drei Doppelscheiben Bauernbrot mit Butter und belegte sie mit Wurst und Käse. Hendriksen steckte alles in seine Umhängetasche und band diese mit einem Strick am Körper fest. Er verhinderte so, dass sie ihn beim Gehen störte.

Er ging zu der Geheimtür im Kellergewölbe, öffnete die Verriegelung, drückte die Tür auf und schlüpfte hindurch. Er lauschte. Leise Geräusche drangen an sein Ohr. Vorsichtig, jedes Geräusch vermeidend, schlich er weiter. Sicherheitshalber zog er den Elektroschocker aus der Tasche. Er gelangte zur abgeernteten Marihuanaplantage, und die Geräusche wurden lauter. Er schlich weiter, jederzeit bereit, sich auf den Boden zu werfen. Da der Gang nicht beleuchtet war, hoffte er, nicht bemerkt zu werden. Auch die zweite Plantage erreichte er, ohne entdeckt zu werden. Allerdings war der Gang vor ihm jetzt beleuchtet. Nicht hell, aber doch so, dass es unmöglich war, nicht gesehen zu werden. Die Geräusche waren jetzt so laut, dass er sie unterscheiden konnte. Männer sprachen miteinander, und Schritte waren zu hören. Beides kam aus dem Raum, in dem die Drogen gelagert waren.

Hendriksen drückte sich in den Gang zur Plantage, legte sich auf den Boden und spähte vorsichtig um die Ecke. Zwei Männer kamen den Gang entlang. Sie kamen auf ihn zu, bogen jedoch in Richtung Lager ab. Wenig später erschienen sie wieder.

»Diese Scheißschlepperei!«, fluchte der, der zwei Kartons auf den Armen hatte. »Warum holen wir uns nicht die Sackkarre?«

»Weil wir da nicht rein dürfen, das weißt du doch, du Idiot.«

»Nur weil die Tussi da drin ist?«

»Nee, weil der Boss es befohlen hat, oder willst du dich mit ihm anlegen – ich nicht!«

»Scheiße!«

Hendriksen atmete erleichtert auf. Wenigstens lebte Petra, denn dass hier noch eine andere Frau gefangen gehalten wurde, konnte er sich nicht vorstellen. Wo aber wurde die Sackkarre aufbewahrt? Am liebsten hätte er sich sofort auf die Suche gemacht, doch solange die Männer die Drogen aus dem Lager schleppten, konnte er das vergessen. Es blieb ihm nichts anderes übrig, als zu warten. Er suchte sich einen Platz zwischen den Marihuanapflanzen und legte sich nieder. So gedeckt von den Pflanzen konnte ihn auf Anhieb niemand sehen. Die Tür hatte er angelehnt gelassen, um mögliche Gespräche zu hören. Leider war das nur begrenzt möglich, da trotz des offenen Türspalts die Stimmen der Männer nur schwach zu hören waren.

»… Mitter… nach … Verl… in der Neiße …«

Der zweite Mann fragte etwas. Da er leiser als der Erste sprach, konnte Hendriksen nur Gemurmel verstehen.

»Du und ich, wer… sonst … untertauchen … kann sich nicht wehren … gefesselt …«

Erneut Gemurmel.

Lauter: »Musst du nicht mir vorjammern, sag's dem Boss.«

Gemurmel. Dann Stille.

Gegen sieben Uhr abends wurde es ruhig. Das Licht wurde ausgeschaltet. Offenbar hatten die beiden den Drogentransport abgeschlossen.

Hendriksen erhob sich und schlich zur Tür. Wie gehabt dämpfte er das Licht seiner Taschenlampe mit einem Taschentuch. Er ging langsam in den Hauptgang, blieb immer wieder stehen, um zu horchen – Stille. Er erreichte den Gang zum Lager, und ein Blick hinein zeigte ihm, dass es ausgeräumt war. Er ging zum Hauptgang zurück und erreichte die Tür, an der er bei der ersten Erkundung mit Lizzi umgekehrt war. Dies wollte er jetzt auf keinen Fall tun. Er tastete nach seinem Messer in der Hosentasche, schaltete den Elektroschocker ein und versuchte die Tür zu öffnen. Sie war nicht verschlossen. Sie musste sehr alt sein, denn sie bestand aus Holzbrettern, die an einigen Stellen schon ausgebrochen waren. Durch die Ritzen drang Licht. Das Türschloss bestand aus einem schon seit zig Jahren aus der Mode gekommenen Kastenschloss.

Hendriksen spähte durch eine der Ritzen. Auf der anderen Seite befand sich kein Gang, sondern ein Raum, etwa so groß wie der Lagerraum. An einer Seite standen grob zusammengezimmerte Holztische, auf denen verschiedene Geräte lagen. *Das Labor*, fuhr es ihm durch den Kopf. Vor dem Tisch standen zwei Männer. Einer war breitschultrig und schien kräftig zu sein. Er konnte ihn nicht erkennen, da er eine Kapuze mit Augenschlitzen übers Gesicht gezogen hatte. Den anderen kannte er. Es war Delling, der Wirt vom *Wilden Keiler*. Der Maskierte redete auf Delling ein. Was er sagte, konnte Hendriksen nicht verstehen. Der Wirt machte einen ängstlichen Eindruck.

Nach einiger Zeit verließen beide Männer das Labor. Hendriksen nutzte den günstigen Augenblick, öffnete die Tür und schlüpfte hinein. Zwei Türen lagen dem Holztisch gegenüber. Er öffnete die erste und sah in einen Raum, in dem in der Mitte ein Tisch und einige Stühle standen. Es schien sich um einen Aufenthaltsraum für die Arbeiter zu handeln. Zwei übervolle Aschenbecher sprachen dafür.

Hendriksen schloss die Tür und eilte zur nächsten. Auch diese Tür bestand aus Holzbrettern, die sich in einem ähnlichen Zustand befanden wie die Eingangstür zum Labor. Wie bei allen Türen waren auch hier die Scharniere so gut geölt, dass sie sich lautlos aufziehen ließ. Der Raum war dunkel. Hendriksen schaltete die abgeblendete Taschenlampe ein. Er befand sich in einem Lagerraum. Kanister in unterschiedlichen Farben stapelten sich in der Mitte des Raums, an der Wand standen Europaletten und Papiersäcke. Hendriksen nahm an, dass sie Chemikalien zur Herstellung von Drogen enthielten.

Der Lichtschein der Taschenlampe huschte über eine zusammengekauerte Gestalt. Sie hockte in einer Ecke und war an Händen und Füßen gefesselt. Über Kopf und Schultern war ein Sack gezogen.

Hendriksen eilte auf sie zu.

»Psst, keinen Laut. Ich bin's, Marten.«

Petra sagte nichts, aber sie fing an, hemmungslos zu schluchzen, was noch schlimmer war, als wenn sie reden würde. Er versuchte sie zu beruhigen – ohne Erfolg. Er packte sie an den Schultern und schüttelte sie – ebenfalls ohne Erfolg. Er holte aus und schlug ihr mit der flachen Hand kräftig auf die rechte Wange. Das hysterische Schluchzen endete. Ihre rechte Hand fuhr zu der schmerzenden Wange. Sie sah ihn empört an.

»Tut mir leid«, flüsterte Hendriksen. »Es musste sein. Deine Hysterie hätte uns verraten. Hast du das verstanden?«

Petra nickte.

»Gut! Hör genau zu. Ich schneide dir jetzt die Fesseln durch. Wenn jemand kommt, tust du so, als wärst du noch gefesselt. Den Sack schneide ich auf. Sobald wir ein Geräusch hören, ziehst du den Sack wieder über, drehst dein Gesicht zur Wand. Damit du keine Panik bekommst, kannst du durch den Schlitz atmen und sehen. Verstanden?«

Wieder nickte Petra.

»Wir müssen jetzt einige Zeit warten. Wenn die Polizei damit beginnt, die Verbrecher festzunehmen, fliehen wir. Ich gebe dir jetzt eine Tablette, die wird dir die Angst nehmen. Du musst sie nehmen, damit du fit für die Flucht bist. Verstanden?«

»Ja.«

Hendriksen öffnete die Umhängetasche, suchte nach einer Dose und entnahm ihr eine Tablette. »Schluck sie unzerkaut hinunter. In einer halben Stunde fühlst du dich besser.«

Er gab ihr die Tablette und auch die Wasserflasche. Nachdem sie die Pille geschluckt und das Wasser gierig getrunken hatte, hielt er ihr eines der Brote hin, die die Haushälterin zubereitet hatte.

»Iss, du musst etwas im Magen haben, damit du mir nachher nicht schlapp machst. Und jetzt ist Funkstille. Wir können sonst nicht hören, wenn der Zauber losgeht.«

Hendriksen legte den Elektroschocker griffbereit neben sich und nahm sich dann selbst ein Brot. Nachdem sie gegessen und das Wasser ausgetrunken hatte, setzte er sich neben Petra und nahm sie in den Arm. Nach einer Weile merkte er, dass die Tablette zu wirken begann. Er ließ sie los und schlich zur Tür.

Es dauerte nicht lange, dann stand Petra neben ihm.

»Ich mag dahinten nicht allein sitzen«, flüsterte sie.

»Ist gut. Sei aber ganz leise – kein Wort.«

Petra drückte zur Bestätigung seinen Arm.

Er langte in die Umhängetasche und zog den Elektroschocker heraus. »Hier, nimm. Wenn dir jemand zu nahe kommt, drückst du auf diesen Knopf und presst ihn auf seine Kleidung. Beine eignen sich am besten, da gibt es wenig Stoff. Du darfst nicht zögern. Unser Leben kann von deiner Entschlossenheit abhängen.«

»Willst du ihn dann nicht lieber behalten?«

»Nein, ich habe noch mein Messer, und jetzt Ruhe bitte.«

Hendriksen ließ sich auf dem Boden nieder und lehnte sich gegen die Tür. Da sie nach innen aufging, konnte niemand überraschend eintreten. Petra folgte seinem Beispiel.

Die Wartezeit wurde zu einer harten Geduldsprobe. Sie zerrte an seinen Nerven, denn er musste damit rechnen, dass jederzeit jemand auftauchen konnte, um Petra zu holen. Die Konzentration auf die Geräusche um ihn her ließ ihn müde werden. Um nicht einzuschlafen, sagte er im Geiste Gedichte auf. *Die Glocke* von Schiller, die er wegen ihrer endlosen Strophen in der Schule gehasst hatte, kam ihm jetzt gelegen. Petras Kopf war auf seine Schulter gesunken, und ihr gleichmäßiger Atem sagte ihm, dass sie eingeschlafen war.

Endlich wurde er erlöst. Er hörte Geräusche. Eine Tür wurde geöffnet, kurz darauf roch er Benzin. Ein halblautes »Puff« sagte ihm, dass jemand das Benzin angezündet hatte. Er riss Petra hoch.

»Wir müssen hier raus. Es brennt.«

»Was ist los?« Petra war so verschlafen, dass sie nicht mitbekommen hatte, was Hendriksen gesagt hatte. Der achtete nicht auf sie, sondern riss die Tür auf. Das ganze Labor stand in Flammen. Er kümmerte sich nicht darum, hastete, Petra hinter sich herziehend, zur Tür, die in den Gang zum Schloss führte. Durch das Fauchen der Flammen glaubte er zwei Schüsse zu hören. Dann spürte er einen Schlag im Rücken, der ihn fast umgeworfen hätte. Ihm wurde schwarz vor Augen, doch er zwang sich, nicht ohnmächtig zu werden, sondern weiterzulaufen. Petras Hand hielt er fest umklammert. Jemand griff ihm unter die Arme. Plötzlich waren schwarze Gestalten um ihn herum. Er fühlte noch, wie seine Füße nachgaben, dann war es nur noch dunkel.

Hendriksen schlug die Augen auf und blickte sich irritiert um.

Er lag in einem Bett. Drum herum standen drei Frauen. Eine hielt seine rechte Hand. Er erinnerte sich: das Feuer, der Schuss in den Rücken … Er spürte keine Schmerzen, fühlte sich gut, vielleicht ein wenig benommen, aber keine Schmerzen. Ein Lächeln huschte über seine Lippen.

»Bin ich im Himmel? Umgeben von Engeln?«

»Du bist nicht im Himmel, aber das mit den Engeln stimmt. Ich zumindest bin ein Racheengel«, fuhr ihn Lizzi an. »Du treibst mich noch in den Wahnsinn. Kaum habe ich dich so weit, dass du dich nicht von jedem Ganoven als Punchingball benutzen lässt, schon musst du dich als Zielscheibe hinstellen. Ich bekomme deinetwegen noch frühzeitig graue Haare.« Ihr Lächeln entschärfte die Worte.

Hendriksen grinste. »Da hat noch jemand geschossen. Warst du das?«

»Ja, ich wollte ihm die Pistole aus der Hand schießen. Leider musste ich aus dem Laufen heraus schießen, und so habe ich statt der Pistole sein Ellenbogengelenk getroffen und es zerschmettert. Es hat aber gereicht, dass sein Schuss fehl ging. Nicht ganz, aber viel mehr als einen besseren Streifschuss hast du nicht abbekommen.«

»Und dann machst du so einen Aufstand.«

Lizzi wandte sich an Tina und Petra. »Was hab ich euch gesagt? Meinem Chef ist nicht zu helfen.«

Tina drückte ihm die Hand, ein Druck, den er spontan erwiderte.

»Bevor wir uns in gegenseitigen Dankbarkeitsbekundungen ergehen, sagt mir lieber, wie es gelaufen ist. Und vor allem, wer der Kerl mit der Kapuze ist.«

»Das machst du am besten«, forderte Lizzi Tina auf.

Die ließ sich dazu nicht lange nötigen. »Um es vorweg zu sagen, die Aktion war ein voller Erfolg. Sowohl auf unserer als auch auf polnischer Seite. Alles lief wie geplant ab, wenn ich davon absehe, dass wir zwei Stunden früher eingreifen mussten. Die Drogen wurden früher verladen, als von Karl Koban angekündigt. Der Zeitfaktor war für uns kein Problem. Das SEK war bereits seit sechs Uhr abends, getarnt in Lieferwagen, in seinem Bereitstellungsraum. Auf den Befehl Zugriff stürmten die Kräfte von drei Seiten den unterirdischen Bereich. Eine Gruppe überwältigte die Crew in den voll beladenen Schlauchbooten, eine andere drang vom Schloss aus in die Gewölbe, und die dritte nahm den Weg durch den Brunnen. Neben den Dorfbewohnern, die als Träger arbeiteten, nahmen wir acht Personen fest. Darunter war der Kopf der Bande, sein Vertreter vor Ort und sechs andere Mitglieder, von denen zwei steckbrieflich gesuchte Drogenkuriere waren. Der Kopf der Bande …«

»Lass mich raten«, unterbrach Hendriksen Tina. Er sah Petra entschuldigend an. »Es ist dein Stiefvater. Habe ich recht?«

»Wie bist du denn darauf gekommen?«, fragte Petra erstaunt.

»Es waren mehrere kleine Sachen, die ihn verdächtig machten. Zum einen war er viel zu sehr daran interessiert, dich aus dem Schloss zu bekommen. Dann hielt er sich im *Wilden Keiler* auf, während die Drogenverladung vorbereitet wurde, und dann entsprachen die körperlichen Merkmale des Maskierten denen von Brüning-Bolkow. Als Arzt und ehemaliger Gerichtsmediziner habe ich dafür ein Auge.«

»Warum hast du mir nichts von deinem Verdacht gesagt?«, fragte Lizzi. Er hörte aus ihrem Tonfall heraus, dass sie gekränkt war.

»Tut mir leid, Lizzi, aber ich hatte für meine Annahme nicht den Hauch eines Beweises, und dann hielt ich auch Rechtsanwalt Steiner und sogar den Fiesling Krupinski für mögliche Kandidaten.«

»Was ist aus dem Brand geworden? Konnte er gelöscht werden?«

»Nein, es gab eine Explosion, die große Teile der unterirdischen Anlage einschließlich der Burgruine zerstört hat. Sie werden wohl niemals mehr benutzbar sein. Ich werde sie zuschütten lassen«, sagte Petra.

»Sei nicht voreilig. Vielleicht lassen sie sich wieder herrichten, und du richtest sie wieder als Drogenlabor ein. Ist doch eine großartige Touristenattraktion.«

Petra schwieg. Hendriksen sah, dass er ihr einen Floh ins Ohr gesetzt hatte.

»Ich habe noch eine letzte Frage. Was ist aus dem Drogenboss geworden?«

»Er liegt ein Stockwerk unter dir auf der Intensivstation. Er hat am ganzen Körper Verbrennungen dritten Grades. Ob er überlebt, wagt kein Arzt zu sagen. Er wird Tag und Nacht bewacht«, sagte Tina.

Die Tür ging auf, und eine Schwester erschien. »Bitte, Sie müssen jetzt gehen. Der Patient braucht Ruhe.«

»Augenblick, Schwester, wann werde ich entlassen? Geht das heute noch?«

»Du spinnst wohl!«, rief Lizzi.

Die Kommentare der beiden anderen Frauen waren nicht minder drastisch.

»War nur ein Scherz.« Hendriksen grinste. »Und nun haut ab, ich bin wirklich müde.«

Ein halbes Jahr nach den Ereignissen fand in Görlitz die Gerichtsverhandlung statt. Petra, Hendriksen, Lizzi und die Rentnergang waren als Zeugen geladen. Ihre Anhörung verlief bis auf Hinnerk und Kuddel problemlos. Auch im Kreuzverhör gaben sie nichts anderes zu Protokoll, als sie schon bei der Polizei ausgesagt hatten. Da Hinnerk und Kuddel nur

Platt sprachen, musste erst ein vereidigter Übersetzer aus Hamburg geholt werden, der ihre Aussage ins Hochdeutsche übersetzte. Hinnerk und Kuddel waren von der Gerichtsatmosphäre so eingeschüchtert, dass Hinnerk jede Frage nur mit »Dat war so« und Kuddel noch kürzer mit »Jo« beantwortete. Das zog den Prozess derart in die Länge, dass alle außer Hinnerk und Kuddel genervt waren.

Beim Strafmaß hielt sich das Gericht im Wesentlichen an die von der Staatsanwaltschaft geforderten Strafen. Die Dorfbewohner, die nur beim Transport mitgeholfen hatten, kamen dank Hendriksens Fürsprache mit Bewährungsstrafen davon. Karl Koban erhielt die gleiche Strafe, allerdings nur pro forma. Es war eine Schutzmaßnahme, damit er nicht von den Dorfbewohnern als Denunziant angesehen wurde. Die Strafe wurde nach der Gerichtsverhandlung wieder annulliert.

Die Drogenhersteller – das heißt, alle, die in den Gewölben gearbeitet hatten – erhielten hohe Freiheitsstrafen. Das Gleiche geschah auch mit Delling, dem Wirt vom *Wilden Keiler*. Als Vertreter von Brüning-Bolkow vor Ort wurde er mit lebenslanger Haft bestraft. Der eigentliche Kopf der Bande, Petras Stiefvater, konnte nicht zur Rechenschaft gezogen werden, da er drei Wochen nach der Explosion seinen schweren Verbrennungen erlegen war.

Inwieweit er für den Autounfall, bei dem die Cousine ihrer Mutter und deren Mann ums Leben kamen, seine Hand im Spiel hatte, konnte nicht geklärt werden, da das Auto der Verunglückten längst verschrottet war. Hendriksens Vermutung, dass der Unfall durch Manipulation am Auto provoziert worden war und zu einem Plan gehörte, das Schloss in seinen alleinigen Besitz zu bringen, war ebenfalls nicht mehr beweisbar.

Am Tag nach der Urteilsverkündung wurde Tina Engels zur Kriminalhauptkommissarin befördert und zur Leiterin der Kriminalpolizei von Görlitz ernannt. Ihre Beförderung wurde im Beisein aller Beteiligten auf dem bereits in Teilen wieder hergerichteten Schloss Bolkow gefeiert.